김재석 마당극 대본집 1
천일야화

김재석 마당극 대본집 1

천일야화

평민사

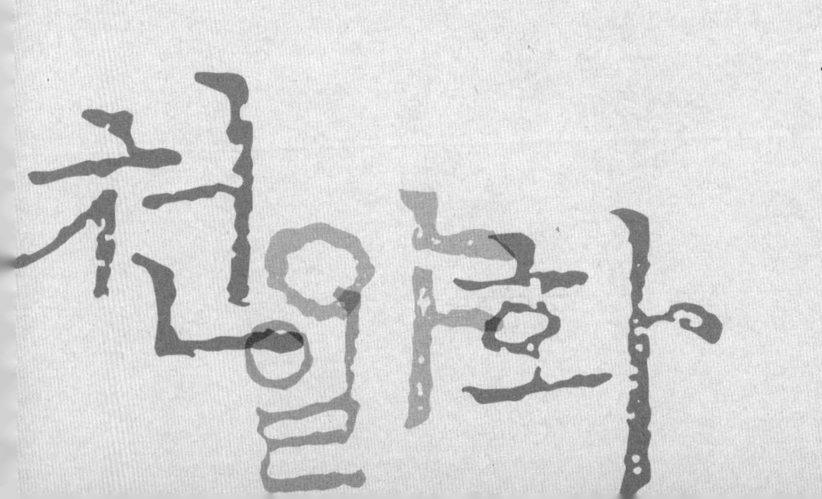
천일야화

김재석 마당극 대본집 1

차례

머리말 _7

천일야화 _9

춘향전을 연습하는 여자들 _71

나무꾼과 선녀 _123

5월의 편지 _147

아름다운 사람, 아줌마 정혜선 _195

신태평천하 _243

머리말

극단 함께사는세상과 더불어 공연했던 마당극을 한 자리에 모아 묶는다.

마당극 단체에서는 일반적으로 공동창작을 선호하고 있는데, 1990년에 대구에서 창단된 극단 함께사는세상 역시 그러했다. 창단 이후 네 번의 정기공연을 공동창작으로 치루면서 창작방식의 다양화가 필요하다는 의견이 극단 내부로부터 대두되었고, 여러 차례의 논의를 거쳐 개인창작도 수용하기로 결정하였다. 그 과정에서 선택된 첫 번째 작품이 바로 〈신태평천하〉였다. 1994년에 처음 공연되었으니, 벌써 20년의 세월이 흘렀다.

여기에 실린 여섯 편의 작품은 모두 극단 함께사는세상의 공연에 사용했던 대본이다. 극단 함께사는세상의 공연 형편에 맞추어 작품의 초고를 다시 고쳐 쓰다 보면, 나 자신의 작품세계가 자꾸 좁아지고 유형화 되어 간다는 느낌 때문에 고민스러운 때가 많았다. 그렇지만 뛰어난 기량을 가진 극단 함께사는세상의 배우들은 나의 그러한 소심함을 훌쩍 뛰어넘는 결과를 공연장에서 보여주었다. 극작품은 공연을 통해 또 하나의 생명을 얻는다는 진리를 새삼 깨닫는 순간들이었다.

나는 세계 연극계를 향하여 우리가 내어놓을 수 있는 가장 한국적인 연극이 마당극이라 믿고 있다. 이제까지 그러했던 것처럼, 앞으로도 마당극을 통하여 한국 연극의 미래를 찾는 작업을 극단 함께사는세상과 더불어 계속해나갈 것이다. 탈춤과 판소리 등의 기량을 익히는 데 수고를 아끼지 않는 배우들이 있었기 때문에 전통극의 연극적 자질들을 활용하는데 보다 적극적일 수가 있었다. 극단 함께사는세상의 특성이 잘 드러나는 마당극을 만들고, 그것으로 지역을 넘어 세계로 나아가는 것, 그 일을 앞으로도 변하지 않고 추진해야 할 나의 꿈으로 간직하고 있다.

그동안 여섯 작품을 함께 해주었던 극단 함께사는세상의 모든 식구들에게 고마움을 전한다. 안타깝게도 너무 빨리 떠나버린 제자이자 배우였던 혜림을 잊지 않을 것이다.

연극을 한답시고 많은 민폐를 끼쳤던 내 주위의 모든 분들에게 감사의 인사를 드린다.

2014년 봄

김재석 삼가 씀

천일야화

초연 무대

기간 : 2011. 4.21. – 5.1.

연출 : 김재석

장소 : 씨어터 우전

배우 : 강신욱(강신욱, 등골2, 반골, 진학부장, 아버지, 아기, 꼭두각시 인형), 박희진(박희진, 성골, 음악교사, 도창, 꼭두각시 인형), 탁정아(탁정아, 등골, 여학생, 신부, 산받이), 서민우(서민우, 진골, 학부모1, 고모, 학원 실장, 꼭두각시 인형), 조인재(조인재, 부네, 학부모2, 신랑, 꼭두각시 인형)

등장인물

첫째 마당 : 서민우, 강신욱, 조인재, 박희진, 탁정아
둘째 마당 : 강신욱, 성골, 진골, 등골1, 2, 부네, 반골
셋째 마당 : 조인재, 학부모1, 2, 진학부장, 음악교사, 여학생
넷째 마당 : 박희진, 도창, 아버지, 신부, 신랑, 아빠, 엄마, 고모, 아기, 학원 실장
다섯째 마당 : 탁정아, 산받이, 친구1, 2, 3, 4

무대

이 작품은 삼면 무대에서 공연하는 마당극이다. 무대의 적절한 곳에 각 마당의 제목을 알려주는 게시판이 놓여 있으며, "敎育之策, 一日之計"라고 적힌 면이 펼쳐져 있다. 관객들이 입장하는 순간부터 극은 시작되므로, 무대와 객석에 조명을 밝혀 놓아야 한다.

공연을 위한 조언

1. 이 작품은 다섯 명의 배우만으로 공연 가능하다. 남자 배우 2명과 여자 배우 3명이면 각 마당의 인물들을 모두 맡을 수 있다. 첫째 마당을 제외하고, 나머지 마당에서는 무대에 등장하지 않는 한 명의 배우가 있는데, 그가 악사를 한다.

2. 관객들이 입장할 때 배우들은 이미 무대에 나와 있으며, 각자 자신의 소품을 정리하거나 공연에 필요한 일을 하고 있다. 배우들은 관객들의 시선을 끌어 공연에 대한 호기심을 유발 시켜야 한다. 관객들에게 이 작품이 보편적 무대극과 다른 방식의 열린 공연이라는 사실을 알려주려는 것이다.

3. 일부 배우는 관객들을 상대로 이야기를 나누도록 한다. 아이가 몇 살이고 몇 학년인지, 교육비의 지출은 얼마 정도인지 물어보고, 자연스럽게 이야기를 나누는 것이 좋다. 관객들의 호응이 높으면 오늘의 교육현실에 대한 견해를 듣는 방향으로 질문을 끌어가기 바란다.

4. 둘째 마당의 부네 역할은 반드시 남자가 맡도록 한다. 마지막 대사를 제외하고는 '으응' 식의 간단한 소리만 내게 되어 있는데, 그 상황에 어울리는 감정을 잘 담아낸 소리여야 한다.

5. 다섯째 마당은 인형극, 즉 꼭두각시 무대가 기본을 이룬다. 무대 뒤편 중앙에 설치된 또 하나의 무대에서 배우들이 꼭두각시의 인형처럼 연기하는 것이다. 넷째 마당이 진행될 때까지 관객들이 인형극 무대를 알지 못하도록 하고, 다섯째 마당에서 산받이의 신호가 있을 때 무대막이 올라가면서 무대 속의 또 다른 무대가 노출되는 것이 효과적이다.

첫째 마당
教育之策은 一日之計라!

공연을 시작하기에 적절한 시간이 되면, 무대에 서민우가 등장한다.

서민우 안녕하세요? 반갑습니다. 저는 극단 함께사는세상의 막내 서민우입니다. (인사) 막내가 이런 자리에 나오는 경우는? 예, 맞습니다! 공연에 대한 안내 말씀 드리려고예. 먼저 다 같이 행복한 시간을 만들기 위해 휴대전화를 꺼 놓는 게 어떨까예? 배우들이 한참 연기에 몰입하고 있는 심각한 장면에서 느닷없이 '닐리리야--. 아빠, 전화받아요', 이러면 오늘 공연은 그냥 끝나는 거지예. (휴대전화를 꺼내는 관객에게 박수를 보내며) 감사합니다. 우리 모두 이 분 따라 같이 해볼까요? 감사합니다. 모두 다 꺼주셨습니다. 두 번째, 공연 중에 개별적으로 사진이나 동영상 촬영을 하지 말아주셨으면 합니다. 저작권, 뭐 이런 게 문제가 아니라 객석에서 촬영을 하고 계시면 배우들이 긴장을 해서 연기가 잘 안 되고, 다른 분들의 주의도 산만해지더라구요. (휴대전화를 꺼내 관객을 촬영하는 행동, 어색해 하는 관객) 하하--, 죄송합니다. 요약하자면, 공연에 큰 방해가 된다, 이 말씀입니다. 막내 이야기 듣기 지루하셨지예? 모두가 행복한 공연 시간이 되기를 바라는 의미에서 한 말씀 올렸습니다. 감사합니다. (인사하고 퇴

장하려 할 때)

강신욱 어, 어. 막내야.

서민우 대표님, 왜요?

강신욱 관객배우 이야기는 와 빼묵노?

서민우 아차차-차. (과장된 걸음으로 되돌아가면서) 평상시 떠들던 버릇이 남아서… 보통은 여기까지 이야기하면 끝났는데, 오늘은 말씀 드릴 게 하나 더 있는 걸 깜빡 했어예. 오늘 공연은 마당극이고, 마당극의 핵심은? 예, 정답! (박수 치며) 바로 관객 여러분의 참여입니다. 보자, 보자, 어디 보자. 이전에 우리 함세상 연극을 보신 분 계신가예? (손을 드는 관객에게) 어떤 작품이지예? (상황에 맞게 이야기를 이끌어간다) 이런 분들은 괜찮으신데, 가끔 "마당극은 관객을 괴롭히는 연극이라서 싫다"고 말씀하시는 분도 있어예. 관객을 잡고 씰데없는 시비나 걸고, 이거 해라, 저거 해라, 난리 친다는 거지예. 좀 과장된 말씀이기는 하지만, 그렇게 보실 수 있는 면도 있다는 생각이 드네예. (특정 관객을 지칭하여) 텔레비전 드라마나 영화하고 연극이 다른 점이 뭐라고 생각해예? (상황에 맞게 이야기를 끌어감) 예, 살아 숨 쉬고 있는 배우하고 살아 숨 쉬고 있는 관객이 만난다는 거 아이겠십니꺼? 연극배우는 영화배우와 달리 그림자가 아니라서, 제가 손을 내밀면 바로 여러분의 손을 이렇게 직접 잡을 수도 있는 거지예. (몇몇 관객과 악수를 나눈 후, 어느 관객의 손을 잡고) 야, 따뜻하다. 손이 억수로 곱네. 화장품은 어디 꺼 써예?

강신욱 (점잖은 목소리로) 민우야, 삼천포로 빠졌데이.

서민우 아차차-차. 각설하고, 살아 있는 배우와 관객이 만나는 이

자리에서, 여러분이 숨도 크게 못 쉬고, 쥐 죽은 듯이 조용하게, 손가락도 까딱 않고 앉아 있어서야 말이 됩니까? 그-래-서, 마당극에는 일반적 무대극에는 없는 관객배우가 존재합니다. 간단히 말하자면, "우리 모두가 공연을 함께 만들어가는 배우다", 이렇게 생각하시면 되겠습니다. 널리 알려지지 않아서 그렇지, 우리나라 전통극에서 관객배우는 대단히 중요한 역할을 했어예. (관객에게서 무슨 말을 들은 듯) 제 말이 믿기지 않는다고예? (잠시 침묵) 좋습니다. 제가 바로 예를 들어 보겠습니다. 자, 조교 앞으로!

조인재 조교 앞으로!

조인재는 간단한 햄릿 복장으로 나오고, 다른 배우들은 관객의 역할이다.

서민우 셰익스피어의 〈햄릿〉입니다. 왕의 갑작스런 죽음에 의문을 품고 있던 햄릿은 유령을 만나 끔찍한 비밀을 듣게 됩니다. 삼촌이 아버지를 살해했다는 겁니다. 그 삼촌이 어머니와 결혼한다는 소식에 몸부림치는 햄릿을 잠깐 만나보기로 하겠습니다.

조인재 이 세상은 자랄 대로 내버려둔 잡초의 뜰, 썩고 더러운 열매가 득실거리는 뜰. 일이 이렇게 될 줄이야. 서거하신지 불과 두 달. 아냐 두 달도 채 못 됐어. 그렇게 훌륭하신 국왕. 그분이 태양의 신이라면 현재의 왕은 반인반수의 괴물이지. 어머니를 그처럼 사랑하셔서 바람이 행여나 거칠게 그 얼굴을 스쳐갈까 염려 하시던 아버지. 천지신명이시여, 그런 일까지 기억을 해야 하나요? 그렇지.

먹으면 먹을수록 음식이 탐이 나듯, 잠시도 아버지 곁을 떠나지 않던 어머니가 한 달도 못되어, 아니 더 이상 그 생각을 말자. 약한 자여 그대 이름은 여자!

강신욱 (관객) 맞아, 그렇지!

조인재 (당황스럽지만 내색하지 않고) 한 달도 못되어 아니 나이오비처럼 눈물을 흘리며 불쌍한 아버지의 시체를 따라가던 그 신발이 채 닳기도 전에 – 어머니, 그 어머니가– 아, 신이여. 분별심이 없는 짐승도 어머니보다는 좀 더 오래 애도를 했을 텐데–.

강신욱 (관객, 큰 소리로) 저런, 쯧쯔––.

다른 배우 (관객) 쉿~.

다른 배우 (관객) (째려보고, 돌아보고, 웃고)

조인재 (어수선한 분위기 때문에 연기에 감정 몰입이 잘 안 된다) 그 어머니가 나의 숙부요 아버지의 동생과 결혼을 하다니. 그러나 가슴이 터지는 한이 있어도 입을 다물고 있어야해. (인사)

서민우 (박수를 치며) 햄릿이 무척 고생 했습니다. (조인재에게) 기분이 어떻습니까?

조인재 (과장된 목소리) 그냥, 콱, 객석으로 달려가…. (소리는 내지 않고 아주 빠른 속도로 무언가 말한다)

서민우 (조인재를 무대 밖으로 밀어내며) 감사합니다. (관객을 향해) 〈햄릿〉의 경우, (강신욱을 가리키며) 이런 관객을 만나면 큰 일 나지예. 관객들이 무대에 몰입하도록 만들어진 연극이거든예. 그렇지요, 감정이입! 그게 깨어지면 배우나 관객이나 모두 곤란해지지예. 그런데 한국의 전통 연극은 그렇지 않아예. 관객의 개입이 없으면 오히려 재미가 없어지지예. 조교 앞으로!

박희진 조교 앞으로! (부채를 들고 앞으로)

서민우 전통 연극의 대표적 작품인 판소리 〈심청가〉의 한 대목을 보겠습니다. 아버지의 눈을 뜨게 해 줄 공양미 삼백 석에 자신의 몸을 판 심청. 인당수에 이르러 죽음을 앞에 두니 슬픔이 북받쳐 하염없이 눈물이 흐릅니다.

박희진 (휘몰이) 심청이 거동 봐라. 바람 맞은 사람같이 이리 비틀, 저리 비틀, 뱃전으로 나가더니, 다시 한 번 생각한다. "내가 이리 진퇴함은 부친의 정 부족함이라." 치마폭 무릅쓰고 두 눈을 딱 감고, 뱃전으로 우루루루루루루, 손 한번 헤치더니, 강상으 몸을 던져, 배이마에 꺼꾸러져, 물에가 풍, (아니리) 빠져놓으니.

강신욱 (관객) 얼씨구.

박희진 (진양) 행화는 풍랑을 쫓고, 명월은 해문에 잠겼도다. 묘창해지일속이라, 제문을 물에다가 떨치고, 청천의 외기러기난 북천으로 울고 가고, 창파만경 너른 바다 쌍쌍 백구만 흘리 떴다.

강신욱 (관객) 그렇지! 잘 한다.

박희진 (진양) 우후청강을 못 이기어 비거비래 왕래커날, 선인들 마음이 처량허여 면면히 바라보며, "아차차차 불쌍허다. 우리가 장사도 좋거니와, 사람을 사서 물에다 넣고 우리 후사가 잘 되겄느냐?" 영좌도 울고 집좌도 울음을 울며, "명년부텀은 이 장사를 말자. 닻 감어라, 어그야 에허 어허 어그야 어흐어." 술렁술렁 남경으로 떠나간다. (인사)

서민우 (박수를 치며) 수고하셨습니다. 기분은 어떠신지?

박희진 오늘처럼 관객 반응이 좋은 날은 소리가 더 잘되기 때문

에…. (소리는 내지 않고 아주 빠른 속도로 무언가 말한다)

서민우 (박희진을 무대 밖으로 밀어내며) 감사합니다. (강신욱을 가리키며) 판소리 공연에서는 이런 분을 째려보는 관객은 안 계십니다. 오히려 공연 분위기를 살려줬다고 박수를 받겠지예. 만약에 관객들이 조용하게 구경만 하고 계시면, 소리꾼은 힘이 들어 좋은 소리가 안 나오거든예. 그-래-서 판소리는 창자와 고수, 관객이 함께 어울려 만들어가는 공연이다, 이렇게 말하지예. 마당극은 가면극과 판소리 같은 전통극을 현대화한 연극이라서 관객의 참여 역시 이어받고 있어예. (누군가의 성대모사로) "오늘 강의를 요약하면, 말이지. 현대 연극의 관객은 말이지, 작품을 소비하는 소비자로만 머물지 말고, 작품의 생산주체로 자신을 재정립하는 인식의 전환이 필요하다, 바로. 이거야. 응, 알겠어?" (반응이 좋을 리 없겠지) 아이고, 죄송합니다. 와 이래 춥노. 다… 음… 에는…. (강신욱을 바라본다)

강신욱 ….

서민우 (울상이다)

강신욱 …. (난 몰라)

서민우 …. (살려주세요!)

강신욱 (웃으면서 일어나 관객 앞으로 나간다. 서민우와 손을 마주치며 교대) 저렇게 부끄러워하는 걸 보니, 민우가 극단의 막내인 건 분명하네요. 격려의 박수 한 번 주시기 바랍니다. (관객의 박수. 서민우는 다른 배우 뒤로 숨는다) 감사합니다. 민우가 마지막으로 말씀드리려 했던 건 제목 '천일야화'에 대한 겁니다. 모 케이블 방송의 야시시한 프로그램 때문에, 이번엔 "신욱이도 벗나? 그런데… 보기가, 좀 그렇겠다"라는 오해를 사고 있습니다만, 전혀 그런 일 없으니 안심하시기 바랍니다. 그런데 왜 제목을 '천일야화'로 했느냐~하면.

배우들 무대로 나와 작품회의 대형으로 앉는다.
관객들도 회의에 참가하고 있는 상황으로 만든다.
강신욱도 앉으면서.

강신욱 오늘 작품회의는 어제까지 수집했던 이야깃거리들을 배열해서 작품의 구조를 만들어 보는 겁니다. 아시겠습니까? 자, 원활한 회의 진행을 위해 기를 모아 봅시다.

재미있는 동작으로 다 함께 '함세상, 함세상, 화이팅'을 외친다.

서민우 (함께 따라 하지 않는 관객들에게) 에헤, 이래 기가 빠져서야. (군 조교식 말투) 어이, 연습단원님들, 정신 안 차리십니까, 예? 자, 선배 따라 같이 해봅니다. 아시겠습니까! (관객들에게 동작과 구호를 가리켜주고) '함세상, 함세상, 파이팅', 잘 했습니다. 박수!

탁정아 우리 막내도 연습단원들 앞에서는 힘쓰네.

서민우 (으스대며) 여기 있는 연습단원들이 정단원이 될 땐, 나도 막내가 아니지롱.

박희진 쭈욱 지켜봤는데, 이번은 어째 수준이 영, 아니야.

서민우 아이라예, (관객을 가리키며) 이 분, 저분은 상당한 끼가 있다카이요.

조인재 (고개를 흔들며) 이번에는 한 명도 합격 못할 것 같다. 내기

할래?

서민우 안 되는데, 막내 딱지 떼야 하는데.

강신욱 쯔쯔-, 연습단원들 기 고만 죽이라. 우리도 처음 왔을 때 안 그랬나? 그건 글코, 희진이 숙제 해왔제?

박희진 (우물쭈물)

강신욱 어허, 뭐 이런 일이! 또 알라가 밤새 열나고 아팠나?

조인재 아저씨가 (박희진이 째려보자 우물쭈물) 일을 못 하게 방해를….

박희진 혼자 밤을 하얗게 지샜다 카이.

탁정아 근데?

박희진 없어.

탁정아 아하, 답을 못 찾았구나.

박희진 봐라. 우리가 많이 해왔던 노동 문제를 다룰 때는 답이 분명 했거든. 산업재해로 쓰러지는 노동자들, 그것의 원인을 은폐하고 돈 몇 푼으로 해결하려는 사업주. 이거, 피아(彼我)가 분명하잖아? 그러면 답도 바로 탁 나와. 구조적 모순을 해결하고, 노동자의 권리 보장. 그러면 전체 구성도 따라 나와, 기승전결. 모든 게 분명 분명했는데, 이번의 교육문제는 그게 아니더라구.

조인재 왜, 답이 없어요!

탁정아 난 언니가 이해되는데.

조인재 아, 참. 답답하네.

박희진 인재 너는 고등학교 때 경험 모으기 맡았제?

조인재 와 아이라요. 별꼴이 다 있데요. 어떤 반 급훈이 "니가 졸면, 니 친구가 덕 본다"였어요. 너무 끔찍하잖아요? 어떤 학생은 전교 1등하는 자기 친구를 옥상에서 밀어버리는 꿈을 꾸고는 미칠 뻔 했다잖아요. 이렇게 상황이 분명한데, 왜 답이 없어요?

강신욱 그래서 답은 뭔데?

조인재 (즉각적으로) 학생들에게 너무 공부만 강요하지 마라!

박희진 대학은 안 가도 되나?

조인재 가야지, 뭔 소리예요.

박희진 그러면, "니가 졸면, 니 친구가 덕 본다"가 맞네.

탁정아 어차피 명문대 인원은 한정적인데, 맞잖아?

조인재 아, 답답하네. 제 말은 그게 아니고예.

서민우 (관객을 지목하여) 연습단원들의 생각은 어때-요? 이때 실력을 보여주고, 정단원으로 바로 승급 해보는 게… 살벌한 고등학교 교실을 따뜻한 곳으로 바꿀 수 있는 좋은 아이디어가 있지요? 있을 것 같아.

상황에 따라 대응한다.
관객들의 답은 단편적일 수밖에 없다.

박희진 봐라. 봐. 답이 안 나온다 카이.

조인재 정부에서 대입제도를 개선한다 카이, 그거 기다려 보입시다.

박희진 아직도 기대를 가지고 있나? 우리나라에서 교육정책은 일일지계 아이가.

서민우 일일지계가 뭐라예?

탁정아 저기 크게 써놨잖아.

서민우 (잠시 망설인다) 어느 쪽부터 읽어야 되는데?

조인재 (자신 있는 투로) 저건 말이다. (모르니까 박희진을 가리키며)

선배님이 상세하게 말씀해주실 거다.

박희진 교육은 백년을 생각하는, 즉 긴 안목으로 계획을 세워야 한다는 건데, 요즘은 눈에 보이는 문제만 땜빵하는 하루살이 식 정책을 만들고 있다는 거지.

조인재 이제 알겠나, 민우야. 교육이라는 것이 말이야….

서민우 그렇게 잘 아시는 분이 답도 못 찾으셔~

조인재 (단호하게) 대학입학시험을 없애면 돼.

서민우 그러면?

조인재 수험생 모두가 원하는 대학에 가는 거지!

탁정아 전부 서울로 가면? 취직 잘되는 과로 전부 몰리면?

조인재 (좀 자신은 없지만) 배정하면 되지!

박희진 뭘로?

조인재 (좀 더 자신이 없지만) 시험 말고, 학생 추천서, 뭐 이런 걸로.

탁정아 추천서에도 등수가 매겨지겠네?

조인재 (자신이 많이 없어졌다) 에이, 뭐가 이래 복잡하노!

박희진 봐라! 답이 없는 거 맞제. 학생 부담 던다고 시험 과목 줄이더니, 교육 정상화한다고 늘였다가, 갑자기 또 줄인다 카고. 대학 졸업정원제 하더니, 바로 폐지하고, 대학 숫자를 마구 늘여놓더니 느닷없이 구조 조정 한다 카고….

탁정아 · 조인재 (동시에) 천-일-야-화네!

박희진 그거 뭔 소리고!

탁정아 아라비안 나이트! 사라자데가 천일 동안 이어나간 이야기를 모은 거라잖아요. 우리나라 교육에 대한 사연도 모으면, 천일이 아니라 쭈욱 계속될 것 같지 않아요?

강신욱 (박수) 천일야화! 이번 공연 제목으로 하자.

박희진 작품 구조 이야기하다 말고, 웬 제목?

강신욱 내 생각에는 말이다. 대학입학 제도, 아이다, 그게 뭐든지 제도 몇 개 바꿔서 한국의 교육문제가 단번에 해결되지는 않는다고 봐. 단번에 답을 찾으려고 하지 말고, 우리 자신을 찬찬히 돌아볼 필요가 있을 것 같아.

박희진 맞아! 교육에 관한 한 우리 모두가 피해자이면서, 또 가해자거든.

서민우 내가 왜 가해잔교?

박희진 (웃으면서) 민우의 궁금증을 풀어주는 연극을 만들면 되겠네.

탁정아 아하–, 답을 제시하는 연극이 아니라, 올바른 교육에 대해 함께 생각해보는 자리로 만들자는 말씀?

강신욱 그렇지. 각자 조사 책임졌던 것들을 가지고 한 마당씩 만들기로 하자. 나는 교육에 병든 게 아니라 학벌에 병들고 있다는 걸 말하고.

조인재 나는 성적에 모든 것이 결정되어 버리는 우리 사회의 모순을.

박희진 나는 자신의 대리만족을 위해 아이들을 들볶고 있는 부모들의 잘못을,

탁정아 나는 우리 모두가 행복할 수 있는 꿈에 대해 말할 거예요.

서민우 (주춤) 나는? 뭐해!

일동 다 같이 서민우를 바라보다가, 동시에.

일동 너는 이미 다 했잖아! (모두 일어서서 둘째 마당의 공연 준비에 들어간다)

둘째 마당
천년만년 살고지고!

강신욱 (게시판의 종이를 한 장 넘겨 "천년만년 살고지고!"를 펼쳐놓고 오면서) 제가 말씀 드리고 싶은 건 학벌 패거리에 대한 겁니다. 혹시 같은 학교 출신, 동문이라고 해서 무조건 편들어 준 경험이 있지는 않습니까? 제 생각에는 말입니다. 대학입시에 목숨 걸고 있는 우리 상황을 교육열로 표현해서는 안 된다고 봅니다. 최고 수준의 학벌 패거리에 끼어들어, 그들이 누리고 있는 기득권에 편입되고 싶은 욕망은 아닐까요? 이런저런 생각을 하회별신굿탈놀이를 바탕으로 하여 짜보았습니다. (탈춤꾼의 목소리로) 때는 꽃 피고 새 우는 봄날이라, 춘흥을 못 이긴 성골님께서 어여쁜 부네를 다리고 나들이를 하시겄다. 자, 쳐라.

장단에 맞추어 성골과 부네가 춤을 추며 나온다.
부네는 교태가 가득한 춤을 추며 성골을 따르지만, 관객에게도 끊임없이 추파를 던진다. 성골이 자신의 위세를 과시하는 거드름춤을 추며 부네와 더불어 즐기고 있는데, 진골이 춤을 추며 나온다.
성골과 부네를 발견한 진골은 그들을 향해 춤추며 돌진한다.
상대방을 제압하기 위한 성골과 진골의 거드름 부림이 점점 커진다. 진골의 거드름춤이 성골에 비해 좀 더 강해지는 순간, 성골이 춤을 멈춘다.

성골 어라, 쉬-. 성골 어른께서 간만에 신명을 즐기시는데, 웬 녀석이 이리 훼방을 놓는 겐가? 얘야 등골아.

등골 (관객과 장난하느라 못 듣고 있다)

성골 등골, 야 이놈아, 뭘 하고 있느냐?

등골 갑니다, 가요. (성골을 향해 가지만, 등골이 휘어진 까닭에 뒤뚱거린다) 안 된다, 안 된다 해도 자꾸만 만나자고….

성골 그렇게 여자를 밝히니, 니 놈이 큰 일하긴 글러 먹었지.

등골 제가 아니굽쇼. 성골님을….

성골 영웅호걸에게는 여자도 많이 따르는 법이다. 공연 끝나면 분장실로 오라 해라.

등골 알겠습니다요. (관객에게 향할 때)

부네 으응! (싫은 내색을 한다)

성골 참, 그게 중요한 게 아니고. 너 저기 보이는 이상하게 생긴 게 뭔지 알겠느냐?

등골 (한 걸음 다가가 보면서) 눈은 작고.

성골 지 보고 싶은 것만 보겠구나.

등골 조그만 귀는 달렸는지, 아닌지 모르겠고.

성골 남의 말은 죽어라 듣지 않겠구나.

등골 코는 천지연과 백록담을 좌우에 모아 놓은 것 같고.

성골 먹을 거 냄새 하난 기가 차게 잘 맡겠구나.

등골 입은 커서 얼굴의 반이나 되고.

성골 주는 대로 넙적넙적 잘도 받아먹겠구나.

등골 손은 갈퀴처럼 커다랗습니다요.

성골 아따, 그놈. 이곳저곳 가릴 것 없이 잘 긁어 들이겠구나.

등골 (한참을 진골의 이곳저곳을 살피다가) 염치란 놈은 아예 안 보입니다요.

성골 (크게 놀라며) 염치가 없어!

부네 으응? (놀란다)

등골 예-이.

성골 아하, 그거. 딱 권력 상인데…, 등골아.

등골 예-이.

성골 귀한 어른을 만났으니, 통성명이나 하잔다고 여쭈어라.

등골 예-이. (하며 달려가 이야기를 한다)

진골 (등골에게 무어라 말한다)

등골 (그 자리에서) 어느 집 똥개가 짖느냐고 여쭈라시는데요?

부네 으응! (새로운 강자를 발견)

성골 뭐라? 이 괘씸한 놈이.

진골 (뭐라 말한다)

등골 (진골의 시종인 양) 통성명을 할 량이면, 이리로 와서 먼저 여쭈어라…는 뎁쇼.

부네 으응--? (어쩌지요?)

성골 내, 저런 놈들을 수태 만나봐서 잘 안다마는, 초장에는 다 저래 빼덩빼덩 하다가, 조금만 손보면 나긋나긋 해진다. 일단은 가보자. 자, 쳐라! (장단에 맞춰 춤추며 간다)

부네 (성골보다 더 빠르게 진골 근처에 가 있다)

성골 소생(小生)은 대구 사는 성골이라 하오.

진골 대생(大生)은 서울 사는 진골이오.

성골 대생이라, 허허허. 내 매생이 국은 먹어 봤어도….

진골 아따 이 양반, 무식하기는.

성골 (기 싸움에서 지기는 싫어서) 그래, 오늘 제대로 배워 무식 한 번 면해 봅시다.

진골 적을 소에 날 생자 쓰는 소생은 그릇이 적게 태어났으니,

악착같이 일해도 벌어 먹기 어려운 신세이고.

등골 그렇지!

진골 중생은 어중간 하게 태어났으니 죽을 뚱 살 뚱 설쳐야 먹고 살만 하고.

부네 으응—. (그렇지)

진골 대생은 본래 크게 태어났으니, 그냥 저냥 살아도 온갖 게 풍성한 그런 사람들을 말하는 것이오.

등골 (경망스럽게 손뼉을 치며) 맞다, 맞다.

부네 으응—. (오빠 최고)

성골 (기분이 좋지 않다) 그건 그렇고, 관향이 어디신지.

진골 영포요만, 댁은?

성골 (거만하게) 왕골이요.

진골 (고개를 끄덕끄덕 한 뒤) 시조께서, 왕골 화문석을 짜서 생계를 꾸렸나 보오. 하하하.

성골 아니, 골계보(骨系譜)에 대해 그리도 무식하오, 쯔쯔.

진골 뭐요? 골 깨보이?

등골 아따, 세상이 다 아는 걸 진골님은 우째 모르지예?

진골 으흠.

성골 세상사 인간들을 크게 세 부류로 나눌 수가 있는데.

등골 그렇지.

성골 학벌이랄 게 없어 그냥 저냥 되는대로 사는 놈들을 무골이라 하고.

부네 으응! (얼씨구)

성골 학벌 만들어보겠다고 설쳐대다가, 집안 기둥 다 빼먹은 족속들이 등골이고.

등골 (삐딱한 자세로 서서 손가락으로 V를 그린다)

성골 학벌 덕에 세세손손 승승장구하는 사람들을, 왕-골이라 하오.

부네 으응! (맞아요, 맞아)

등골 그렇지. (둘이 어울려 호들갑을 떤다)

진골 (아는 체하며) 아, 무골호인(無骨好人)이란 말이 거기서 나온 말이구려.

성골 왜 아니겠소. 학벌이 없으니 말이라도 잘 들어야 먹고 살게 아니오.

진골 그럼 등골들은 어떤 족속들이오.

성골 등골아-.

등골 예이.

성골 너 먼저 냉큼 집으로 달려가서 술상 좀 봐두어라.

등골 예이. (뛰어 나간다)

성골 (등골을 가리키며) 공부한답시고 온 집안을 발칵 뒤집어 생

난리 쳐놓고는 겨우 겨우 너저부리한 대학을 나온 족속들이오. 관심 둘 것 없는 놈들이요.

진골 걔 중엔 자기도 왕골이 된 양 착각하는 놈들도 있겠구려.

성골 나한테도 매달리는 등골이 하나 있어 귀찮아 죽겠소. (등골2를 발견하고는) 아이쿠, 저기 또 왔네.

남루한 할미 복장의 등골2가 춤을 추며 등장한다.
등골이 없어서 춤이 엉성하다.
진골 주위를 맴돌지만, 진골이 외면하자 춤을 멈추고 신세 한탄을 시작한다.

등골2 (타령조로) 춘아춘아 옥단춘아
이내사연 들어주소
없는살림 톡톡털어
대학일랑 들어가서
지극정성 마음으로
공부열심 해왔는데
지방대생 주홍글씨
취업자리 없다하네
데려다가 써보고서
문제있음 짜를거지
다짜고짜 거절하니
이내신세 가련하다.

진골 (등골2에게) 나이가 얼만데 그래 폭삭 늙었노.

등골2 이팔청춘 갓 지났다만, 세상살이 어려워서 이래 안 됐나.

진골 인자 눈높이 좀 낮차라, 그라믄 취직자리 만타.

등골2 와 내 눈높이만 자꾸 낮추라 카노.

진골 왕골 자리를 자꾸 넘보이, 그라제.

등골2 기회라도 한 번 주면 안 되겠나.

성골 사람이 분수를 알아야지. 에헴. (화를 내며 돌아선다)

진골 (달래기 위해) 우짜든동 외국 유학 갔다 오고, (강하게) 얼굴도 손 좀 봐라, (거드름 피우며) 자리 한 번 알아 봐 주마.

등골2 진짜로예? 고맙심더, (혼잣말로) 근데 돈이 어딨노. 내가 집안 등골 다 빼묵었는데. (관객석을 보다가) 여기도 등골 빠진 사람들 마안네. (허리에서 쪽박을 꺼낸다. 관객에게) 없는 사람끼리 십시일반 하입시데이.

장단에 맞추어 구걸을 하면서 무대를 돌아 퇴장한다.

성골 후유, 학벌도 없는 주제에 말은 왜 그리도 많아.

진골 으흠! (어깨에 힘이 들어갔다)

성골 부네야, 수고하신 진골어른 어깨 좀 주물러 드려라.

부네 으응. (예)

부네가 진골의 어깨를 주무르는데, 점차 야릇한 춤사위가 된다.

진골 어따, 시원타.

부네 으응. (누가 나에게 안 넘어가?)

성골 진골, 부탁 하나 하이시더.

진골 같은 왕골끼리 뭘 못 들어 주능교?

성골 (관객에게) 아까 돈이 얼마 필요하다 캤제? 20억! 오냐, 알았다. (손가락 세 개를 만들어 보이며) 30억….

부네 으응. (나도)

성골 (손가락 하나 더 펴며) 40억이라네.

진골 (전화 거는 시늉) 어, 아우님, 날세. 사람 하나 보낼 테니 돈 좀 내주게. 아, 그럼. 믿을 만하지. 우리 동문이라 카이.

성골 동문이라네! (위세를 보이는 춤을 춘다)

부네 으응, 으응. (좋아, 좋아. 어울려 춤을 춘다)

진골 (같이 춤추며, 전화 통화를 계속하다가) 어, 그래? (춤을 멈춘다) 그건 내가 좌의정과 포도청에 이야기 해 둠세. 잘 알아서 해줄 거야. 응, 응. 알아, 알아. 우리 동문이지, 그 사람. (전화를 끊고는) 어허, 이런….

성골 진골 어른 무슨 일이라도.

진골 대감들 자리를 좀 바꿔볼까 하는데….

성골 하는데?

진골 왕골 쓸 자리에 등골 하나 넣었거든….

성골 와요? 진골.

진골 왕골끼리 다 해먹는다꼬, 괜히 시비 걸 거 아이겠어요.

성골 등골들 떠들어 봤자지요.

부네 으응. (맞아!)

진골 그래도 (관객을 가리키며) 자는 능력이 마이 모자라서, 쫌….

성골 (유심히 보고는) 나라 일 하는데 뭔 능력이 필요한교.

진골 지난번에 사발통문을 관리하다가 잘못 되어서 물러 난지 얼마 안 됐는데….

성골 (큰 소리로) 동문이라네!

세 명이 "동문이라네"를 외치고, 어울려 위세를 보이는 춤을 춘다.

진골 (춤을 멈추고) 그럼, 등골을 빼고?

성골 참으로 현명하신 처사올시다.

진골 (거드름 피우며) 왕골 동문이여 영원하라!

성골 상하귀천의 구분이 분명하던 옛날이 그립지 않소, 진골 어른!

진골 맞소, 맞소. 옛날에는 중고등학교 실력 차이가 분명해서 한 눈에 척 알아 볼 수가 있었는데 말이요.

성골 그놈의 평준화 바람이 다 망쳐 놨어요.

부네 으응. (맞아요)

진골 그래서, 귀족초등학교도 만들고, 국제중도 만들고, 특목고, 외고, 자율고도 만들어 평준화를 확 깨놓을까 하오. 으하하하.

성골 평준화를 깬다 하네-. (세 명이 어울려 춤을 춘다)

부네 (기분이 좋아서 큰 소리로) 왕골족 만세!

세 사람의 흥이 절정을 오르는데, 반골이 춤을 추며 등장을 한다.

성골 · 진골 (놀라서) 반골이다!

부네 반골이다!

세 사람의 춤은 도망가는 동작으로 바뀌고, 반골은 그들을 판에서 몰아낸다.

반골 (춤을 멈추고 관객석을 향해 서서) 아따, 오늘 뭔 일이 있어서 등골 빠진 인간들이 이래 마이 모여 있노. 이런 날은 장사하면 잘 되겄다. (관객에게) 등골님들 안녕합쇼~. (가방에서 가면을 꺼내어 보여주며) 등골님들, 왕골족 얼굴 하나 사이소. 이거 하나 사서 얼굴에 깔면, 있던 염치도 싸악 없어지는 신기한 거라예. 뭐 해묵다가 들켜도, 안면 싹 바꾸고, 다시 나올 수 있는 신기한 거라예. (관객의 반응에 대응) 그라면 (약봉지를 꺼내며) 왕골들의 비방약 '오래가그라' 하나 살라니껴. 이 약 먹으마 쎄 지지예, 뭐든지 한번 물면 놓지를 안케 되니더. 쓸 만한 자리를 하나 물고는, 자기뿐만 아이라, 자식, 손자까지 줄줄이 물고 늘어지는 거 봤지예. 정말 오래 가니더. (관객의 반응에 대응) 그럼 비장의 물건은 어떠니껴. 이거 왕골가문을 증명하는 귀한 문서니더. (가방에서 졸업장을 꺼낸다) 이거 마이 비싼 건데, 하나만 있으마 대-한-민-국에서는 고생 끝, 행복 시작인기라. (관객의 반응에 대응) 어허, 못 믿는교. 얼마 전에 어떤 여자가 이거 하나 사갔는데, 희한하게도 신세가 쫘-악 풀렸다 아인교. 이거요, 도깨비 방망이보다 더 좋은 거라 카이요. (관객에게) 사소, 사. 어허, 이래 가주고 어얄라카노. 하기사, 오랜만에 염치 가진 사람들 보이 기분은 좋네. 좋아. 마, 춤이나 한 판 신명나게 추고 갈라니더. (한 바탕 춤을 추고, 퇴장)

셋째 마당
네 꿈은 내가 결정해

조인재 (게시판을 바꾸고 나오면서 관객에게) 혹시 중고등학교 시절로 돌아가고 싶으신 분은? (관객 반응에 따른 대응) 전 다시 돌아가고 싶지 않아예. 뭐, 그렇다고 해서 제가 문제아였던 건 아닙니다. 너무 평범했기 때문에, 다시 돌아가고 싶은 마음이 없다는 게 맞는 말 같아예. 그저 눈 뜨면 학교에 가고, 수업 받고, 시험 치고, 오직 수능성적 외엔 아무 생각도 없었던 그 시절. 그 당시 저는, 행복은 성적순이라는 말을 절대적으로 믿었습니다. 지금 생각해보면, 고등학교 시절에 인생이 무엇인지, 혹은 자신의 미래를 어떻게 개척해가야 하는 것인지, 뭐 이런 것들을 배울 수 있었으면 얼마나 좋았을까 싶네요. (관객 반응) 그렇지요. 요새 학교에서는 택도 아이지예! 그래서 그런 저런 생각들을 셋째 마당에 담아 보았습니다. (학부모1 무대로 나온다) 아, 저기 이 학교에서 이과에서 1등을 하고 있는 아이의 어머니가 오시네예. (안경을 걸치며) 저희 집 아이는 문과에서 1등입니다. (학부모1을 향해)

학부모2 명아 어머님도 오셨어요?

학부모1 어, 재봉이 아버님도 호출이라예?

학부모2 진학부장님 말씀이 긴히 상담해야 할 일이 있다는데, 뭔 일인지.

학부모1 그 집 아들이 문과 1등이고, 우리 집 딸애가 이과 1등이

니, 가만 있거라… 아마 학기 초라서 인사 오라는 말 아닐까예?

학부모2 인사예?

학부모1 진학 상담한다, 그러면서 뭐 이런저런….

학부모2 (단호하게) 애들을 위해서, 필요하면 써야지요.

학부모1 혼자 튀면 안 되는 거 아시지예.

학부모2 당연하지요. (관객석의 한 사람을 가리키며) 저 애 알아요?

학부모1 그럼요, 톱으로 입학 했는데, 지금은 개판이라면서요.

학부모2 우리 애 친군데요, 부모 속을 얼마나 썩이는지 몰라요.

학부모1 (펄쩍 뛰며) 친구하지 말라 그래요.

학부모2 (관객에게 가서) 얘가 어른을 보면 인사를 해야지, 슬슬 도망이나 가고… 성적이 그게 뭐야! 정신 좀 차려라. 앞으로 뭐 해먹고 살려고 그래?

관객들의 반응에 대응하면서, 성적에 대한 이야기로 집중. 관객은 어리둥절하여 잘 대응하지 못할 것이다.

학부모1 어머, 얘가 말하는 것 좀 봐. 그러니 성적이 개판이지!

학부모2 (대상 관객의 옆 관객들에게) 뭘 웃고 있어. 너희들도 다 똑같애. 이러다 명문대학 못 가면 신세 조지는 거야, 알겠어? (관객의 반응에 대응하다가) 뭐!!

학부모1 아니, 왜 그래요?

학부모2 (무대로 나와서) "나는 내하고 싶은 걸 하며 살 거니, 간섭하지 마라" 카네예.

학부모1 아유, 세상에, 세상에. 우리 집 애가 닮을까 두렵다. 겁나.

진학부장 등장.

진학부장 일찍 오셨네요.

학부모2 아이들 일보다 더 중요한 게 뭐 있겠어요.

학부모1 만사를 제쳐놓고 와야지예, 선생님.

진학부장 (좀 전 관객을 가리키며) 저 애 부모는 오지도 않아요.

학부모1 얼마나 속이 터지시겠어요.

학부모2 허우대만 멀쩡해가지고….

진학부장 지금 남의 애를 걱정 할 때가 아닙니다.

학부모1 (뭔가 불길한 느낌) 혹시? (엄지손가락을 아래로)

진학부장 예.

학부모1 얼마나….

진학부장 뚝, 떨어졌습니다.

학부모1 뚜욱~

진학부장 예.

학부모1 웬 날벼락이. (털썩 주저앉는다)

학부모2 정신 차리세요. 명아 어머님. (부축해서 일으켜 주며) 이럴 때일수록….

진학부장 그 집 애는 더 떨어졌습니다.

학부모2 예-에? (털썩 주저앉는다)

진학부장 두 집 아이 모두 서울대는 꿈도 못 꾸게 생겼어요.

그 말에 학부모1과 2는 충격을 받아 일어서지 못하고 팔을 휘적거리고 있다.

진학부장 이번 시험이 임시모의고사라서 다행이지, 내신 관리에 치명타가 갈 뻔했어요.

학부모1,2 이런 날벼락이…. (겨우겨우 일어서려는데)

진학부장 그런데 둘 다, 실용음악과에 가겠답니다.

학부모1과 2는 더 큰 충격에 완전히 누워 버린다.

진학부장 지금 학교에서도 초비상 상태입니다. 서울대 합격생 수가 줄어들면 학교 평가에 얼마나 불이익 당하는지 아세요? 가뜩이나 평준화 해체니, 명문고 부활이니, 어수선한 판국에 말입니다. 교장 선생님께서도 길길이 날뛰시고….

학부모 1과 2는 여전히 실신 상태이다.

진학부장 일어나세요, 지금 그럴 때가 아닙니다.

학부모 1과 2는 벌떡 일어선다.

진학부장 빨리 대책을 마련해야 할 때입니다. 애들을 오라고 해두었으니, 직접 만나 이야기를 해봅시다.

학부모1 그래야지예, 우리는 선생님만 믿겠십니더.

노크 소리 나고, 음악교사가 명아를 데리고 들어온다.

진학부장 아니, 왜 명아만….

음악교사 재봉이는 아버지가 오신다는 말을 듣고는 놀라 도망가더니, 휴대폰을 아예 꺼버렸습니다.

학부모2 이놈의 자식을!

학부모1 (명아를 잡고) 내가 너를 서울대 보내려고 얼마나 고생했는데….

여학생 ….

학부모1 너한테 들어간 돈이 얼마나 되는지 알아? (아이를 마구 밀치고) 뭐가 부족해서….

여학생 죄송해요, 엄마.

진학부장 자, 자. 상황은 우리가 다 파악했고, 애들을 불러서 경위서도 다 받았어요. 그러니 딴 말씀은 마시고, 학교를 믿고 따라 주시면 됩니다.

학부모2 그래요. 명아 어머니.

학부모1 그래, 성적은 왜 떨어졌지예?

진학부장 명아가 학교의 허락을 받지 않은 불법단체에 가입을 해서….

학부모2 이런! 단단히 탈이 났구나.

진학부장 재봉이도 같이 가입했습니다.

학부모1 그 집 애가 명아를 꼬드겼구먼, 틀림없어.

학부모2 재봉이를 어떻게 보고 그래요? (명아에게) 명아 너지?

여학생 ….

진학부장 둘 다 똑같습니다.

여학생 선생님, 불법단체가 아니에요. (음악교사에게) 선생님이 말씀 좀 해주세요.

음악교사 (주눅 든 목소리) 불법단체란 말씀은 과하신….

진학부장 아니긴 뭐가 아니야. 학교에서 허락하지 않으면 불법이지.

학부모1 우리 애가 불량 써클에?

학부모2 백장미나 7공주파, 이런 거라예?

진학부장 비 해피(Be happy), 행복해란 뜻이랍니다.

학부모2 이름 들어보이 폭력 써클 맞네. 맞아.

여학생 그런 데가 아니라니까, 왜 그러세요.

학부모1 그럼 뭐야? 말 좀 해봐.

여학생 뮤지컬 공연 동아리예요.

학부모1 뮤지컬?

학부모2 딴따라?

여학생 북구 학생회관에 등록도 되어 있구요. 지도 선생님도 계시는….

진학부장 학교에서는 인정 안 하고 있는 단체입니다. 그런 단체들은 학교생활에 적응하지 못하는 아이들끼리 모여서 사회적 불만 세력과 어울려…, 하여튼 불법단체입니다.

여학생 (음악교사에게) 선생님께서 말씀 좀 해주세요.

음악교사 부장선생님께서 말씀하신 그런 곳은 아니구요. 학생들의 재능을 펼칠 수 있는 기회를 만들어 주기 위해 교육적 차원에서 개설한 시민 단체 활동 중의 하나인데요…

진학부장 교육적 차원에서, 서-울-대에 갈 아이들을 딴따라로 만들어요?

음악교사 그곳도 사회교육의 일환….

진학부장 교육에 그렇게 관심이 많으신 음-악-선생님께서, 어떻게 서울대 갈 학생들에게 3류 대학 가라고 말씀하실 수 있어요?

음악교사 (우물쭈물) 가라한 건 아니고, 조언을 구하길래….

학부모1 선생님이 어떻게 그럴 수가 있어요!

학부모2 우리 애를 따라지 대학에나 보내려고 그 고생을 했겠어요?

음악교사 죄송합니다.

진학부장 선생님은 그만 가보세요.

음악교사 아무쪼록 잘 해결되기를 바랍니다. (인사하고 나간다)

진학부장 교장실에 들렀다 가세요.

음악교사 (무어라 말하려다가 그냥 힘없이 나간다)

진학부장 쯔쯔. (학부모1과 2에게) 아무튼, 이 애들이 겨울방학 동안 공부는 하지 않고, 공연 준비에 매달렸답니다. 제목이 〈The way to myself〉라나, 뭐라나 하는 걸 3월 초에 공연 한답니다.

학부모1 학교에서 보충하고, 끝나면 학원가고… 도대체 시간이 어디 있어서.

진학부장 당연히, 학원을 빼먹은 거지요.

학부모1 아이구 두야.

학부모2 그러니 성적이 뚜-욱? 우리 아이도….

진학부장 (고개를 끄덕이며) 둘이가 남녀 주인공이랍니다.

학부모2 우리 재봉이가 노래를 해요? 그럴 리가….

진학부장 춤도 춘답니다.

학부모1 명아야, 너도 노래를 하니?

여학생 엄마, 속인 건 죄송한데요. 난 정말 노래가 좋아요.

학부모1 말이 되는 소리를 해!

여학생 노래 부르며 사는 게 제일 행복할 것 같아요.

학부모1 난 너 노래 부르는 걸 본 적이 없는데….

여학생 공부에 방해된다고, 엄마가 싫어하시니까.

학부모1 ….

여학생 (조심스럽게) 엄마, 내 노래 한 번 들어 보실래요?

학부모1 ….

학부모2 그래, 들어나 보자.

학부모1 무슨 소리예요? 얘가 무슨 노래를 한다고 그래요!

여학생 제발 한 번 들어봐 주세요.

학부모1 ….

여학생 제발.

노래를 시작한다.

어제 나의 꿈을 물어주어 고마웠어요.
그땐 왜 아무 생각도 나지 않았을까요.
나의 꿈이 무엇인지, 밤새워 생각했어요.
이제까지 무엇 하며 살아 왔길래

나의 꿈이 무엇인지 바로 말하지 못한 걸까요.
의사가 되어야 하나요? (판검사, 교수, 국회의원)
아니에요. 그건, 부모님의 꿈일 뿐이에요.
정말 아니에요. 나의 꿈은 아니에요.
이제 찾으러 떠나갈래요. 나의 꿈을
이제 찾으러 떠나갈래요. 나의 꿈을
심장이 마구 뛰어요. 너무 어지러워요.
그래도 두렵지 않아요. 살아 있다는 걸 느끼니까요.
어디로 갈 거냐고 묻지 말아요. (묻지 말아요)
난 몰라요. 난 아직 몰라요. (아직 몰라요)
이제 겨우 첫 걸음을 내딛는 걸요. (내딛는 걸요)
이제 나의 인생을 막 시작하는 걸요. (시작하는 걸요)

처음엔 여학생 혼자 노래 부르지만, 학부모 및 진학부장까지 참여하여 아카펠라 형태로 합창한다. 마지막엔 흥겨운 분위기. 노래가 끝나면 여학생을 제외한 나머지는 원래의 경직된 자세로 돌아간다.

학부모2 으흠… 하긴… 좀 하는구나.

진학부장 아버님! 흔들리시면 안 됩니다.

여학생 연습장에서 이 노래를 불렀을 때, 전 살아있다는 감정을 생전 처음 느꼈어요. 가슴 저 깊은 곳에서 뜨거운 열정이 솟아 올라왔어요. 그 행복한 마음을 이제 숨길 수가 없어요.

학부모1 (큰 소리) 다 집어치워!

여학생 엄마….

학부모1 의사가 되라니까… 배우나 시키려고 고생해서 뒷바라지 한 줄 알어?

진학부장 어머님, 그렇게 흥분하시면 안 되고요….

학부모1 학교가 뭐 하는 데에요, 애가 이 지경이 되도록 알지도 못하고….

진학부장 (학부모1을 옆으로 끌어내어) 이렇게 대하시면 오히려 역효과가 납니다. 진정하시고. 애를 설득해야죠, 설득.

학부모2 (여학생에게) 잘못 했습니다 하고 빌어라, 응?

여학생 아저씨, 뮤지컬을 연습하면서 우리가 얼마나 행복했는지 아세요? 재봉이도 그랬어요. 이 세상에 태어나서 처음으로 살아있는 걸 느꼈다고요. 몰래 연습하면서도 마냥 행복했어요. 엄마, 아저씨. 우릴 그냥 믿고 이해해주시면 안 돼요?

학부모1 아무리 생각해도 이해가 안 돼. 늘 1등을 해오던 네가, 왜 돈 안 되는 배우를 한다는 거야! 서울대 의대만 합격하면, 너 인생은 그냥 장밋빛인데….

여학생 엄마, 제가 왜 서울대에 가야해요?

학부모 (강하게) 1등이니까!

여학생 … 그건… 내 꿈이 아니었어.

학부모1 얘가, 얘가…, 너가 그렇게 착하던 내 딸 맞니?

여학생 착했던 게 아니고, 용기가 없었던 거야.

학부모2 아이구, 내가 미치겠네.

여학생 재봉이하고 저는 약속했어요. 우리의 꿈을 소중하게 키워나가기로….

학부모1 그래서, 그 꼴난 실용 뭐시기에 갈 거라고?

학부모2 말도 안 돼!

진학부장 자, 이제 두 분 모두 상황 파악이 다 되셨죠? 교장실로 가셔서 말씀을 나누시면서, 대책을 마련하도록 하지요. (두 명을 문 쪽으로 끌어가면서) 지금은 저러지만 잘 달래면 생각이 바뀔 겁니다.

학부모1 내가 올 때까지 여기 꼼짝 말고 기다려, 알았어?

진학부장 염려 마시고, 나가시지요.

학부모2 (학부모1을 부축하면서) 부장선생님만 믿겠습니다.

두 명 퇴장.

진학부장 (잠시 뜸을 들인 뒤) 친구들은 널 부러워하지. 1등이니까. 그러나 지금 마음을 다잡지 않으면 넌 패배자가 될 거야. 내년에 친구들이 승리자의 기분을 만끽하고 있을 때, 넌 패배의 구렁텅이 속에서 몸부림치게 될 거야. 지금은 아무 생각도 하지 마라. 그렇게도 노래를 하고 싶으면 서울대 의대에 들어가고 난 다음에 노래를 해. 취미 활동으로 하면 되잖아. 무엇하러 그렇게 배고프고 힘든 길을 가려고 그래. 지금부터 내 말을 믿고 마음을 굳게 잡도록 해라. 훗날 의사가 되고 나서, 나에게 정말 고맙다고 인사하게 될 거야. 사실 이 말을 하는 나도 교육자로서는 부끄러움을 느낀다. 그래도 나는 너의 꿈을 지지해 줄 수가 없다. 이 세상이 어떠한 곳인지는 너보다 더 잘 알기 때문이야. 명아야, 이 세상은 승리자의 것이야. (퇴장)

여학생 (잠시 조용히 있다가 노래를 부르기 시작한다. 느리고 천천히, 울음이 섞인 목소리. 조명 서서히 어두워짐)
어제 나의 꿈을 물어주어 고마웠어요.

그땐 왜 아무 생각도 나지 않았을까요.
나의 꿈이 무엇인지, 밤새워 생각했어요.
이제까지 무엇 하며 살아 왔길래
나의 꿈이 무엇인지 말하지 못한 걸까요. (암전)

넷째 마당
기획양육의 시대라!

박희진 (조명이 밝아지면, 분위기를 전환시키는 큰 동작으로 게시판을 바꾸어 놓고 와서) 저에겐 다섯 살짜리 아이가 있어예. (관객의 반응) 그럼요, 당연히 그렇게 안 보이지요! (관객의 반응) 죄송합니다. 죄송합니다. 앞마당에서 본 경쟁의 소용돌이 속으로 제 아이는 몰아넣지 않겠다는 마음을 단단히 먹고 있었… 던 사람인데예, 요즘 들어 자꾸 흔들린다 말입니다. 그 이유는예, 우리 애는 나보다 좀 더 잘 살았으면 좋겠다-, 뭐 그런 생각 때문이지예. 판검사, 의사, 교수, 사장, 뭐 이런 자리에 오르면 얼마나 좋겠어예. 그래서 제 아이도 조기교육 하는 학원에 보내보았는데, 마음이 편하지 않아예. 지쳐서 잠든 아이를 보면서, 내 생각으로 아이의 인생을 마구 재단해버리는 거 아닌가, 내가 못한 것들을 아이에게 강요하는 것은 아닌가하는 마음이 드는 거지예. 그러한 제 생각들을 판소리 가락에 실어서 보여드릴 생각입니다. 아, 추임새, 적극 환영합니다. 잊지 않았지예, 관객배우! 자, 시작합니다.

도창 (아니리) 대한민국하고도 대구에 새로운 부부 한 쌍이 탄생하였으니, 현수하고 수연이라. 사랑한다, 아니다, 만났다, 헤어졌다, 삐쭉빼쭉하다가 마침내 결혼에 골인 했겄다. (중머리) 신랑식구 싱글싱글 신부식구 벙글벙글 신랑입장 신부입장 혼인서약 성혼선언에 길고-긴 주례사도 끝나고 드디어 폐백이라. (아니리) 신랑신분 이도저도 귀찮고 신혼여행 생-각- 뿐이네.

떠들썩한 분위기의 아버지, 신랑, 신부가 들어온다.

아버지 너거 엄마는 어디 갔노?

신부 고모하고 이야기하시던데. (관객을 가리키며) 아, 저기 오시네예.

아버지 (관객에게) 어허, 야들 너무 기다린다. 빨리 절 받고 보내줍시다. 어서 오소. (관객이 머뭇거릴 것이다) 저렇게 숫기가 없어서 우야노.

신랑 (머뭇거리는 관객을 무대로 불러내며) 아버지 화내시면 무서운 거 아시지예.

아버지 (신랑에게) 빨리 모시고 오너라.

관객이 무대에 나와 어머니 자리에 앉으면, 신랑 신부가 절을 올린다.

아버지 오냐, 오냐. 우리 새 애기가 절도 아주 예쁘게 하는구나. (어머니 역의 관객에게) 그렇지 않소? 좋은 말씀 한 마디 하구려.

어머니 (관객) (자유롭게 말 하도록 한다)

아버지 (어머니 역의 관객이 무슨 말을 하더라도) 아이구, 좋은 말씀이다. 새 애기야 늘 가슴에 새겨두어라 알겠제!

신랑 (일어서면서) 그만 가봐도….

아버지 아무리 급해도 밤과 대추는 받고 가야지, 뭐라 카노.

신랑 어서 주이소, 아버지예.

아버지 며늘아, 우리 집안이 뭐 크게 자랑할 건 없다마는 집안 번성한 거 그 하나는 누구한테도 뒤지지 않는다, 알겠나?

신부 예, 아버님. 이 사람도 늘 자랑했어요.

아버지 어흠! 우리 증조부님께서 열다섯 형제를 두셨고, 조부님께서 열세 형제를 두셨는데, 내가 정말로 불효막심하게도 애하고 누나, 딱 두 명 밖에 못 두었어, 그게 천추의 한이 되는구나. 너는 반드시 열 명을 넘겨서, 나의 불효를 풀어주어야 한다, 알겠제.

신부 ….

아버지 어허, 왜 대답이 없어.

신부 ….

아버지 저 봐라. (관객석을 가리키며) 조상 대대로 열심히 자식농사를 지어놓으니, 자손이 번성한 게 얼마나 좋노. (관객들을 가리키며 촌수를 읊어 나간다) 우리 친척만 해도 예식장이 터져 나갔다 아이가. 사람이 재산인기라, 그거 잊지 마라.

도창 (크게 만든 밤과 대추를 주며) 공연 시간도 바쁜데, 빨리 밤이나 던지소.

아버지 자, 받아라.

신부　(치마를 펴서 밤을 받는다)

아버지　(아내 역의 관객에게 대추를 주며) 뭐, 하는교. 당신도 던져 주이소.

어머니　(관객, 대추를 던진다)

신부는 던져주는 대추를 피해 버린다.
여러 곳에서 던져주는 밤과 대추를 과장된 동작으로 피해버리고, 받지를 않는다.

아버지　어허, 야가 와 이카노. 재수 없구로!

신부　(벌떡 일어서서) 우리는 예, 아이 하나만 낳아서 제대로 잘 키워 볼랍니다.

아버지　(신랑을 가리키며) 야가 제대로 안 컸나?

신부　그게 아이고예.

아버지　뭔 소리 하노. 밥 안 굶고, 형제자매지간에 우애 좋고, 남 속이지 않고… 이래 살면 잘 사는 거지.

신부　보란 듯이, 떵떵거리면서, 구질구질하지 않게 살아가도록 키울 거라예.

아버지　아이구. (머리를 감싸 쥐며 쓰러진다)

도창　(아니리) 꿈같은 신혼은 훌쩍 지나가고, 태기가 있난디. (잦은몰이) 흉한 것 보지 않고, 나쁜 소리 듣지 않고, 십삭 일이 찬 연후에, 해복기미가 있구나. 병원으로 달려간 후 신랑의 안절부절 눈뜨고는 못보겄네. 응-애, 응-애, 그 아이 울음소리에 병원이 떠나가네. 세월이 훌쩍지나 돌날-이 되었구나. 사돈에 팔촌에 고모이모 모두모두 자리 같이 했-네.

아빠, 엄마가 돌상을 들고 나온다.
관객석으로 가서 인사를 한다.

아빠 (관객에게) 바쁘실 텐데, 여기까지 와 주셔서 고맙습니다. 여보, 이리 와서 과장님께 인사 드려요.

엄마 애기 아빠에게 잘 해주신다는 말씀 많이 듣고 있습니다. (옆 자리 관객에게) 사모님도 정말 미인이시네예.

고모 (등장하면서) 아따 손님들도 마이 왔네.

아빠 고모님, 어서 오이소.

고모 상 한 번 잘 차렸다. 그래, 그래. 돌상은 제대로 차려 줘야지. (상에 올린 물건 중에서 유달리 크고 호화롭게 만든 방망이를 집어 들면서) 그런데 이기 뭐꼬.

아빠 판사들이 쓰는 방망이 아입니꺼?

고모 이기 와 여기 있노?

엄마 어머, 어머. 처음 보셨어예?

고모 쌀을 집으면 식복이 있는 거고, 활을 집으면 장군감이고, 실 꾸러미를 잡으면 아이가 장수하고, 연필을 잡으면 공부를 잘해, 돈을 집으면 부자가 되는 거 아이가, 근데 방망이는 뭐꼬?

엄마 당연히 판사지예.

고모 판사?

아빠 우리 목표가 야를 판사 만드는 거 아입니꺼!

고모 요새 애들은 히안하데이, 청진기도 갖다 놓고, 박사모자도 하나 갖다 놓지, 와.

엄마 그런 거 다 필요 없어예. 우리 아는 무조건 판사 만들 거라예.

고모 얼라가 판사하기 싫다카믄 우야노?

아빠 우리가 계획을 확실히 세워 놓았으니 걱정 없임더.

고모 니도 옛날에 법대 갈끼라 카디, 3수 해도 못 갔잖아.

엄마 그거는예, 이이를 제대로 밀어주지 못해서 그렇다 아입니꺼.

고모 왜, 우리 집도 아들 교육에 신경 많이 썼어.

아빠 맨날 바르게 살아가라는 소리만 했지, 족집게 과외 같은 거 해준 적 없잖아예.

고모 시끄럽다. 아버지가 들으면 얼마나 섭섭하겠노.

아빠 요새는예, 부모가 마음만 가지고 아이들 좋은 대학 못 보네예. 의사 집안에 의사 나고, 판사 집안에 판사 난다는 소리 못 들었심니꺼?

고모 야들이 얼라 잡겠데이.

아빠 우리한테 맡기고예. 아버지 좀 나오시라 캐주이소.

고모 별꼴 다 있데이. (퇴장)
엄마 여보, 우리는 아이 데리러 갑시다.

아이를 데리고 나오는데, 그 아이는 아버지 역을 했던 배우다.

도창 지금부터 김만복 씨댁 첫째이자 막내 손자의 돌잔치를 시작하겠습니다. 공연시간 관계상 모든 걸 생략하고, 아이의 미래를 알아보는 시간을 가지도록 하겠습니다.
아빠 자, 잘 해보자. (아이의 손을 들어 준다)
아이 (고개를 갸웃거리다가 손을 실꾸러미로 뻗는다)
아빠 (큰 소리로) 그게 아니지, 애야.
아이 (큰 소리가 나니 주춤했다가, 다시 손을 뻗어 연필로)
엄마 (큰 소리로 아이의 주의를 돌린다)
아이 (엄마를 잠시 바라보았다가, 손을 돈 쪽으로 뻗는다)
아빠 그거 말고, 그 옆에.
아이 (아빠를 바라보다가, 다시 돈을 집으려고 한다)
엄마 (방망이 쪽으로 아이의 관심을 유도하기 위해 과장된 몸짓들)
아빠 (같은 행동)

아이의 손이 뻗는 방향에 따라 엄마, 아빠는 희비가 엇갈린다.
아이가 방망이를 잡도록 유도해서 성공한다.
아이가 방망이를 집어 들자.

엄마, 아빠 (동시에) 만세! 만세! 우리 아들 최고!!
도창 (잦은몰이) 아이가 커가면서 엄마아빠 고민도 따라서 크는구나. 우리아인 영어 한마디 못하는데 옆집아인 잘-도-

하네-. 천재교육, 영재교육 방송마다 떠들어 하루라도 맘편할날 도대체가 없구나. 우여곡절 노력 끝에 특목고 보내는 비방문을 손에 넣고 부부가 만세를 부르는구나. 초등편을 볼작시면, 4세전에는 영어유치원, 초등학교 저학년때는 영재학원, 고학년때는 외국에 보내야 한다(아니리)고 되어 있어서, 이들도 영어유치원을 찾았는데!

영어학원의 상담실장이 파일 철을 들고 등장한다.

실장 Hello? You must be Jinsoo' s parents.

아빠 (약간 주눅 든 자세로) 예? - 아, 예….

실장 Nice to meet you. chief counselor Annie입니다.

엄마 애니? 어째 이름이….

실장 (웃으면서) 아직 잘 모르시는구나. 우리 유치원에 다니게 되면 아이들 이름을 모두 미국식으로 바꿔야 되요.

엄마 그래예?

실장 미국에서 태어나지 않았다 뿐이지, 아이의 모든 환경을 미국과 동일하게 만들어주는 것이 우리 유치원의 장점이지요.

아빠 아하, 영어를 모국어로 쓰게 만든다는 거지예.

실장 Sure. 분위기를 완벽하게 조성하기 위해서는 부모님께서도 협조를 하셔야 해요.

엄마 어떤 거지예, 말씀만 하이소.

실장 good. 우선 이름 바꾸기. 아빠는 촤-알-리, 엄마는 리-즈, 아이는 에-멀-리가 어울리겠어요. 앞으로 집안에서는 미국식 이름만 사용하세요. 아시겠어요?

엄마 제 이름은 엘리자베스 테일러가 어떨까예?

실장 그건 너무 촌스럽지요. 세련된 가정 속에서 세련된 영어가 나온다, don' t forget it.

아빠 (엄마를 쿡 찌르며) 그럼요. 정해 주신 그대로 따르도록 하겠습니다.

실장 집에 있는 한글 책은 다 치우시고, 텔레비전도 미국 방송만 보도록 하세요.

엄마 당연히 그렇게 해야지예.

실장 더욱 중요한 것이 하나 있는데요. 아빠, 엄마께서도 우리 학원의 성인반 1년 코스를 의무적으로 다니셔야 해요.

아빠 우리도예?

실장 우리가 열심히 영어를 가르쳐 놓아도, 영어 발음이 엉망인 부모님들이 다 망쳐 놓는다니까요? 보실래요?

관객석 쪽으로 와서, 관객 한 명에게 영어 문장이 적힌 종이를 건네준다.

실장 자-안, Please, read this one.

학생 (관객) Hello! Nice to meet you.

실장 발음 좋죠? 애가 지금 다섯 살이거든요.

아빠 덩치가 꽤 크네예.

실장 좀 늦게 시작한 것 치고는 쓸만해요.

엄마 몇 살에 시작을….

실장 네 살 때인데요, 한 1년 늦었죠?

엄마 우리 아이는 지금 다섯 살인데, 그럼….

실장 (단호한 목소리로) 많이 늦었죠. 그러니까 부모님들의 전폭적인 지원이 필요해요.

아빠 큰일 났네.

실장 (다른 관객에게 종이를 준다) Hey, Pooh, Read this one, Please.

관객 (곰돌이) November 19th at the Sharotsville downtown. Please see this thanksgiving day ceremonies. Ms. Emilly, in the box office for extra ticket. (당연히 헤맬 것이다)

실장 (중간에 종이를 낚아채면서) 보세요. 차이가 나죠? 늦게 시작했고, 또 부모 발음이 엉망이니 아이의 발음도 엉망이에요. 이 아이를 자르고, 댁의 아이를 받으려는 거예요.

아빠 (절하며) 감사합니다. 감사합니다.

실장 그러면 계약서를 쓰도록 할까요?

엄마 예.

실장 아이 등록금 1200만 원, 두 분 학원비 각 600만 원. 선납은 기본, 자퇴할 경우 환불 없습니다.

아빠 (주저하며) 카드 할부 되지예?

실장 No, just only cash!

엄마 (아빠를 끌고 구석으로)

실장 (그들에게) 능력이 안 되는 부모 만나면, 아이의 미래가 어두워지는 거 당연하죠. (퇴장)

아빠 어쩌지?

엄마 (단호하게) 전세를 줄이더라도, 과감하게 투자 하입시더!

도창 (중머리) 맹모삼천지교라더니, 요즘의 부모들은 특목고 외고 자사고에 넣으려고 온갖 술수 다 부리네. 서울대에 많이 넣은 고등학교 둘러보니 상위 십칠 개 교가 특수목적

학교라, 그 욕심도 이해는 가는구나. 아이를 다알달 볶아서 특목고엔 넣었다만, 쪼달리는 집 형편에 삼년을 버티자니 눈앞이 캄캄하고 어둡구나. (아니리) 독한 마음을 먹고, 가족회의를 열었는데!

할아버지, 아빠, 엄마가 굳은 얼굴 표정으로 무대로 나와 앉는다. 할아버지의 얼굴에는 불만이 가득 차 있다.

아빠 그럼 지금부터 가족회의를 시작하도록 하겠심다.
할아버지 (불만의 목소리로) 무슨 일이길래 이래 호들갑을 떨어?
엄마 고모가 아직 안 왔어요. 조금만 더 기다려요.
할아버지 갸도 오라 그랬어?
엄마 오늘은 고모님도 꼭 계셔야 해요, 아버님.

고모가 들어온다.

고모 뭔 일이길래 바쁜 사람을 오라 가라 그래?
아빠 누님도 오셨고 하니, 가족회의를 시작하겠습니다.
엄마 (딱딱한 어투로) 진수가 특목고에 드디어 합격을 하였습니다. 진수 인생에서 정말로 중요한 시기가 시작된 것입니다. 앞으로 3년을 어떻게 보내느냐에 따라, 이때까지 해왔던 노력이 물거품이 되느냐, 아니냐의 기로에 서 있습니다. 진수의 성공적인 인생을 위해 두 가지 중대한 조치를 취하고자 합니다.
할아버지 아따, 긴장되네.
고모 어서 말해봐.

엄마 첫째, 앞으로 3년간 집에서 제사를 모시지 않겠습니다.

할아버지 (놀라서 입이 딱 벌어져 꼼짝을 못한다)

엄마 둘째, 앞으로 3년간 아버님을 고모님이 모셔주셨으면 합니다.

고모 (아버지를 흔들며) 아버지, 아버지.

할아버지 제 정신이냐? 제사를 안 모시겠다니….

고모 아버지가 물건이야? 여기저기 옮겨다니게….

아빠 누나도 자식인데, 좀 모시면 어때?

고모 누… 누가, 그 얘기가 아니잖아.

엄마 없는 살림에 악착같이 노력해서 아이를 과고에 넣는데 성공 했지만, 앞으로 3년이 너무 힘들어서 그래예.

할아버지 (고모를 가리키며) 저 집 첫째가 대학 갈 때, 이러지는 않더라.

고모 맞아요, 맞아. 누구는 수험생 없었나?

엄마 그러니까 시시한 대학에나 보냈지요.

고모 (놀라서 입이 딱 벌어져 꼼짝을 못한다)

할아버지 (고모를 흔들며) 애야, 애야.

고모 지방 대학이라도, 거기는 취직 잘 되는 과야!

아빠 취직되면 뭐 해. 말단으로 끝나는 걸. 날 봐!

할아버지 너가 어때서. 그만한 직장에, 열심히 살면 되는 거지.

엄마 애 아빠한테는 출세에 도움 되는 변변한 친구 하나 없어요.

고모 그게 뭐 어때서.

엄마 내가 왜 우리 애를 그 비싼 사립초등학교에 보냈겠어요? 애 친구 집 중에는 말만 하면 알만한 집이 수두룩해요. 그런 친구들이 앞으로 애한테 큰 힘이 될 거란 말이예요.

고모 그래, 그래. 특목고 넣었으면 됐잖아.

아빠 누나 그게 아니야. 우리처럼 별 볼 일 없는 집안은 거기서도 계속 무시 당한다구. 판검사라고 다 똑같은 줄 알아? 서울대는 나와야 기 피고 살지. 앞으로 결혼 상대자의 집안이 달라질 거라구. 알겠어?

고모 (약간 기가 죽어서) 그런데 왜 제사 안 모시고, 아버지를 못 모시겠다는 거야.

엄마 앞으로 3년 간은 부지런히 입시설명회에 다니고, 입학정보 수집해야 하니까, 아버님을 제대로 모실 여력이 없어서 그래요. 3년 지나면 다시 모셔 올께요.

할아버지 내가 짐이로구나!

고모 미쳤구나, 둘 다. (퇴장)

아빠 이해되시죠, 아버님. 애가 잘되면 우리 집안이 달라진다구요.

엄마 세상에서 우리만 뒤쳐질 수는 없어요, 아버님.

할아버지 (어쩔 수 없이 수긍) 돈 없고, 힘없는 내 죄구나. 내 죄.

엄마 감사합니다. 아버님

할아버지 (표정이 울 듯 말 듯하다)

도창 (엇중머리) 세상이 미쳐서 돌아가는 구나. 부모의 욕심대로 아이 인생을 이리저리 끌고 다녀도 되는 건지 물어보는 사람들은 하-나- 없구나. 아이가 부모의 욕심대로 못 따라가면 아이를 원수로 취급하네. 부모의 욕심대로 죽자사자 따라간 아이들 중에는 대학가서 천천만세를 부르고 엇나가기도 한다더라. 어와 여러 관객님들 인간다움의 근본을 부디 잊지마소. 그 뒤야 뉘알리요 그만 더질더질. (인사)

다섯째 마당
난 꿈이 있어요

탁정아 (존 레논(John Lenon)의 이매진(imagine)이 흘러나오고, 탁정아는 악사석에서 그 노래를 듣고 있다) Imagine no possessions/ I wonder if you can/ No need for greed or hunger/ A brotherhood of man / Imagine all the people/ Sharing all the world/ You may say that I' m a dreamer/ But I' m not the only one/ I hope someday you' ll join us/ And the world will live as one. (일어나서 걸어 나오며) 갑자기 뜬금없는 노래지요? 예, 존 레논의 이매진입니다. 자신을 몽상가라 부르는 사람들도, 언젠가는 하나가 되는 날이 오리라고 믿고 있는 레논을 좋아합니다. 제가 좋아서 하는 연극이고, 분위기 있는 노배우가 되어 환갑잔치를 공연으로 대신했으면 하는 바람을 갖고 있는 저입니다만, 사실은 확 때려치우고 싶을 때도 많습니다. 극단 생활에 지치고, 세상살이에 지칠 때, 그냥 걷습니다. 걸어가면서 imagine을 흥얼거리다 보면 레논의 따뜻한 손을 잡고 함께 걷고 있는 것 같은 느낌이 듭니다. 하하하. 말이 길었습니다. 다섯째 마당에서는 저의 imagine에 대해 말해보고자 합니다. 경쟁이라는 단어를 우리 머릿속에서 지우고, 자기가 진정으로 좋아하고 잘 할 수 있는 일을 발견할 수 있도록 도와주는 것, 그리고 이 세상은 함께 살아가는 곳이라는 깨달음을 심어주는 것이 진정한 교육이라는 거지요. 저의 꿈을 이야기하기 위해, 여러분을 모시고 아주 특별한 곳으로 가볼까 합니다.

무대 배경의 그림이 열리면서 꼭두각시극의 무대가 마련된다. 산받이(탁정아)가 쳐주는 장구 장단에 맞추어 배우들이 꼭두각시의 동작으로 무대에 등장한다. 꼭두각시극의 무대에 조명을 집중하고, 다른 곳은 어둡게 한다. 다섯째 마당은 그 이전의 마당과 완전히 다른 분위기를 가져야 한다. 이하 산받이를 제외한 배우들은 꼭두각시로 연기한다.

친구4 (비를 들고 나오며) 아유, 날씨 한 번 좋다. (기지개 한 번 쭉 켜고, 마당을 쓸기 시작한다)
산받이 (따닥) 이봐, 뭐 하나?
친구4 보면 모르나, 청소하지!
산받이 아, 그걸 누가 몰라서 묻나, 안 하든 청소를 하니 그러지.
친구4 (자랑스럽게) 친구들이 찾아온다네.
산받이 오! 신나겠네.
친구4 아–암.
산받이 선물도 많이 사오겠지?
친구4 예끼, 이 사람아!
산받이 맛있는 것도 많이 사오겠지?
친구4 어째 생각이….
산받이 내가 놀러가도 되나?
친구4 글쎄?
산받이 내가 있어야, 재미가 있지 이 사람아, 안 그래?

친구4 알았네, 알았어.

장단에 맞추어 친구4가 청소춤을 춘다.
마당에 꽃들이 피고, 나비가 날아가는 평화로운 풍경이 연출된다.

친구들 (다 같이) 우리 왔-다.
친구4 아이구, 어서 와!
친구1 정말 오랜만이야!
친구2 신수가 훠-언 하네.
친구3 오랜만에 밤새워 놀아보세!

모두 어울려 흥겨운 춤을 춘다.

산받이 (따닥) 먹고, 마시고, 잘 놀았으니, 이야기보따리 풀어보는 게 어떨까?
친구1 뭔 이야기?
산받이 학창시절하면, 딱 떠오르는 사연, 어때?
친구2 그 많은 걸 언제 다 해.
산받이 한 사람이 하나씩만.
친구3 나부터, 나부터….
산받이 오, 위대한 연극배우님께서!
친구3 우리 반에 수학을 아주 못하는 친구가 있었어요.
친구1 얘가 수학 하나는 끝내줬지.
친구2 맞어, 너가 수학도우미였지?
친구3 난 도우미 노릇이 정말 싫었어. 걔는 수학 공부를 할 생각이 없는 거야. 더하기, 빼기, 곱하기, 나누기만 할 줄 알면 되는데, 미분적분은 왜 배우느냐는 거지.

친구1 그래서?

친구2 결국, 걔하고 대판 싸움이 붙었지.

친구3 어느 날, 너무 화가 나서, "야, 이 돌대가리야"라고 소리 질러버렸거든.

친구2 걔가 "그래, 돌대가리 맛을 봐라" 하면서 받아 버린 거야.

친구3 눈에 불이 번쩍하고, 쌍 코피가 팍하고 터지는데, 정신이 하나도 없어.

친구1 코가 이마-안 하게 부풀었어.

친구3 선생님께서 나를 부르시더니…. ('상담실' 이라고 쓴 피켓이 올라온다)

친구4 (교사) (극중 과거) 울지마라. 너처럼 멋진 애가 울면 되나.

친구3 (훌쩍거리며) 선생님, 너무 억울해요, 고생은 고생대로 하고.

친구4 그래, 그래. 잘 안다.

친구3 재는 구제불능의 돌대가리예요.

친구4 (웃으면서) 너는 수학시간이 정말 재미있고 좋지?

친구3 (자랑스럽게) 예.

친구4 재는 수학시간을 아주 싫어하지?

친구3 (무시하는 자세로) 거의 좋아요.

친구4 그래서 너는 재가 이상하다고 생각하고 있지?

친구3 예.

친구4 혹시 재가 좋아하는 시간은 뭔지 알고 있니?

친구3 체육시간요. 달리기를 정말 잘 해요.

친구4 그렇구나.

친구3 전 체육시간이 싫어요. 온몸이 땀으로 끈적거리는 것도 싫구요.

친구4 걔가 너보고 "야, 달리기도 못하는 병신아", 이러면 기분이 어떨까?

친구3 ….

친구4 괜찮아, 괜찮아. (다독거리고는) 사자보다 힘도 약하고, 빠르지도 못한 인간이 이 세상을 지배하게 된 이유에 대해 생각해본 적이 있어?

친구3 (자랑스럽게) 불과 도구를 사용할 줄 알기 때문입니다.

친구4 그렇지. 그런데 그것보다 더 중요한 게 있단다.

친구3 총의 사용인가요?

친구4 총보다 더 중요한 것이지.

친구3 ….

친구4 협-동, 서로 도우며 살아가는 것.

친구3 ….

친구4 개개인의 힘은 사자보다 약하지만, 서로 도와 힘을 합하면 훨씬 강해질 수 있다는 것을 알게 된 순간부터 인간은 동물과 다른 길을 걸어가기 시작 했단다.

친구3 (피켓 내려가고. 극중 현재) 그 순간 내 머릿속에 번쩍하는 것이 있었지!

친구1, 2 번쩍?

친구3 (으스대면서) 도를 깨친 거지.

친구4 (웃으면서) 그게 뭔데?

친구3 함-께-사-는-세-상.

친구2 남이 행복해야, 내가 행복할 수 있다.

친구1 더불어 사는 행복한 세상을 만들자.

친구3　그래서, 우리 극단 이름도 함께 사는 세상이라고 지었다니까.

모두 다같이 "함께 사는 세상이라네"를 외치고는 춤을 춘다.

산받이　(따닥) 에이, 좀 더 재미있는 얘기 없나?

친구1　그럼 장독대 습격 사건은 어때?

산받이　주유소가 아니고?

친구3　(친구1을 가리키며) 오늘의 스파이스 소믈리에(spice sommelier)를 예감케 한 바로 그 사건!

산받이　스파이스? 그게 뭐하는 직업이야?

친구2　양념에 등급 매기는 전문가라고 하면 알려나?

산받이　아하, 그런 직업도 있구나.

친구4　얘가 타고난 입맛을 갖고 있다네.

친구2　된장찌개 속의 고추가 어느 지방 건지도 맞출 수 있었다니까!

산받이　그래, 그 이야기 재미있겠는데.

친구1　어느 날, 이웃집 된장 맛보려고 장독대에 몰래 올라갔다가, 그 집 독을 깨버렸어….

친구2　(어머니) ('거실'이라고 쓴 피켓 올라오고. 극중 과거) 다친 데 없으니 다행이다만, 쯔쯔-.

친구4　(아버지) 괜찮다. 괜찮어. 왜 거기에 갔었니?

친구1　수업시간에 선생님께서 집집마다 된장, 간장 맛이 다르다고 말씀하셨어요.

친구4　그래서?

친구1　재료가 똑같은데 맛이 왜 다른지, 전 이해가 안 됐어요.

친구2 그래서 집집마다 다니면서 맛을 보려고 했어?

친구1 예.

친구2 그래 어떻든?

친구1 (신이 나서) 조금씩 얻어서 맛을 보았는데요, 선생님 말씀처럼 조금씩 맛이 달랐어요.

친구2 (웃으며) 귀한 걸 알아내었구나.

친구4 우리 집 장맛은 어떠냐?

친구1 구수한 향도 일품이고, 단맛의 깊이가 최고였어요.

친구2 아-암, 내 솜씨 하나는 인근에서 알아준단다.

친구1 그런데, 그 이유를 모르겠어요. 왜 맛이 집집마다 조금씩 다를까요?

친구2 그건 정성이 다르니 그렇지!

친구1 그 정성은 어디 들어가는 건데요? 언제 넣어야 하지요?

친구2 그건 말이다… 으흠, 말하기가 꽤 어렵구나.

친구1 제가 직접 알아봐야겠어요. 조리고등학교에 가면 배울 수 있을려나?

친구4 조리학교?

친구2 아빠의 뒤를 이어 판사가 되겠다는 게 너의 꿈 아니었니?

친구4 할아버지, 나, 그리고 너까지 3대에 걸쳐 판사가 나오면 좋겠는데….

친구1 아무래도 저는 음식조리와 향신료 쪽에 관심이 더 있나봐요.

친구4 그것도 나쁘지 않지만…, 판사가 되면 사회적 역할이 아주 커진단다.

친구1 전 요리사도 사회에 기여하는 것이 많다고 생각해요.

친구2 정의로운 사회를 만드는 데 기여한다는 사명감은 어떻고….

친구1 맛있는 음식을 먹으면서 기뻐하는 사람들을 보는 것도 중요하지 않나요?

친구4 음식을 만들고, 맛보고 하는 시간이 그렇게 즐겁니?

친구1 예, 정말 신이나요.

친구2 어떤 점이?

친구1 (스스로 도취하여) 이런저런 재료들과 양념을 섞어서 오묘한 맛을 만들어내는 과정이 정말 환타스틱해요.

친구4 환타스틱?

친구1 양념을 조금만 더 넣거나 덜 넣어도 맛이 변하고, 약간만 불을 더 세게 하거나 약하게 해도 맛이 변하는 과정이, 정말 스릴 넘쳐요.

친구2 스릴?

친구4 그런 생각을 가지고 있다니 대단하구나.

친구1 (자랑스럽게) 세계 제1의 맛 전문가가 되는 건 어떨까요?

친구2 열심히 하면 그것도 가능하겠지.

친구4 아빠는 자기가 좋아하고, 열정을 바칠 수 있는 일을 직업으로 삼는 것이 제일 행복하다고 믿고 있단다.

친구1 (피켓 내려가고. 극중 현재) 그 순간 내 머리에 번쩍 하고 스치는 게 있었다니까.

친구들 (다같이) 너도?

친구2 그게 뭐였는데.

친구1 된장은 나의 길이요, 진리요, 생명이다!

친구2 그래서 대학도 안 가고, 된장 맛보기 여행을 떠났구나.

친구3 나중에는 외국으로 다니면서 각종 소스와 비교 했다는 거 아니야.

친구2 (친구4에게) 얘 별명이 뭔지 알어?

친구4 얘 입맛에 드는 양념은 금값이 된다고 해서.

친구3 마이다스의 입이야.

모두 다같이 "마이다스의 입이라네"를 외치고는 춤을 춘다.

산받이 자, 이젠 세계적인 바이올린 연주자께서 한 말씀하셔야지?

친구2 (손사래 치며) 세계적이라니….

산받이 언제부터 바이올린 했어?

친구2 초등학교 선생님께서 하라고 하셔서.

산받이 부자였나봐? 해외유학까지 다녀오고.

친구3 어허-, 왜 아픈 데를 찌르고 그래!

산받이 왜 그래?

친구3 이 친구가 태어나자마자 아버님이 돌아가셨어.

산받이 아이구, 미안, 미안.

친구2 괜찮아. 많은 사람들이 아버지 역할을 해주셔서.

산받이 그 얘기 한 번 들어볼까?

친구2 아무도 없는 집에 혼자 있기가 힘들어 바이올린 반에 들어갔어. 재미는 있었지만 특별지도를 받을만한 형편이 되지를 않아서, 포기할까 생각하던 중에 선생님께서 날 데리고 어디에 가셨어….

친구1 (교사, '음악 영재 발굴 위원회' 피켓 올라오고. 극중 과거) 이 아입니다.

친구3 (위원) 일단 연주를 한 번 들어보도록 하지요.

친구2 (바이올린을 연주한다)

친구3 으음, 정확하고도 여유가 있으며, 나름의 해석이 깔려 있어서 좋군요.

친구2 (바이올린 연주를 마치고 인사)

친구1 (박수를 치며) 어떻습니까? 제대로 교육 받으면 크게 성장하겠지요?

친구3 학교에서 재정지원 계획은 없습니까?

친구1 있지만 정규 레슨 정도라서 좀 더 필요합니다.

친구3 일단 바이올린 유망주 발굴을 위한 기금에 추천하고, 1주일에 한 번씩 개인지도를 맡도록 하겠습니다.

친구1 감사합니다. 선생님처럼 바쁘신 분이….

친구3 뭘요. 저도 재능기부를 할 수 있어, 잘 됐지요.

친구3 지금 악기가 낡아 좋은 소리가 나질 않는데….

친구1 좋은 악기는 워낙 고가라서….

친구3 형편이 어려운 음악인에게 악기를 대여해주는 프로그램이 있으니, 거기에도 같이 추천해드리도록 하지요.

친구2 감사합니다. 감사합니다.

친구3 이처럼 재능도 있고, 열심히 하려는 학생들을 돌보고 키우는 것이 사회의 책임이기도 하지요.

친구2 (피켓 내려가고, 극중 현재) 사회의 책임이라는 말을 듣는 순간에 머릿속이 환해지더라.

친구1 감동 먹었구나.

친구2 사무실 문을 나서는데, 세상이 엄청나게 환해 보이는 거야.

친구3 그때 얘 얼굴에서 빛이 막 나더라니까.

친구2 나도 이 아름다운 세상에 조금이라도 기여하는 사람이 되어야겠다는 생각을 했지.

친구4 그래서 요즘 재능 봉사를 많이 다니고 있구나.

친구2 나는 믿어. 아이들의 꿈을 키워주는 사회가 아름다운 사회란 걸.

모두 다같이 "아름다운 사회라네"를 외치고는 춤을 춘다.

산받이 (신경질적으로 장구를 두드려 장단을 멈춘다) 얘기는 잘 들었다만, 은근히 신경질이 나네.

친구4 왜?

산받이 우리가 앞에서 했던 이야기하고는 전혀 딴판이잖아.

친구3 뭐가?

산받이 등수에 대한 스트레스, 뭐 이런 거….

친구2 성적으로 학생들 줄 세울 필요가 뭐 있어.

산밭이 경쟁이 없으면 발전이 없지 않아?

친구2,4 (같이) 경쟁해야 발전 한다구?

친구3 게으른 학생을 성실한 학생으로 변화 시키고.

친구1 꿈이 없는 학생에겐 꿈을 갖도록 만들어주면 되지.

산밭이 그렇긴 한데, 불안해.

친구1,3 (같이) 경쟁 없으면 불안해?

산밭이 몰라, 몰라. 하여튼 이상해….

잠시 무대 위의 모든 인물들 조용.

친구4 애들아 들어가자.

친구1,3 그래, 그래. (몸을 돌려 들어가려 한다)

친구2 (따라 나가지 않고 관객석을 바라보고 있다)

친구1,3,4 몸을 돌려 친구2를 바라보다가 천천히 돌아온다. 지금부터는 꼭두각시가 아니라 일반 배우로 연기한다.

친구4 (친구2와 객석을 번갈아 바라보다가) 왜 그래?

친구2 (관객석을 가리키며) 저 사람들이 불쌍해.

친구3 그래도 어쩔 수 없어.

친구2 우리가 아는 행복의 비결을 저 사람들에게 이야기 해주면 안 될까?

친구1 글쎄다? 안 될 걸.

친구2 왜?

친구4 저 사람들의 머릿속에는 다른 사람들을 이겨야 내가 잘 된다는 생각으로 가득 차 있거든.

친구3 어릴 때부터 지금까지 배워 온 게 그것뿐이어서 그럴 거야.

친구2 그래서 참 불쌍해.

친구1 나도 도와주고 싶어.

친구2 (잠시 관객석을 바라보다가, 천천히) 우리가 손을 내밀면.

친구1,3,4 (같이) 우리가 손을 내밀면.

친구2 잡아 줄 거야.

친구1,3,4 (같이) 잡아 줄 거야.

친구2 우리 함께 가보자.

친구1,3,4 그럴까?

잠시 침묵.

친구1,2,3,4 (다 같이) 조오치. 함께 가자!

산받이 얼씨구. (장단을 친다)

흥겨운 장단에 맞추어 인형들이 인형극 무대를 헐고 나온다.
힘 있는 춤으로 관객들의 흥을 돋운다.
천천히 관객석으로 나가가 관객들에게 손을 내민다.
관객들이 배우들의 악수를 받아 줄 때, 끝.

춘향전을 연습하는 여자들

초연 무대 (2004)

기간 : 2004. 10.7 – 10.17

연출 : 김재석

장소 : 예전 아트홀

배우 : 박연희(박연희, 변사또), 송희정(송희정, 이몽룡), 김혜림(김혜림, 호장), 박희진(박희진, 월매), 백운선(백운선, 춘향)

개작 초연 무대 (2008)

기간 : 2008.11.20 – 11.29

연출 : 김재석

장소 : 봉산문화회관 소극장

배우 : 박연희(박연희, 변사또), 강신욱(강신욱, 기생, 변사또), 박희진(박희진, 월매), 백운선(백운선, 호장), 탁정아(탁정아, 이몽룡), 서민우(서민우, 춘향)

※ 여기 실린 대본은 2008년에 공연한 것이다.

등장인물

박연희(41세) : 연극패「춘녀」대표, 아파트 부녀회 재정부장
탁정아(33세) : 대학강사
강신욱(33세) : 치킨집 운영(여장으로 나옴)
백운선(27세) : 부동산 중개업
박희진(26세) : 취업 준비생
서민우(23세) : 대학 4학년생
아파트 주민 1,2,3,4
이몽룡
성춘향
변사또
월매
호장
군졸 1,2,3
관객배우 다수

무대

이 공연은 마당극이다. 공연장은 삼면 무대의 소극장이 적당하다. 고정된 무대장치는 사용하지 않으며, 각종 소도구는 필요에 따라 들고나는 식으로 공연하는 것이 좋겠다.

공연을 위한 조언

1. 공연장 입구에서부터 객석에 이르기까지, 연극공연장에서 만날 수 있는 경직된 분위기를 최대한 제거하여야 한다. 공연장 입구에는 〈헤븐트윈스 아파트 연극동호회 시연회장〉 〈경축, 춘향전 시연회, 헤븐트윈스 아파트부녀회 일동〉 등등의 현수막을 붙여 시연회라는 설정을 관객들이 알 수 있도록 한다.

2. 가상의 아파트 동호수가 적힌 명패에 관객의 실제 이름을 적어 달게 함으로써 관객들이 극에 대한 일체감을 느낄 수 있도록 해주기 바란다. 극중에서 관객의 이름이 필요한 경우 명패에 적힌 대로 불러 주어야 한다.

3. 배우들도 실제 이름을 그대로 사용하여, 관객들이 느끼는 현실감을 높여야 한다.

4. 둘째 마당의 춘향전 공연은 복장을 간결하게 입어 시연회의 분위기가 느껴지도록 하고, 다섯째 마당에서는 최대한 복장을 제대로 갖추어 공연한다.

5. 셋째 마당에서 관객배우를 선발할 때, 대본에 있는 것 외에 공연 상황에 맞추어 적절한 방법을 찾아보면 현장 분위기를 살리는 데 도움이 될 것이다.

6. 공연안내(팸플릿)의 배우 소개란에 관객배우도 넣어두어야 하며, 선발된 관객배우들이 무대에서 혼란을 겪지 않도록 배우들이 잘 관리하여야 한다.

7. 셋째와 넷째 마당에서 관객들의 의견은 그것이 무엇이든 존중되어야 한다. 그러나 관객들의 의견이 전혀 예상하지 못한 방향으로 나아가지는 않는다. 이른바 '핵문'(核文)과 '위성문'(衛星文)의 관계가 성립되어 있기 때문이다.

첫째 마당
판 열기

관객들이 입장을 하면, 배우들도 출입구 및 객석에 자연스럽게 자리를 차지하여 마치 같은 아파트의 주민을 만난 듯이 인사하고, 담소를 나누도록 한다. 공연이 시작되기 전까지는 연극 동호회의 연습 공연장을 찾아 온 같은 아파트의 친구와 선후배들이 만들어 낼 수 있는 분위기, 즉 약간 수다스러운 잡담과 들떠 있는 분위기의 객석 상황을 유지하도록 해야 한다.
백운선이 혼자 무대 위에 널려 있는 소품들을 열심히 챙겨두고 있는 모습이 관객의 눈에 뜨이도록 한다. 백운선이 퇴장하고, 공연시작 시간이 되면,

서민우 (극장 출입구를 통해 달려 들어오며) 대표니-임, 대표님.

객석에서 관객과 이야기를 하고 있던 박연희와 박희진이 깜짝 놀라 바라보는데.

서민우 심-봤-다. (외치며 무대로 달려 나가고)
박연희 (따라 무대로 나오며) 아이고, 가스나, 용테이--.
박희진 함 보자.
서민우 짜-안. (하며 마패를 내민다)
박연희 우와, 구했네. 어디서 샀노.
서민우 (신이 나서) 교동시장, 서문시장, 남문시장, 영선시장, 대

구시장을 다 뒤져도 없데예.

박희진 그래서?

서민우 안만 해도 못 구할 꺼 같애가, 버스를 타고 집으로 오는데.

박희진 오는데?

서민우 갑자기, '아, 거기 있다'.

박연희 어디?

서민우 우리 집.

박연희 너거 집에?

박희진 우와, 민우 할배 중에 암행어사가 계셨나보네.

서민우 그게 아이고, 작년에 엄마가 내장산에 단풍구경 갔다가 사온 건데예.

박연희 (빼앗아 보곤) 야가, 벽걸이를 뿌사가 마패만 쏙 빼가 왔네.

서민우 어때요? 좋지예.

박희진 우리 연극에 딱 어울리네. 큼지막한 게 보기도 좋고….

박연희 야–가–, 철딱서니 없구로. 니, 집에는 말했나?

서민우 엄마가 안 계셔서 그냥….

세 명이 일제히 한 명의 여성 관객을 바라본다.

박연희 아이고, 민우 어무이, 미안합니더. 시킨 건 아이라예.

서민우 마패가 없으면 시연회를 못한다고, 꼭 구해오라고….

박희진 잘 했다, 잘 했어. 역시 춘향이가 제일이여!

박연희 아이구, 야들이. (관객에게) 민우 어무이, 제가 그래 시킨 건 아입니데이, 저를 잘 알지예? (관객 잘 안다) 고맙심더. 민우가 졸업반이라 취직 때문에 걱정이다 캤지예. 혹시 압니꺼, 이번 연극 끝나고 나면 유명한 영화감독들이 몰려와가 난리칠지. 대학에서 노느라 공부는 좀 못한다카드만 그래도, 아가 얼굴도 이쁘장하고….

서민우 (관객에게) 아이고, 어무이요 미안합니더. 농땡이 딸 때문에 이래 사람 많은 데서 망신을 당하고….

박희진 춘향이는 시서화에 다 능했다는데, 이 일을 우짜꼬….

서민우 (농담조로) 대표니-임. 제가 연기를 못하면 못한다고 말씀을 하시지, 이렇게 사람들을 모아놓고 한 방 먹이시면 소녀는 어찌하오리까.

박연희 그게 아이고… 말을 다 듣고…민우 어무이 미안합니데이 (상황이 수습되지 않는다. 그때 휴대전화 벨소리, 전화를 받으며) 어- 신욱씨, 아니 신욱양, 얼른 안 오고 뭐하노. 곧 시작인데. (통화하며, 자리를 피한다) 뭐? 부-라자? (민우에게) 신욱이 부라자 못 봤나.

서민우 배우 사물함에서 봤는데??? 아, 운선이 언니에게 물어보라 그래요.

박연희 운선이 한테 물어보란다. 그 중요한 부라자를 못 챙기고 (전화가 끊겼다)??? 이런.

서민우 근데, 배우가 휴대전화를 끄지 않고… 이럴 수가, 대표님!

박연희 (전화를 끄면서) 내가 깜빡하고 그만….

박희진 (관객에게) 여기 오신 분들 중에 아직 전화를 끄지 않은 분이 계시면, 대표님처럼 실수 하지 않도록 꺼놓는 게 어떨까요? (휴대전화를 끄는 관객들에게) 감사합니다.

박연희 (딴청 피우며) 조명하고, 음향 도와준다 칸 아저씨들 왔는가 모르겠네.

박희진 대표님, 진정하시고 여기 모인 분들한테 우리가 인사부터 해야지예.

박연희 대표는 무신 얼어 죽을 대표고, 말 잘하는 니가 그냥 설명 다 해뿌라.

박희진 아유, 부끄러워하시기는… 아하--, 박수가 없어서 그러시는구나. (사회자의 어투로) 여러분, 헤븐트윈스 아파트의 연극패 춘녀를 이끌어가고 있는 박연희 대표님을 큰 박수로 환영해주시기 바랍니다. (박수)

박연희 (어정쩡하게 인사하면서) 408동 204호에 살고 있는 윤주 엄맙니다. 우리 아파트 부녀회에서 재정부장을 맡고 있어예. 애기 아버지는 보험회사에 다니고 있고요, 첫째 아들놈은 고등 2학년이고, 고 밑에 딸내미인 윤주는….

박희진 대표님, 누가 호구 조사 나왔나요? 아님….

박연희 아님?

박희진 부녀회의 차기 대권을 노린 사전 선거운동?

박연희 야가 뭐라카노. 생사람 잡겠데이.

박희진 (웃으며) 농담이구요. 연극패 춘녀가 뭐하는 모임인지, 그리고 이 자리는 왜 마련되었는지, 뭐 그런 이야기를 해주시야지예.

박연희 아이고, 내 정신 봐라. 여러분 미안합니데이. 다시 인사드리겠심더. (인사한다) 춘녀의 연극 시연회에 찾아주셔서 감사 드립니더. 저는 대표 박연희 입니더. 예? 연극패 춘녀가 뭐냐구예? 며칠 있으면 열리게 될 여성 연극제에서 우승을 꿈꾸며, 우리 아파트에서 가장 뛰어난 인재들만 끌어 모아 두어 달 전에 만든 연극패라예. 내 친구는 연극패 춘녀라고 하니까, 막걸리집 작부 냄새난다며 깔깔거리던데, '춘향전을 연습하는 여자들' 이라는 말을 줄여 부르다가 우리 연극패 이름으로 굳어버렸지예. (희진이를 가리키며) 씩씩한 이 처자는 박희진인데, 대기업에 수석 합격한 인재라예. 그 좋은 회사를 때리치우고 나와 벤쳐 회사 창업 준비하고 있는 똑똑한 아가씹니더. 그리고….

서민우 대표님, 이왕이면 우리 배우들을 다 불러 놓고 말씀하는 게 어때예.

박연희 그라까? 그게 말하기도 좋겠제. 운선이는?

박희진 어, 그라고 보이 안 보이네.

박연희 아이고, 이 착해 빠진 가스나가 혼자 일하고 있나 보다. 빨랑 오라캐라.

박희진 (무대 뒤쪽을 향해) 운선이 언니, 정리는 나중에 하고 무대로 나오세요.

박연희 뺀질이 정아도 안 보이네.

서민우 (키득거리며) 401동 새댁언니는 조 앞에서 낭군님하고 손 잡고 있던 데예.

박연희 아이고, 새댁이 정아는 어디가도 티를 낸다카이. 신랑은 뭐가 그리 좋은지, 맨날 연습장에 나와가 지 색시만 야시끼리한 눈으로 쳐다보고 있고, 색시보다 나이도 더 어린 게…. 어이, 눈꼴시어서.

박희진 그래도 우리 일을 얼마나 많이 도와주는데요. 간식거리도 많이 사오고, 무거운 물건도 척척 들어 옮겨 주고….

박연희 지가 그런 거도 안 하면 내가 가만 나 두겠나. (관객석 출입구를 향해) 김승현씨 희정이한테 퍼뜩 들어오라카이소.

탁정아 (관객 중의 한 명의 손을 잡고 객석을 내려온다. 객석의 제일 앞자리에 앉히고) 자기야, 내가 하는 걸 잘 보고, 집에 가서 이야기 많이 해줘야 해, 응. 자기, 사랑해--.

박연희 빨리 안 나오나!

탁정아 (무대로 나오며) 대표님, 왜 그러세요. 아직 화가 안 풀렸어요? 너무 하시네.

박연희 화는 무신 화. 내 그런 거 업따.

탁정아 화 나셨는데, 뭐. 어제 연극 잘 해보자고 한 얘길 가지고, 그렇게 꽁하시면 어떡해요.

박연희 화 안 났다 안 카나.

탁정아 아닌데….

박희진 (말을 가로채며) 자, 정아 언니는 이곳에 서시고, 민우는 저기에 서고, 운선이 언니는 왜 안 오지? (무대 뒤를 향해) 언니, 언….

백운선 (한 사람이 들기 힘들 정도의 소품을 끙끙거리며 안고 나온다) 나, 여기 있어.

짐을 내려놓는 운선을 모두 그냥 바라보고 있다.

탁정아 아유, 무식허긴.

박연희 야가 말을 해도, 무식하긴 착한거지. (탁정아에게) 뭐 하노, 짐 안 받고.

박희진 (짐을 같이 챙기며) 힘들게 뭐 하러 다 가져와. 조금 있다 같이 가져오면 되는데.

백운선 힘은 무어… 챙겨두는 김에 가져 나온 건데….

박연희 낮에 복덕방 일만 해도 피곤할 낀데도 연습에 한 번도 안 늦었제. 힘든 일은 도맡아 다 하지. 정말 착한기라.

서민우 거기다 나 어린 조카까지 키워주고 있고예.

백운선 왜들 이러세요. 남들 보는 데서.

박연희 (관객을 향해) 보소, 이만큼 참한 색시감 본 적 있는교. 내가 우리 동에 같이 살아서 잘 아는데, 이런 색시가 집에 들어오면 호박이 넝쿨째 굴러온 거라 카이요. 혹시 집을 팔고 살 일이 있으마 운선이가 일하는 복덕방에 내놓으이소.

탁정아 대표님, 시연회는 도대체 언제 하실 거예요?

박연희 (한 소리 하려는데)

박희진 그래요. 여기 바쁘신 분들도 많은데. (박연희를 밀어 앞으로 내세운다)

박연희 (목소리를 가다듬어) 제가 우짜다가 보이 408동 동대표가 되고, 동대표가 되다 보이 아파트 부녀회에 나가게 되고, 나가다 보이 부녀회의 재정부장이 되었다 아입니까. 그런데 부녀회 장부를 탁 넘겨 받고 보이, 돈이 딸랑 12만 원 뿐이라예. 회비를 올리면 부녀회원들이 난리칠끼고, 업체들한테 찬조금 거둘라카이 찝찝하고… 그때, 신문광고를 보았다 아입니꺼.

일제히 화려한 몸짓과 율동으로.

탁정아 여성 연극제

백운선 아마추어만 참가 가능

서민우 잠자는 당신의 재능을 깨우세요.

박희진 기회는 바로 당신의 것

박연희 우승 상금 천만 원.

함 께 천-만-원?

박연희 천만 원이면, 천만 원이면, 부녀회원들이,

탁정아 봄 꽃놀이,

백운선 여름 해수욕,

서민우 가을 단풍놀이

박희진 겨울 스키장으로,

모두 갑자기 정지.

잠시 후.

일 동 어? 눈!

여성용 가발을 쓴 강신욱이 윗옷을 여미며 뛰어 나온다.

강신욱 미안, 미안. (가슴을 가리키며) 이게 잘 안 돼서….

탁정아 아저씨! 자꾸 이러시면 곤란해요.

강신욱 자꾸 아저씨, 아저씨 카지마라. 니하고 내하고 동갑아이가.

탁정아 동갑? (관객에게) 동갑으로 보여요? 보여?

두 사람, 관객에게 젊게 보이려 애쓴다.

박연희 하는 짓이 똑 같다. 똑 같애. 다시 한 번 잘해보자.

일행 다시 한 번.

탁정아 여성 연극제.

백운선 아마추어만 참가 가능.

서민우 잠자는 당신의 재능을 깨우세요.

박희진 기회는 바로 당신의 것.

박연희 우승 상금 천만 원.

함 께 천-만-원?

박연희 천만 원이면, 천만 원이면, 부녀회원들이.

탁정아 봄 꽃놀이.

백운선 여름 해수욕.

서민우 가을 단풍놀이.

박희진 겨울 스키장으로. (강신욱이 스프레이로 흰 눈을 뿌려준다)

함 께 우와, 신난다.

박연희 (큰 소리로) 모이라! 연극하자. 모이라! 연극하자. (잠시 후) 벌떼처럼 모여들데요. 대학에서 연극한다고 맨날 저그 엄마 속 썩이든 민우를 데리고 와 연습을 시작했는데, 이틀 만에 그 많던 사람들이 다 떨어져 나가고 여기 있는 사람만 남았다 아인교. '이상하다. 와 안 나오노.' 전화를 걸었심더.

주민1 (백운선) 아유, 미안해서 어쩌나. 나는 하고 싶은데 남편이 반대해서.

주민2 (탁정아) 애들이 엄마하고 떨어지려고 하지 않아요.

주민3 (서민우) 시간이 없어요. 알다시피 우리 애가 이번에 고3이잖우.

주민4 (박희진) 어제 연습 갔다 왔더니 애 아버지하고 애들하고 몽땅 굶고 있습디다.

주민5 (강신욱) (큰 소리) 밥 - 도 -

박연희 눈앞이 캄캄하고 속에서 열불이 터져 오르데요. 하지만 우짜겠십니꺼. 결혼한 여자들의 시간이란 게 자기 꺼 아인 줄 나도 잘 알거든요. 그런데 가마 보이 나만 웃기는 인간이 된 거라예. 연극해서 돈 천만 원 따올기라꼬 아파트 전체에 소문은 났지, 일은 안 되지, 미칠 거 같데예. 오기로 연습을 시작했다 아입니꺼. 오죽 답답했으면 강신욱 씨까지 끌어들였겠는교.

강신욱 (꾸벅 인사) 상가에 있는 꼬꼬툴툴 치킨입니다. 잘 부탁합니다. 잘 하겠심다.

박연희 우리도 마이 묵었는데, 맛이 최곱니다. (은근하게) 사실은 (백운선을 가리키며) 잘 아시지예? 마음은 콩밭에 있는기라요.

강신욱 (점잔하게) 진도 나가시지요.

박연희 (입을 삐죽거려주곤) 연습하는 동안 어려운 일도 많았지만 합심해서 잘 이겨내고 그럭저럭 마지막 부분까지 연습하고 있는데, 희진이하고 민우가 자꾸 '이게 아인데, 이게 아인데' 캐싸서 마무리가 안 되는기라요. 우예 보면 야들 말이 맞는 거 같기도 하고, 우예 보면 아인 거 같기도 하고 헷갈려서.

서민우 그래서 제가 아이디어를 냈지예. 〈춘향전〉 시연회를 하고, 아파트 주민들의 의견을 들어 마무리를 어떻게 할지 결정하자.

탁정아 전 말렸어요. 이런 자리를 만들어 봐야 무슨 득이 있을까요? 연극에 참여도 하지 않은 사람들이 감 나라 대추 나라 말만 많을 텐데….

박연희 감 놀 데가 맞으면 감 나야 되고, 대추 놀 데가 맞으면 대추 나야 안 되겠나.

백운선 아유, 또 이러신다. 남들이 보면 싸우는 줄 알겠어요. 두 사람이 제일 친하면서….

박희진 (관객에게) 일단 연극을 먼저 보시고 난 후, 우리의 고민을 말씀드리겠습니다. 그때 좋은 의견을 제시해주시면, 우리가 그 말씀에 따라 작품을 짜보도록 하겠습니다.

서민우 (배우들에게) 자, 그럼 모두 준비해주세요.

둘째 마당
아하, 내가 없구나.

관객들 앞에서 자연스럽게 공연 준비를 한다.

경쾌한 음악과 몸짓, 그리고 판소리 가락에 실어 〈춘향전〉을 연극 속의 연극으로 보여주는데, 각 장면의 연결이 자연스러워야 한다. 강신욱은 적절한 물건에 각 장면의 제목을 적어 무대에 들고난다.

〈춘향전〉 #1 광한루

이몽룡 방자야, 저 건너 녹림 숲속에 울긋불긋 오락가락하는 게 저게 무어냐?

방자 아니, 무얼 보란 말씀이요? 소인의 눈에는 아무 것도 보이지 않습니다.

이몽룡 아, 이놈아. 이리 와서 내 부채발로 보아라.

방자 부채는 말고요, 미륵님 발로 보아도 안 보입니다.

이몽룡 예끼, 이놈아.

방자 예이, 자세히 아뢰리다. 이 골 퇴기 월매 딸 성춘향이라 하옵난듸, 오월 단오날이면 저곳에 와서 여염집 아해들과 추천하는 거동인가 보옵니다.

〈춘향전〉 #2 첫날밤

이몽룡 얘, 춘향아 우리 한번 업고 놀자.

춘향 아이고, 부끄러워서 어찌 업고 논단 말이요? (이전에 서민우 엄마로 간주되었던 관객을 가리키며) 건넌방 어머니가 알면 어떻게 허실라고 그러시오?

이몽룡 너으 어머니는 소시 때 이보다 훨씬 더 혔다고 허드라. 잔말 말고 업고 놀자.

이몽룡,춘향 **(중중몰이)** 이리 오너라, 업고 노자. 이리 오너라, 업고 놀자. 사랑, 사랑, 사랑, 내 사랑이야. 사랑이로구나, 내 사랑이야. 이이이이, 내 사랑이로다.

〈춘향전〉 #3 이별

춘향 (진양) 이왕으 가실테면 술이나 한잔 잡수시요. 명조상이 노막막을 여관 한등 잠 못 들제, 권할 사람 뉘 있으며 위로헐 이가 누 있으리. 이 술 한잔을 잡수시고 한양을 가시다가 강수청청 푸르거든 원함정을 생각허고, 마상을 뇌곤허여 병이 날까 염려오니, 행장을 수습허여 부디 평안히 행차를 하오.

이몽룡 (춘향의 손을 잡아 가슴에 대고) 이 안에 니가 있다.

〈춘향전〉 #4 변사또 기생점고

강신욱 (기생 차림으로 들어와 앉으며) 대구 기생 반월이요.

변사또 (입이 쩍 벌어진다)

호장 (안 나가려 버티는 반월이를 억지로 밀어낸다)

변사또 여봐라, 이렇게 기생 점고를 허다가는 몇 날이 될 줄 모르겠다. 좀 한숨에 둘씩 셋씩 자주자주 불러 들여라.

호장 조운모우 양대선 위성의기 춘홍이!, 사군불견 반월이, 독좌유향의 금행이 왔느냐! 팔월부용군자련 만당추수으 홍련이 왔느냐! 구월구일용산음 소축신으 국화가 왔느냐! 단산 오동으 그늘 속으 문왕 어루든 채봉이 왔느냐! 초산 명옥이, 수원 명옥이, 양명옥이 다 들어왔느냐!, 이게 다요.

변사또 여봐.

호장 예이.

변사또 너의 골 춘향이가 있다지? 춘향은 점고에 불참이 되얏으니 어쩐 일인고?

호장 예이, 춘향은 기생이 아니옵고, 춘향은 올라가신 구관 자제 도련님이 머리를 걷혔기로 지금 집에서 수절하고 있나이다.

변사또 수절을 허여? 지가 수절을 헌다믄 사대부댁에서는 요절을 허겠구나. 잔말 말고 빨리 불러 들여라.

〈춘향전〉 #5 수청과 수절

호장 춘향 현신이요!

변사또 그것 참 잘 생겼다. 어여쁘다 어여뻐. 니 소문이 하 장허기로, 경향에 유명키로, 내 밀양, 서흥 마다하고 간신히

서둘어 남원 부사 허였도다. 니가 고서를 읽었다니 옛말을 들어 보아라. 촉국 부인은 초왕의 첩이 되고, 범신 예왕은 지백을 섬겼으니, 너도 나를 섬겼으면 예왕충과 같을지라. 너에게도 응당 애부가 있을 테니, 관속이냐, 한량이냐?

춘향 사또님 듣조시요. 충신은 불사이군이요, 열녀 불경이부절을 사또는 어째 모르시요? 사또님 대부인 수절이나, 소녀 춘향 수절이나, 수절은 일반인듸, 수절에도 상하가 있소? 사또도 국운이 불행허여 외적이 집정하면 적하에 무릎을 꿇고 두 인군을 셈기리요?

변사또 (벌떡 일어서며) 이년 잡어 내려라!

강신욱 (방망이 들고 뛰어나오며) 꼼짝 – 마라! (관객을 향해 자세를 바꾸어) 끝–.

배우들 모두 박수치고 환호하며, 〈춘향전〉 시연을 마무리 한다.

박연희 어떻습니까 여러분. 그동안 고생한 흔적이 있지예? 예, 고맙심더. 그런데예 희진이하고 민우가 춘향전의 이 부분부터 새로 짜자는 겁니더.

박희진 (당황해서) 뭐 별거는 아니구요. 조선 시대 춘향전을 지금에 그대로 따라 갈 필요가 있느냐, 2008년에 맞게 뭔가 새롭게, 참신하게, 그럴 듯하게 만들어 보자, 뭐 그런 이야기이지요.

서민우 만일, 춘향이가 수청을 들었다면, 이도령은 춘향이를 버렸을까? 어떻게 하든 살아서 이도령을 만나야 하는 게 우선 아닌가…. 아, 춘향이는 헷갈려요.

박희진 (관객에게) 민우 말이 이해가 안됩니꺼? 이도령에게 올-인 해버린 춘향이가 이해가 안 간다는 거지요. 이도령이 암행어사가 아니었다면, 결국에는 변사또에게 맞아죽게 되는 이야기가 마음에 안 든다는 거라예.

탁정아 나 원 참, 헷갈릴 게 뭐 있어요. 춘향은 춘향이고, 나는 나고, 연극은 연극이고, 우리 사는 건 우리 사는 거고 그렇지 않나요? 쿨-하게 생각하자구요. 우리는 여성 연극제에 나가서 상만 타면 되지 않아요? 맞죠? OK. 복잡하게 생각하지 맙시다.

박연희 새댁이는 세상 사는 게 칼로 두부 자르듯이 딱딱 나누어지더나?

탁정아 이건 옛날 이야기에요. 옛날. 요새 누가 저렇게 살아요? 그냥 옛날에 우리 할머니들이 이렇게 살았구나 하고 보면 되는 거지요.

박연희 시끄럽다 마. 착한 운선이 니가 말해봐라. 입 꾹 다물고 있지 말고.

백운선 (주저주저하며) 요새 여자들 사는 거도 춘향이 하고 다를 게 없는 거 아인가예?

강신욱 (고개를 과하게 끄덕이며) 그럼, 그-럼.

박희진 맞어, 맞어. 남편 하나 바라보고 사는 여자들이 얼마나 많은데요. (관객에게) 안 그래예?

탁정아 (빠르게 가로챈다) 야가 무신 소리하노. 그런 여자들은 지가 부족하이 그런 거라니까. 여자가 왜 남자만 바라보고 살어. 데리고 살면 되지. (남편을 향해) 안 그래 자기야--.

박연희 정아 니야, 부모가 의사라서 돈 잘 벌겠다. 니는 유학 갔다와서 시간강사지만 대학 선생까지 하고 있고, (신랑 역의 관객을 가리키며) 나 어린 신랑 데불고 살고 있으이 그래 말하겠지만, 안 그런 집이 더 많다 아이가.

탁정아 그럼 지금, 대표님도 억울하세요?

박연희 (당황) 내사… 그렇지는 않지.

서민우 대표님 댁이 얼마나 화목한데요.

백운선 저도 부러워요.

박연희 억울하지는 않지만… 꼭 아이라고 말하기도 그렇고… 야야, 그래가 내가 헷깔린다 안 카드나.

탁정아 대표님, 제발 좀 쿨하게 살아가세요.

박연희 뭐, 쿠-울?

탁정아 그렇잖아요. 대표님이나 저나 똑 같은 아줌마인데, 외모부터 다르지 않아요?

박연희 니는 서른세 살이고, 나는 마흔 아이가.

탁정아 아유, 분위기 말이에요. 분위기. 언니에게는 아줌마 냄새가 너무 나요.

박연희 니가 똑같은 아줌마라 캤나.

탁정아 그럼 아니예요?

박연희 (천천히) 니, 아 날 때 얼매나 아픈지 아-나.

강신욱 식겁한데이--.

탁정아 …

박연희 니, 얼라 때문에 이웃집 아줌마하고 머리 잡고 싸운 적 있-나.

탁정아 뭐예요?

박연희 니, 병든 시어른 수발들어 본 적은 있-나.

탁정아 ….

박연희 마, 됐다.

탁정아 치-.

박연희 니가 뭘 알겠노. 그냥 주둥이만 나불거리는 게지. 아줌마라고 다 같은 아줌마 아이다. 알겠나!

탁정아 (열 받는다) 나도 때가 되면 다 할 수 있어요. 흥, 별걸 다 내세워.

박연희 그-으-래? (손뼉)

역할을 나누어 맡은 배우들이 노래를 부르며 탁정아를 둘러싼다.

남편 밥-줘.

아들 밥-줘.

딸 밥-줘.

딸 밥-줘.

함께 밥을 줘요. 밥을 줘요.

딸 밥-줘.

딸 밥-줘.

아들 밥-줘.

남편 밥-줘.

함께 밥줘!

남편 물-줘.

아들 옷-줘.

딸 돈-줘.

딸 돈-줘.

함께 내게 줘요. 내게 줘요.

딸 돈-줘.

딸 돈-줘.

아들 옷-줘.
남편 물-줘.
함께 내게!

이들은 노래를 부르며 탁정아를 둘러싸고 돈다.
탁정아, 쓰러진다.
이들은 탁정아를 버려두고 관객들에게 다가가며 노래를 부른다.

남편 밥-줘.
아들 밥-줘.
딸 밥-줘.
딸 밥-줘.
함께 밥을 줘요. 밥을 줘요.
딸 밥-줘.
딸 밥-줘.
아들 밥-줘.
남편 밥-줘.
함께 밥줘!
남편 물-줘.
아들 옷-줘.
딸 돈-줘.
딸 돈-줘.
함께 내게 줘요. 내게 줘요.
딸 돈-줘.
딸 돈-줘.
아들 옷-줘.

남편 물-줘.

함께 내게!

박연희가 그들에게 다가가 그들의 요구를 척척 해결해주는 동작. 박연희의 손짓에 따라 노래가 점차 아름다운 화음을 가지게 되고, 최고조에서 노래 종료.

탁정아 (일어서면서) 아유, 골치 아파.

강신욱 대표님, 캡이예요.

서민우 엄마가 없는 집은 상상만 해도 끔찍해요

박연희 그렇지?

탁정아 (관객 남편을 향해) 나는 이래 몬사는 거 알제? 어림 반푼어치도 없데이.

서민우 저도 이렇게는 안 살거라예.

박연희 안 그라면 우예 살 건데. 너거 집은 독수리 오형제가 지키주나.

박희진 (심각하게) 결혼한 여자들이 가족에게 목 매달 수밖에 없는 거나, 이몽룡을 위해 목숨을 걸고 있는 춘향이나 별반 다를 게 없다 심네예.

강신욱 그건 좀 비약 같은데.

서민우 (관객에게) 엄마는 우예 생각하노.

백운선 (관객에게) OO 어머님은 어떻게 생각하세요?

박연희 (관객에게) 407동 105호 OO 엄마도 한 말씀 해보이소.

배우들이 관객들과 이야기를 나눈다. 관객들은 의견을 내고, 배우들은 그 이야기를 청취하는 식으로 전개한다.

배우들은 관객들의 의견에 적극적으로 대처해야 하며, 적절한 시간에 이야기를 마무리해야 한다.

박희진 그러고 보면, 춘향이 시절에 비해 달라진 게 아무 것도 없다 아임니꺼? 언니, 안그래예?

백운선 (고개를 끄덕인다)

강신욱 그 카고 보이, 정말 그렇네. 맞지예, 운선씨.

탁정아 여자의 존재 의미는 자기 존재에 대한 의미 부여가 아니라, 타자의 시선에 의해 그 의미가 결정되며, 끊임없이 타자의 시선을 의식하고 살아가야 하는 여성의 삶은 여성의 자기 정체성 상실로 이어지는 거죠.

박연희 니가 자꾸 말을 이상하게 할 때마다 내가 미쳤뿌겠다.

탁정아 어렵나요?

박연희 니가 좋아하는 쿠–울하게 말하면 우예 되는지 아나?

탁정아 ….

서민우 뭐예요? 대표님?

목소리와 자세를 바꾸어 모두가 함께 진행.

박연희 '여자 팔자는 뒤웅박 팔자다.'

백운선 (목소리를 바꾸어) 샘가에 놓인 바가지는 마실 물을 뜨는 쪽박이 되고!

서민우 (목소리를 바꾸어) 변소에 놓인 바가지는 똥 푸는 똥자루가 된다네!

강신욱 (목소리를 바꾸어) 바가지는 바가지로되 같은 바가지가 아니로세!

박연희 이게 바로 철학이여, 철학! (정지)

정지 동작이 풀리면서.

박연희 (자랑거리가 갑자기 생각났다) 야들아, 우리집 애가 공부를 쪼끔 하거든.

백운선 동수가요?

박연희 아이다. 윤주.

백운선 윤주가 똑똑해 보이데예.

박연희 내가 학급 어머니회에 갔다 아이가.

학급 어머니회의 회의 장면.

배우들이 역할을 나누어 맡는다.

어머니1 그럼 돈을 거두어서 학급에 필요한 물건을 사도록 결정했심더.

어머니2 얼마씩 내지예?

어머니3 십만 원씩 어때요.

어머니1 그건 안 되지요.

어머니4 애들 성적순으로 냅시다.

어머니1,2 그럽시다.

어머니3 그라고 보이 그렇네. 윤주가 전교 1등이니까 제일 마이 내고.

어머니1 50만 원.

어머니3 영란이 엄마는 애가 전교 꼴찌니까.

어머니1 만원.

박연희 (부담스러우면서도 자랑스러워) 집안 형편이 중요하지 애들 성적이 뭐 그래 중요하다고….

어머니4 원래 애가 1등이면, 엄마도 1등인 거예요.

어머니1 그럼요. 1등 엄마만큼 학급에 기여를 해야 할 거 아니에요? 자, 박수.

일동, 박수와 함께 원래 장면으로.

박연희 1등 엄마, 내가 1등 엄마라, 기분 묘하게 좋데. 다른 엄마들이 내 옆에 붙어 앉아서, '학원은 어디 보내요', '학습지는 뭘 쓰나요?', '과외선생 좀 소개시켜 줘요' 하면서 살살거리는데 기분 째지게 좋데. 그래서 김치냉장고 살라꼬 꼬깃꼬깃 모은 돈 100만 원 턱 내놓고, 그날 저녁까지 화끈하게 쏘고 왔다 아이가.

백운선 109동 대표 하던 205호집 알아예? 이민 간다고 집 내났어예.

강신욱 이민은 와?

백운선 애들 공부시킨다꼬 캐나다로 간답니더. 세탁소 하나 산다카데예.

박연희 아이구, 부녀회에서 밥 묵고 나면 지 묵은 밥그릇도 잘 안 치우는 그 뺀질이가 그 힘든 세탁소를 해….

탁정아 미국이나 캐나다로 이민 간 사람들 대부분이 라운드리나 미니스토어를 해요. 돈 많은 사람 빼고는 그 사회의 밑바닥에서 출발해야 하거든요.

박희진 말도 안 통하지, 기반도 없지, 문화도 다르니까 그럴 수밖에 없지예.

백운선 고생해도 애들만 성공할 수 있다면 좋다고예, 남편이 안 갈라카는 걸 억지로 꼬드겨 간답니다.

서민우 정말 대단한 엄마야.

박연희 나도 갈 수 있으면야 가겠데이.

서민우 진짜로예?

박연희 앞으로 영어 못하믄 먹고 살기도 어렵다는데, 우리 동수는 영어가 꽝이라. 차라리 미국이나 가서….

백운선 205호 아줌마도 자식이 잘 된다면야 자기 고생은 아무것도 아이라 캅디더.

박희진 아이구, 답답해. 자식이나 가족에게 목매고 있는 걸 보면 우리가 영락없는 춘향이라 카이요.

서민우 그라이, 내가 이도령한테 목숨 걸고 있는 춘향이가 싫다 안카나.

탁정아 춘향이는 정절을 중시하던 조선시대의 규범에 교육된 여자이고, 우리나라의 아줌마들은 가족을 위해 희생하도록 요구하는 우리 시대의 규범에 교육 되어버린 거라. 그런 상황을 올바르게 볼 수 있는 눈이 없다는 게 문제라니까.

박연희 (혼잣말로) 자가, 또 군지렁거리 샀네.

탁정아 대표님도 가족한테 목숨 걸고 살 게 아이라 자기 꿈을 키울 줄도 알아야 한다니까요.

박연희 (당황) 뭐 꿈?

탁정아 대표님에게도 꿈이 있었어요?

박연희 ….

박희진 꿈이 뭐였어요?

박연희 지금 말하자면 쑥스럽지만, 내가 불문과 출신 아이가.

탁정아 어마, 어마. 제가 미국에서 불어 부전공했다는 거 아니에요. 잘 됐네. 연극 끝나면 만나서 불어 공부 같이해요.

강신욱 오, 봉-쥬-르….

박연희 (당황하여) 야야, 지금은 다 까묵었지.

탁정아 왜요?

박연희 졸업하자마자 결혼하고 나서는 여태까지 불어는 구경도 안했으이 그렇지. 그동안 불어 본거라고는 과자껍데기, 몽쉘 통통, 뭐 이런 거 밖에 없다 아이가.

서민우 너무 아깝다. 불어는 배우기도 어렵다는데….

박연희 고등학교 때 내가 문학소녀였거든. 까뮈를 좋아 했는기라. 무언가 고독하고, 허무해서 심금을 짠하게 울리는 뭐 그런 거 안 있나. 그래서 굳은 결심을 하고 불문과에 갔다 아이가. 까뮈보다 더 유명한 글쟁이가 되고 싶었는데….

탁정아 대학원에 가지 그랬어요.

박연희 남편하고 선보고, 결혼하고, 애 놓고, 키우고 하면서 끝났버렸제. 문학소녀 시절이 있었는가도 까맣게 잊어묵고 살고 있는 기라. 생각 해보믄 말이다. 그동안 열심히 살아왔지만 사실은 내가 점점 사라져 버린기라.

서민우 대표님을 보니까 겁이 나요. 결혼하지 말까봐.

박희진 나도!

서민우 운선이 언니도 맹세해라! 우리는 결혼하지 말고 하고 싶은 일 다 하며 살자, 어떴노.

강신욱 (과장된 동작으로) 뭔 - 소리? 좋은 사람도 많은데….

백운선 (웃기만 한다. 약간 씁쓸한 표정)

박희진 혹시, 운선이 언니, 그 소문이 사실이가?

강신욱 (놀라며) 무-슨?

백운선 …..

박희진 사실이구나!

박연희 야가 무슨 소리 듣고 이래 호들갑을 떠노.

탁정아 이렇게 놀라는 걸 보니, 큰 비밀이 있는 모양인데. 뭐예요?

박희진 (농담조) 시집 갈 때도 조카를 데리고 가겠….

백운선 (얼굴빛이 사색이 된다)

강신욱 (박희진을 밀어낸다)

박연희 시끄럽다마, 씰데없는 소리해 쌌노. 이리들 와 바라.

박연희가 탁정아, 박희진과 서민우를 모아 놓고 이야기하는 사이, 음악.

셋째 마당
세상사 바라보기

박연희 야들이 시근이 모자라도 한참…, 운선아, 착한 니가 참아래이.

박희진 농담 한 걸 가지고….

백운선 대표님, 이래 시간만 보내서 되까예.

박연희 맞다. 맞다. 이 칼 때가 아이제.

탁정아 좋아요. 춘향의 태도가 마음에 안 든다는 말에 동의하겠어요. 그럼 어떻게 바꾸죠?

박연희 씨원, 씨원해서 좋긴 하네.

탁정아 쿠--울 하죠.

박연희 춘향전을 어떻게 바꾸면 좋을지, 그거 물어볼라꼬 아파트 사람들 다 모은 거 아이가.

강신욱 어떻게 물어봐요?

탁정아 손들기 하지 뭐.

서민우 손들래도 뭐가 있어야 손을 들지요.

박연희 그라믄, 여기 오신 분들 의견을 일단 모아보자. 그 다음에, 우리 잘하는 거 있잖아 조각그림 만들기, 그걸 보여주면서 어느 게 좋은지 물어보자, 어떤노.

백운선 우리만으론 모자릴 꺼 같은데….

서민우 여기 계신 분 중에도 재주꾼이 많거든요. 배우로 모시는 게 어때요.

탁정아 (객석의 가상 남편에게) 자기야, 빨리 나와. 나하고 둘이서 이도령과 춘향이 하게.

박희진 연습 첫날부터 춘향이, 춘향이 하더니 아직도….

탁정아 연기로 보나, 미모로 보나 민우 보다야 내가 낫지 뭐.

서민우 그렇긴 하지만… 춘향이 나이 열여섯에 제일 가까운 건 바로 나지롱….

박연희 재주꾼이야 내가 제일 잘 알지. 209동 701호, 민정이 엄마, 201동 505호 영정이 엄마, 빨리 나오소. 그라고 또….

박희진 잠깐, 잠깐. 공평하게 해야지요. (관객에게) 우리를 도와주실 분들 모두 나와 주시면 감사하겠습니다.

강신욱 (남자에게) 이리 나오이소. 내하고 같이 합시더. 언제 이런 옷 입어보겠닝교.

서민우 아줌마, 아저씨, 처자, 총각 누구든지 환영합니다.

강신욱 별로 어려운 건 없고요. 후반부를 이래저래 고쳐보면 좋겠다하는 의견도 주시고, 또 신명나면 우리하고 같이 해보기도 하고.

관객이 무대로 나오기가 쉽지 않을 것이다.

탁정아 용기를 내어 나오시는 분들에게는 아파트 부녀회에서 마련한 소정의 상품도 드립니다.

박연희 더불어, 한국소방방재협회에서 당 아파트 부녀회로 보내주신 재난방지세트를 하나씩 드리도록 하겠십다. 가정마다 꼭 챙겨두어야 할 필수품입니다. 운선아, 뒤에 있는 거 가지고 오너라.

운선, 큰 박스를 가져다가 무대에 놓는다.

적절한 인원이 무대에 나올 때까지 판을 이끌어 감.

박연희 이렇게 열렬히 동참해주신 여러분에게 감사의 인사를 드립니다. (악수를 청한다)

배우들 무대에 나온 관객들과 인사를 나눈다. 아무래도 분위기가 어색할 것이다.

박희진 대표님, 몸 좀 풀고 시작해야 되겠지예?

박연희 그라자. 희진이하고 민우가 맡아 해볼래?

박희진, 서민우는 관객 앞으로 나가서 만담 준비. 나머지 배우는 무대 위의 관객과 섞여 선다.

박희진 혹시 2004년에 극단 함세상이 공연한 〈안심발 망각행〉이라는 연극 봤어예? 대구의 지하철 화재사건을 다룬 감동적인 연극인데. (관객의 답에 대한 적절한 대응)

서민우 저도 봤는데요. 아주 가슴 아팠심더.

박희진 그런데예, 대구 지하철에 필요한 안전시설이 마이 부족하다 카네예..

서민우 아이구, 끔찍해라. 아직도 정신 못 차렸나.

박희진 안전에 필수적인 인원도 제대로 확보가 안 되고 있고.

서민우 아이고, 사고가 또 나믄 우야노. 지하철 탈 때마다 기도하고 타야 되겠네.

박희진 재수 없는 소리 그마해라.

서민우 그래도.

박희진 그래서, 평상시에 연습을 많이 해야 돼.

서민우 대피훈련?

박희진 그렇지. 지하철 사고 발생 시 대피요령을 우선 알아보자! 신욱, 운선 언니, 앞으로.

강신욱, 백운선 챠트를 들고 나와 선다.

① 노약자 · 장애인석 측면 비상버튼을 눌러 승무원과 연락 한다.
② 객차마다 2개씩 비치된 소화기를 이용, 불을 끈다.
③ 비상용 망치를 이용해 창문을 깬 뒤 환기를 시킨다.

④ 수동으로 출입문을 연다.
⑤ 호흡기를 수건으로 막고 비상구로 신속히 대피한다.
⑥ 어두운 경우, 자세를 낮추어 빛이 보이는 쪽으로 대피한다.
⑦ 비상구로 대피가 여의치 않을 때는 역무원의 유도에 따라 철로를 이용하여 대피한다.
⑧ 시간적 여유가 있을 경우 옥내소화전을 이용, 불을 끈다.

박희진 저래 많은 거 다 외우고 있어도 소용 없다카이. 평상시 연습을 많이 해두어야지. (무대를 가리키며) 여기는 지하철이고, 이쪽은 지하철역으로 합시더. 만약에 지하철 열차 안에 불이 났을 때 어떻게 대피할 것인가를 훈련하는 겁니다.

여러 가지 훈련 설정을 하고 관객과 같이 실제로 해본다.
적정 인원수만큼 남기고 미처 따라오지 못한 인원은 계속 탈락시켜나간다.
최종적으로 남은 관객들을 무대 뒤편에 놓인 의자에 앉게 한다.
이때부터 그들은 관객배우가 되며, 배우들은 그들을 잘 이끌어 극에 적극 참여 시킨다.

박희진 어떻습니꺼, 재밌지예? 몸도 풀고, 재난대비 훈련도 하고 일석이조 아이겠십니꺼.
강신욱 이래 훈련하면 뭐 하노. 어설프게 픽 가는 수도 많은데.
서민우 대체 뭔 소린지.
강신욱 내 어제 치킨이 하도 지겨워, 소고기 좀 먹어볼까하고 식당에 갔다 아이가.

박연희 우리한테는 이야기도 안 하고?

강신욱 새벽에 일 끝냈는데, 누굴 부르는교. 운선씨도 없는데… 하여튼 불판을 달구고.

서민우 고기를 한 점 탁 얹으니.

박희진 고소한 냄새가 사르르--.

탁정아 입에 침이 꼴깍.

박연희 잘 익은 고기를 한 점 탁 집어.

모두 같이 입에 넣으면 살살 녹지.

강신욱 아이라.

모두 같이 아이라?

강신욱 고기 한 점을 탁 들고 입에 넣을라카다가.

모두 같이 카-다-가?

강신욱 이거 묵어도 괜찮을까? 혹시 이 고기가?

박연희 하기사 뭘 보고 믿겠노.

서민우 그래서?

강신욱 고민하고 있는 사이에 다 탔뿌따.

박희진 그카이, 봄에 내가 촛불행진에 같이 가자 캤잖아예.

서민우 맞아. 그땐 "그런데 가면 다친다"카면서 말리더니.

강신욱 (여자 목소리) 그게 다 엄마 마음이라.

탁정아 너거 인자보이 좌빨 운동권 아이가?

박희진 난, 숨쉬기 운동 외엔 하는 게 없는데 웬 운동권?

탁정아 아직도 미친 소 이야기하는 거 보이 그렇네.

강신욱 왠지 찝찝해.

탁정아 괜찮아요. 내가 이렇게 멀쩡하잖아요. 제가 유학 시절에 늘 미국고기 먹었잖아요.

박연희 어이, 새댁이.

탁정아 네?

박연희 새댁이 고집 씬 게, 소고기 마이 묵어가 그런거 아이겠제?

탁정아 뭐라구요!

박연희 나도 가끔 사다먹긴 하지만, 마음 한 구석은 찝찝해.

탁정아 괜찮아요, 요즘 아무 문제없잖아요. (무대 위에 있는 모두를 둘러보며) 내 말 맞죠?

무대 위 배우와 관객 배우들의 호응이 제 각각이다.

탁정아 (객석의 관객에게) 내 말 맞죠? (다시 또 물어보려고 할 때)

서민우 언니, 언니. 그냥 묻지 말고 연극으로 보여주는 게 어때요?

탁정아 연극?

박희진 언니 이야기를 우리가 연극으로 만들어 보여주고, 그 다음에 관객들의 이야기를 들어보는 게 어때요?

서민우 아하! 토론연극.

강신욱 토론? 쌈하자꼬!

박희진 아니, 관객분들의 의견을 들어보자 이거지. 좋은 생각 같은데, 어때요 대표님?

박연희 아따, 대표님 오늘 바쁘다, 바빠. 여기 오신 분들한테 물어보고 결정하지 뭐. (일어나서) 여러분 희진이 말대로 토론연극인가 하는 거 잠깐만 해보고 갈까예. (관객의 반응에 따른 적절한 대응) 다 좋다카네. 그라믄 희진이 니가 진행을 봐라.

박희진 그러면, 이런 식으로 하겠습니다. 우선, 올 초부터 진행되었던 촛불시위의 문제점에 대한 정아 언니의 의견을 들어보고, 그 내용을 우리가 아주 짧게 연극으로 만들어 보겠습니다. 그 다음에 여러분 중에서 직접 나오셔서 아예 연극을 다시 만들어주셔도 좋고, 그냥 앉은 채로 의견만 말씀 해주셔도 좋고….

서민우 잠깐만요. 이왕이면 운선이 언니 이야기도 넣는 게 좋겠는데요?

백운선 (당황한다) 아니야. 난 말할 게 없어.

서민우 에이, 아까 보니 할 말이 있는 데도 입 다물어 버리던데.

백운선 정말이야.

박연희 착한 운선아, 니도 입 꾹 다물지 말고 니 생각을 말하는 버릇을 좀 들이야 덴데이.

백운선 내 생각이요…?

강신욱 운선씨, 그렇게 해요. (귀엽게) 화-이-팅!

백운선 ….

박희진 한다고 믿고, (관객석을 향해) 자 그러면 먼저 탁정아 씨를 모시고 의견을 들어보도록 하겠습니다. 박수!

탁정아는 간단하게 자신의 의견을 알려주고, 관객배우들과 함께 상황극을 만든다. 내용은 공연하는 날의 관객 분위기에 따라 적절하게 조절되어야 한다.

탁정아 (촛불시위 때문에 사회혼란이 오고, 미국과 우호관계에 문제가 생길 수도 있고, 대외 신인도가 떨어지는 것이 문제다, 등등을 관객에게 설명한다. 그 내용을 관객배우와 더불어 상황극으로 만들어 보여준다)

박희진 네, 모두 감사합니다. 혹시 지금 보신 상황에 대해 하시고 싶은 말씀이 있으신 분은 번쩍 손들어 주십시오.

탁정아 운선 씨 의견을 들어본다며?

백운선 (주저주저한다)

박희진 언니, 용기를 내시고. 자, 박수로 모시도록 할까요?

백운선 희정이 언니 말씀도 일리가 있다고 생각은 드는데, 뭔가 분명하지 않아서(머뭇거린다) 생각이 머릿속에 뱅뱅 돌기만 하고, 말로 나오질 않네예. 혹시 저 대신 이야기 좀 해주실 분이 계시면 좋겠는데….

관객석에서 광우병과 촛불시위에 대한 의견이 나올 수 있도록 분위기를 이끈다. 관객의 반응에 따라 적절하게 대응하면서 이야기를 마무리한다.

내용은 공연하는 날의 관객 분위기에 따라 적절하게 조절되어야 한다.

박희진 (시간을 확인하고는) 토론에 재미가 붙고 있지만, 약속 시간을 넘기면 대표님께 야단 듣거든요. 이 정도에서 마치도록 하겠습니다. 도와주신 모든 분 고맙습니다.

박연희 (운선에게) 여러 사람들 이야기를 들어 보이. 내가 잘못 생각한 걸 알겠네.

백운선 뭔데요?

박연희 희진이가 내보고 같이 가자 카고, 민우가 '미친 소 수입을 반대한다' 는 깃발을 가지고 와 베란다에 달자 칼 때, 내가 다 거절했다 아이가. 묵기 싫으면 지만 안 묵으면 되지, 와 저카노 싶더라고. 근데 지금 보이 우리 먹거리는 우리가 결정하고 싶다는 거였네.

백운선 저도 부끄러워요. 그때 좀 더 진지하게 고민해봤어야 하는데.

탁정아 어? 분위기가 이러면 난 연극 못해요. 춘향이도 아니고, 이도령을 억지로 하고 있는데.

박연희 또 삐졌나? 새댁이야, 그동안 너무 내 생각 없이 살아 온 게 아닌가 싶데이. 세상 돌아가는 일을 바로 볼라믄 내 생각이 있어야 하는데… 니도 그런 생각이 들제, 새댁이야.

탁정아 ….

박연희 아이가?

탁정아 … 연극은 언제 할 거예요? (음악)

넷째 마당
내 식으로 살아가려네

박연희 가만 있자. 어데까지 얘기했더라.

강신욱 조선시대에 맞는 춘향이를 요즘 시대에 맞는 춘향이로 바꾸어보자는 데 전부 동의 했지예.

박연희 그랬재.

박희진 동네분들하고 뜻을 모아 고치자고 했는데, 꼬꼬툴툴 치킨 땜에 미친 소 이야기로 갔붔네예.

박연희 맞다. 맞다.

탁정아 이번에는 제대로 좀 해봅시다. 엉뚱한 데로 몰고 가지 말고.

박연희 새댁이야, 몰고 간 게 아이고 저절로 그래 간기라.

탁정아 억지 쓰지 마세요.

박연희 들어 봐레이. '우리 먹을 거는 우리가 정하고 싶다' 는 거하고, '우리가 춘향이 신세를 벗어날라카믄 우짜믄 되겠노' 를 연결 시켜서 생각하믄 이야기가 쉽게 안 풀리건나?

서민우 역시, 대표님다운 생각이네예. 그라믄 이렇게 하입시다. 정아 언니하고 희진이 언니하고, 여기 이분(관객배우)까지 한 조가 되고예, 대표님하고 운선이 언니하고 여기 이분(관객배우)까지 한 조가 되서 의견을 먼저 모으이소. 그 다음에 '조각그림 만들기' 를 해봅시더.

박희진 아하, 그 중에서 춘향이가 자기 마음에 드는 걸 고르겠다는 말씀?

서민우 내하고, 여기 오신 동네분들하고 같이 골라야지예. 자, 그럼 해보입시다.

관객배우와 함께 준비를 한다.
배우들은 관객배우의 의견을 적극 반영하도록 노력하여야 한다. 관객배우들이 주도적으로 의견을 내고, 팀의 의견을 수렴한 후에 조각그림으로 표현할 수 있게 이끌도록 한다.
관객배우들의 의견이 다양하게 나올 수도 있겠으나, 대체로 두 가지로 압축될 것이다.
첫째는 변사또의 청을 거절한다. 둘째는 변사또의 청을 들어준다는 것이다.
두 가지의 큰 범위 안에서 세부적인 내용은 얼마든지 다양할 수가 있다. 당일 공연 상황에 따라 배우들은 아래 대사를 적절하게 수정해야 한다.

양 팀이 준비가 끝나면.

서민우 아무래도, 대표님 조부터 먼저 해야겠지예? 자, 박수-.

박연희 조가 나와서 정지 장면을 만든다.
서민우는 관객들에게 무슨 그림인지 물어본다.
이야기를 들은 후.

서민우 대표님 조 여러분, 그림을 풀었다가 다시 만들면서 내용을 설명해주세요.

조각그림을 풀었던 배우들이 간단한 대사를 말하면서 다시 그림을 만든다.

백운선 '일단 변사또의 청을 들어주는 것처럼 하면서 도망 갈 기회를 노린다. 도망을 간 다음 이도령에게 연락하여 후일을 도모한다' 는 내용입니다.

탁정아 에이, 변사또가 바본가 뭐.

박연희 '집에 가서 몸단장하고 오겠나이다' 하고는 변장하고 도망가면 될 거 같은데….

강신욱 어쨌거나, 변사또에게 몸을 허락하지 않으면서, 이도령에게도 목을 매달지 않는 좋은 방법 아이가?

박희진 도망가는 건 비겁하지 않아요?

박연희 도망이라기보다는 영광의 탈출 그런 거지.

탁정아 도망 갈 곳도 없어요.

서민우 (박수를 치며) 그 정도 하시고, 다음은 새댁 언니 조의 그림을 보겠습니다.

탁정아 조가 나와서 정지 장면을 만든다.
서민우는 관객들에게 무슨 그림인지 물어본다.
이야기를 들은 후.

서민우 탁정아 조 여러분, 그림을 풀었다가 다시 만들면서 자기 생각을 말씀해주세요.

조각그림을 풀었던 배우들이 간단한 대사를 말하면서 다시 그림을 만든다.

탁정아 "이도령의 도움이 없이는 헤어나기 어렵기 때문에, 가능하면 최대의 몸값을 올려 받고 수청을 든다. 그래서 받은 돈으로 큰 술집을 차려서 이도령 없이도 잘 살도록 한다"는 내용입니다.

박희진 쿠-울 하죠?

박연희 야들이, 춘향이를 밤에 출근하는 여자로 만들었뿐네.

탁정아 직업에 귀천이 없다는 거 몰라요?

백운선 직업이 아이라, 돈 받고 몸을 파는 게 그러네.

강신욱 맞다. 그거라 카이.

박희진 그게 찝찝하지만, 어차피 변사또의 힘에 당할 수밖에 없으니, 차라리 능동적으로 나가자 뭐 이런 생각에서…. 근데 이건 아인 거 같네.

탁정아 아까는 좋다더니, 배신자!

서민우 어허, 이렇게 되면 춘향이가 선택할만한 내용이 없는데 어쩐다.

박희진 (관객을 향해) 혹시 좋은 해결책이 있으신 분 없나요? 여기 나와서 보여주시면 좋겠는데.

잠깐의 시간이 흐른다.

나오는 관객은 거의 없을 것이다.

자원하는 관객이 있으면 그들의 의견을 연극으로 만들어 보고 정리를 한다.

서민우 대표님, 어떻게 하지요?

탁정아 우리 조의 의견대로 가자니까. 춘향의 충격적 변신, 파격적 결말의 〈춘향전〉, 기대하시라. 카피도 딱 나오네. (신랑역의 관객에게) 좋지 자기야? 응, (잠시, 침묵) 인상이 왜 그래?

박연희 새대기 신랑도 생각이 있는데, 표정이 저래 안 되겠나?

백운선 (결심한 목소리, 손을 들며) 잠깐만.

박희진 우와, 운선이 언니도 사람 많은 데서 손들고 말할 줄 아네.

박연희 야가, 와 이카노. 그래, 운선아, 말해봐라.

백운선 특별한 생각은 아니고예. 조각그림을 만들다가, 아까 대표님이 "세상 돌아가는 일을 바로 볼라믄 내 생각이 있어야 하는데"라고 말했던 게 생각나네예. '내 생각', 그게 중요하고, '내 생각'으로 춘향을 보아야 새로운 방향도 보일 거 같아예.

박연희 (손뼉을 치며) 아이고, 맞데이.

탁정아 인식, 경험, 활동의 주체인 자아에 대한 의식을 분명히….

강신욱 아이고, 머리 아파라. 정아씨는….

박희진 (말을 끊으며) 그라믄 '내 생각'이 들어 있는 춘향이는 어떤 춘향이고?

백운선 (물러나는 목소리) 그건 아직 생각 못 해봤는데.

서민우 말 해바라. 언니야.

박희진 그래, 생각해논 게 있는 거 같은데?

백운선 구체적인 건 아니고. 그냥 내처럼 사는 거는 아니다는 생각이 들어서….

박연희 니처럼 사는 게 어때서, 세상에서 제일 착한 아가….

백운선 (말을 끊으며) 착하다, 착하다. 그 말이 얼마나 괴로운 건지 모를꺼라예. 착하다 그 말 때문에, 내 하고 싶은 거 말도 못 끄내고, 이라믄 사람들이 착하다 카겠지. 저라믄 착하다 카겠지….

박연희 (토닥거려준다) 왜, 무슨 일 있었나?

백운선 아니요, 그냥, 춘향이를 자꾸 생각하다보니….

탁정아 말하고 싶을 때 확 말해버려요. 가슴 속에 묻어두면 병나요, 병.

백운선 (결심하고) 조카가 사실은 내 딸인기라요.

박희진 그럼…?

백운선 너거 내보고 착한 여자라 캤제. 행실 나쁜 여자란 소리 안 들을라꼬 하다보이 다른 사람 눈에는 착한 여자로 보인기라. 세상 사람들을 속인기지.

서민우 언니야 그만 해라.

백운선 괜찮다. 인자 나를 그만 속일란다. 나를 버리고 가는 남자를 잡을라꼬 고집 씨워서 애를 낳았는데…. 내 생각이 짧았던 거지예. 애를 숨가 놓고 키우다 보이 어떤 때는 그 애가 미워지는 거라. 모든 게 내 잘못이면서 말이야.

강신욱 (운선이에게 다가가 손을 꼭 잡아준다) 운선 씨, 정말 장합니다.

백운선 (놀라 손을 빼려한다)

강신욱 (더 꼭 잡으며) 운선 씨, 여기 모인 사람들, 그 마음 다 이해합니더. 오늘 생각 안 이자뿌고, 앞으로 열심히 사는 게 중요한 거 아이겠십니꺼.

백운선은 어쩔 줄 몰라하고, 나머지 배우들은 강신욱의 마음을 안다.

탁정아 어? 그러면, 신욱씨가 여기에 끼인 것도…?

박희진 어쩐지 수상하다 했네.

박연희 신욱씨, 이왕 나선 김에 마무리 하이소.

강신욱 진작부터 알고 있었고, 그래도 운선씨를 좋아해왔어예. (큰소리로) 사랑합니다.

백운선 (당황스러워 주저 앉아버린다)

박연희 (운선을 토닥여 일으키며) 우리, 연극하면서 마이 배웠다 그자. 춘향이를 따라가다 보이 그 끝에 우리가 서있는 줄 인제 알겠네. 사막 마라톤에 간 아줌마가 텔레비전에 나오데. 다리를 절뚝거리면서 가다가, 나중에는 철철 울면서도 끝까지 가는 거라. 그때는 도저히 이해가 안 되데. 머할라꼬, 저 고생하면서 뛸까. (운선이 손을 꼭 잡아주며) 그런데 이제 보이. 그 아줌마는 거기서 자기가 누군지 알아가고 있었던 거 가테. 자기 생각을 찾아 나선거지. 우리 같이 말이다.

박희진 (갑자기 큰 소리로) 나도 마이 배웠어예. 내가 회사에 사표내고 나온 게, 사업 준비할라꼬 나왔다 캤지예? 사실은 밀려 났다 아입니꺼.

서민우 언니 회사는 대기업인데도 막 짜르나?

박희진 지금은 내가 이래 날씬하지만 그때는 지금보다 두 배쯤 됐거든. 입사할 때는 내가 성적이 제일 좋았는데도 맨날 험한 일만 시키고, 쭉쭉빵빵한테는 남자사원들이 아양 떠느라 바쁘고… 1년 동안 불면증에 우울증 걸릴 정도로 눈물 나는 서러움 많이 당했다니까요. 그래서 화가 나서 치우고 나와가 살 뺐다 아이가, 이거 돈 마이 든 거다.

탁정아 예뻐진 거는 좋은데, 그런 인간들을 가만히 두고 나와요? 외국에선 성차별로 고소감인데.

박희진 그때는 내가 예뻐져서 복수한다고 생각했는데… 방법이 영 글러먹었다는 걸 인자 알겠다카이요. 여자사원들을 직장의 꽃이라 부르면서 이쁜 여자만 찾는 남자사원들의 버릇이란 게 변사또가 춘향에게 하는 짓거리하고 똑 같은 거라. 사표 내고 나오는 게 아이라, 맞서 싸우면서 그 놈들 버릇을 확 뜯어 고쳐 노아야 했는데…. 내가 왜 그 놈들 눈에 들라꼬 죽을 고생하며 살 뻔단 말이고, 화— 억울해서.

서민우 가만, 가만. 우리가 바라는 춘향의 모습이 바로 여기 있네.

탁정아 자기 삶의 주인은 자기라는 생각을 분명하게 가지고 세상을 살아간다.

박연희 오랜만에 똑똑한 소리하네.

서민우 춘향을 세상의 부당한 억압에 맞서는 여자로 설정하고, 춘향의 의지를 충분히 강조하도록 해요.

박희진 변사또를 이 세상의 부당한 억압과 권력의 상징으로 만들어 가는 게 어때요?

백운선 이도령이 어사 출도 한 다음 춘향이의 지조를 시험하는 장면을 확 바꿔 버려요.

탁정아 그러면, 춘향이 이도령을 거부하는 걸로 바꾸면 어때?

강신욱 춘향이하고 이도령하고 결별한단 말인가?

탁정아 그럼요. 쿨하게, 끝내는 거죠.

박희진 이도령이 눈물을 흘리며 반성하도록 하면 어떨까요.

백운선 이도령이 나쁜 사람은 아니에요.

서민우 천사표… 아니, 언니야는 아이라카지만, 나는 옥에서도 말 한마디 안 해준 이도령이 미워.

박연희 자, 그만 떠들고 여기 모이봐라. 내용을 다시 짜보자.

다섯째 마당
새로운 춘향전

무대 위의 관객배우까지 포함하여 전체 진행 상황을 의논한다. 재난방재물품이 든 통을 열면, 그 속에 사령들이 쓰는 모자, 육모방망이 등이 들어 있다. 관객배우들은 암행어사를 따르는 부하, 변사또의 생일잔치에 온 손님 등 알맞은 역할을 맡겨준다. 암행어사 출두 때 무엇을 해야 하는지 관객배우에게 가르쳐 준다. 변사또의 역할은 강신욱이 한다.

박희진 (관객에게) 아저씨가 이 마패를 들고 '암행어사 출도야'를 외쳐 주세요. 춘향전에서 가장 멋있는 장면의 주인공입니다. 자 한 번 해보겠습니다. 시작.

관 객 (처음엔 큰 소리가 나오지 않을 것이다) 암-행-어-사-출-또-야!

박희진 (흐느적거리며 걸어가는 흉내) 이렇게 출두하면 모두가 도망가버리지 않겠어요? 자, 다시 한 번요.

관 객 암-행-어-사-출-또-야!

박희진 아이구, 깜짝이야.

무대가 갖추어지면, 변사또 앞에 춘향이 끌려나와 있는 장면부터 공연을 시작한다. 이때는 의상을 제대로 입고 소도구도 갖추어야 한다.

변사또 그래, 내게 수청을 들겠느냐? 수청만 든다면, 너가 원하는 건 모두 들어주겠다. 한양 간 이도령 기다려봐야 아무 소용없어. 벌써 딴 여자랑 결혼해 재미보고 있을 걸? 버텨봐야 너만 손해야.

춘 향 여보, 사또님 들으시오. 사또님의 할 일은 만백성을 편안하게 모시는 일일 터인데, 그 힘으로 아녀자를 농락하는 짓거리는 어디서 배웠단 말이요. 그리고 분명하게 알아들으시오. 힘으로 나의 몸을 가질 수는 있어도, 내 마음은 가져갈 수 없을 것이요.

박희진이 관객에게 신호를 준다.

관 객 암-행-어-사-출-또-야!

도 창 암행어사 출또여! 출또여. (잦은몰이) 암행어사 출또하옵신다. 쟁 비으 호통 소리 이렇게 놀랍든가? 유월의 서리 바람, 뉘 아니 떨겄느냐? 각 읍 수령은 정신 잃고 이리저리 피신헐 제, 하인 거동 장관이라, 수배들은 갓 쓰고 저으 원님 찾고, 통인은 인궤 잃고 수박통 안았으며, 수젓집 잃은 칼자 피리 줌치 빼어 차고, 대야 잃은 저 방자 세수통을 방에 놓고, 우루루루루.

무대 위에서는 한바탕 아수라장이 벌어진다. 잠시 후, 이도령이 관복을 단정하게 차려 입고 무대로 들어와.

이도령 쟤가 춘향이냐?

호 장 예이.

이도령 춘향, 니 듣거라. 너는 일개 천기의 자식으로 관장을 능욕하고 수청 아니 들었다는데, 나 정도 되면 어떠냐? 너가 원하는 건 다 해주마.

춘 향 산 넘어 산이라더니, 세상 남자들의 생각은 똑 같구려. 다시 말하기도 싫으니 당신의 처분대로 하오.

이도령 과연 열, 열, 열, 열녀로구나. 얼굴을 들어 대상을 살피라고 해라

호 장 얼굴을 들으랍신다.

춘 향 (얼굴을 들어 이도령을 알아본다. 화가 나서) 아니 서방님께서 소녀를 어찌 시험하시려 한단 말이요.

이도령 고을의 수령이 아니라 암행어사 정도면 너가 마음을 바꿀 수도 있지 않을까 해서 시험해 보았느니라.

춘 향 그만 두시오. 어젯밤에 어사 출도에 대해 일언반구도 없었던 것은 국가의 중대사를 발설하지 않으려 함으로 알겠사오나, 지금 이 자리는 이치에 맞지 않는 일인 줄 아오.

이도령 농담이로다, 농담.

춘 향 소녀의 절개를 가지고 희롱 삼고도 농담이라 하시나이까?

이도령 네가 어찌 너를 못 믿어 그랬겠느냐, 그냥 장난삼아….

춘 향 제가 목숨을 부지하여 서방님을 만나 뵈려고, 사또의 수청을 들었다면 나를 버리고 가시려 했나이까?

이도령 어허, 무슨 소리냐.

춘 향 이치가 아니 그렇사옵니까? 서방님이 내려오셨으면, 득달 같이 달려와 나를 구해줄 것이지, 저를 데리고 장난을 치시다니오. 이제 서방님의 마음을 알았으니, 나는 그만 갈라요.

이도령 (당황하여) 춘향아, 이제 정부인이 너의 자리로다.

춘 향 정부인이고, 뭐고 간에 아무 뜻이 없소.

이도령 (달려와 춘향을 가로 막으며) 어딜 가려고 이러느냐.

춘 향 비키시오.

이도령 못 비킨다. 춘향아.

춘 향 비키시오. (하며 이도령의 머리를 받아 버린다)

이도령 (넘어져서) 아이구 아야, 연극인데 실제 이렇게 박아 버리면 어떡해. (일어서는데 코피가 흐르고 있다) 아이구, 내 이럴 줄 알았다. 이도령 잘못 맡아서 이게 뭐람.

춘 향 (당황하여) 인생이 연극이고, 연극이 인생인데 뭘 그리 구분 하냐, 맞아도 싸지.

이도령 아이고, 나는 이번 연극 그만둘라네. 맞아 죽겠구나.

모두 모여서 탁정아의 코피를 닦아주며 달래고 있는데, 그 사정을 잘 모르고 있는 월매가 무대로 뛰어 들어오며 소리를 한다.

월 매 도사령아, 큰문 잡어라. 어사 장모 행차허신다. 네, 이놈들, 요새도 이렇게 삼문간이 억세냐, 에이? 뭐야… (북새통의 무대를 발견하고 소리를 멈춘다) 대표님….

박연희 (계속하라는 손짓) 월매야, 뭐 하노. 소리 계속해야지.

월 매 계속? (목청을 한 번 가다듬고) 남원부중으 사람들 내으 한 말 들어 보소. 내 딸 어린 춘향이가 옥중에 굳이 갇혀 명재경각이 되였더니, 똑똑헌 우리 딸이 자기 몸을 살려내니 어찌 아니가 좋을손가, 얼씨구 얼씨구 절씨구. 남원읍내 사람들, 나의 발표헐 말 있네. 아들 낳기를 심을 쓰지 말고, 춘향 같은 딸을 낳아 곱게 곱게 잘 길러, 자기 생각, 자기 주장 분명한 여자로 키워주소. 얼씨구나 절씨구. 이 궁데이를 두었다가 논을 살꺼나 밭을 살꺼나, 흔들대로 흔들어 보자. 얼씨구나 절씨구, 얼씨구 좋구나, 지화자 놓네, 얼씨구 절씨구.

일동 함께 어울려 춤추며 기쁨을 나눈다.
분위기가 무르익을 때, 끝.

나무꾼과 선녀

초연 무대

기간 : 2007. 11.23 – 11.25

연출 : 박연희

장소 : 봉산문화회관 소극장

배우 : 강신욱(나무꾼), 백운선(사슴), 김국진(사냥꾼, 옥황상제), 탁정아(선녀), 서민우(나무꾼의 엄마)

등장 인물

사슴
나무꾼
나무꾼의 엄마
선녀
사냥꾼
옥황상제

무대

공연장으로는 삼면에 객석을 가진 무대가 적당하다. 원칙적으로 고정적인 무대장치는 없으며 필요에 따라 즉석에서 설치하여 사용하도록 한다. 무대의 좌측과 우측 가장자리에 배우석이 있으며, 관객들은 극이 진행되는 동안 그곳에 있는 배우들을 지켜볼 수 있도록 한다.

공연을 위한 조언

1. 이 공연은 아동 관객의 자발성에 기초하고 있다. 그러므로 극이 시작되기 전에 아이들이 공연에 호기심을 가질 수 있도록 잘 이끌어야 한다.

2. 이 공연은 가족마당극을 지향하고 있다. 어린이만 따로 모여 극을 관람하는 것보다는 부모와 함께 관람하면서, 연극에 대한 생각을 나누는 것이 이상적이다. 관객에게 어떤 질문이 주어졌을 때, 부모와 아동이 함께 의논하여 의견을 내어보는 것이 좋다.

3. 극의 후반부에서 극을 새롭게 만들자고 할 때, 마이크를 준비하여 의견을 발표하는 아동의 말소리가 전체 관객에게 잘 들리도록 하여야 한다.

4. 진행 역할을 맡은 사슴 역의 배우는 아동 관객들의 의견을 언제나 긍정적으로 받아주어야 하며, 시간이 허용하는 한에서 최대한 많이 아동 관객이 의견을 발표할 수 있도록 기회를 주는 것이 좋다.

5. 실제 공연에서 아이들의 참여도는 굉장히 높았다. 아이들의 의견은 대체로 옥황상제에게 어머니와 함께 하늘나라에 살 수 있도록 허락을 얻도록 하자는 것이었다. 허락을 얻기 위해 옥황상제에게 어떻게 부탁할 것인가에 대해 공연 때마다 기발한 생각들이 많이 나왔다.

6. 이 공연에 사용될 장치 및 도구들은 아동들의 생활 주변에서 흔히 접할 수 있는 소재를 사용하여야 한다. 사슴의 뿔은 나뭇가지를 이용하고, 옥황상제의 왕관은 네모 난 계란판에 장식물을 붙여 만들 수 있겠고, 나무꾼의 집도 각종 종이상자를 쌓아올려 만들도록 한다. 아동관객들이 보았을 때, 자신도 저렇게 만들 수 있겠다는 자신감을 심어주는 것이 바람직하다.

1.

관객들이 공연장에 입장하면 이미 배우들은 무대에 나와 각 자할 일을 하고 있다. 배우들은 아동관객의 시선을 끌기 위하여, 그들의 호기심을 유발할 수 있는 계기를 마련하여야 한다. 예를 들면, 옥황상제가 왕관을 쓰고 무대를 걸어본다든가, 피리를 이용하여 새소리 같은 특별한 효과음을 들려주는 것 등이다. 이러한 행동들은 아동관객에게 연극을 보러왔다는 사실을 환기시켜 줄 뿐만 아니라, 연극이 어떻게 만들어지는 것인지를 짐작하게 만드는 효과를 유발할 것이다. 공연시작 시간이 되면, 사슴 역을 맡은 배우가 무대에 등장한다.

사슴 안녕하세요, 어린이 여러분. 우리는 대구에서 연극을 하고 있는 극단 함께사는세상의 식구들입니다. (인사한다) 반갑습니다. 오늘 우리가 보여드릴 연극은 여러분이 잘 알고 있는 이야기 '나무꾼과 선녀' 입니다. 여러분도 잘 알고 있지요? 자, 이 이야기를 모르는 어린이가 있으면 손 들어 볼까요? (상황에 따른 적절한 대화를 한 후) 그럼, 누가 '나무꾼과 선녀' 에 대해 이야기해볼까요? (어린이들의 이야기를 들어본다) 참 잘 알고 있네요. (그 중 한 아이를 지목하여) 이름이 무엇인지 크게 말해 줄래요? (모든 관객이 잘 들을 수 있게 큰 소리로 소개) OOO, 어린이. 오늘은 이 언니(누나)가 너무 떨려서 이야기가 생각이 잘 나지 않을 것 같아요. 혹시 그런 일이 생기면 OOO 어린이가 나에게 살짝 이야기 좀 해줘요. 알았지요, 꼭, 자, 약속. (관객들이 모두 보는 앞에서 손가락을 걸어 약속을 한다. 그리고 전체 관객들을 향해) 공연을 시작하기에 앞서 재미있는 퀴즈시간을 갖도록 하겠습니다. 정답을 가장 많이 맞힌 어린이에게는 공연이 끝난 후, (관객의 기대를 유발한 후) 저와 함께 사진을 찍을 수 있는 영광을 드리도록 하겠습니다. (웃으며) 퀴즈는 오늘 연극에 등장하는 인물들을 맞추어 보는 겁니다. (무대에 있는 배우들을 가리키며) 여기 있는 배우들이 어떤 역할을 맡게 될지 어린이 여러분도 궁금하지 않나요? 자 그럼, 나부터 시작해 볼까요? (아무런 변화가 없는 상태에서 관객에게 물어본다) 제가 맡은 역할은 무엇일까요? (어린이들의 의견을 들어보다가, 뿔이 달린 사슴 모자를 가져다 쓴다. (아이들이 금방 알아볼 것이다. 그 중 한 아이를 지목하여 답을 듣는다) 그렇죠. 사슴입니다. 그런데, 이 문제는 연습문제였습니다. 이제 여기 있는 배우들이 한 사람씩 나올 때마다 여러분이 큰 소리로 답을 말해주세요. (배우들의 등장 순서. 선녀 - 옥황상제 - 나무꾼 - 나무꾼의 엄마 - 사냥꾼이다. 배우들은 적절한 방식으로 아이들의 참여를 유도하여야 한다. 적절한 시간이 흐른 후, 무대를 정리하면서) 예. 모두 잘 맞추어 주셨습니다. 어린이 여러분, 오늘 공연이 무척 재미있겠죠? 자, 그럼 지금부터 시작하겠습니다. (음악)

2.

사슴 (이야기 하듯이) 옛날 어느 곳에 총각 나무꾼이 그의 엄마와 함께 살고 있었습니다. (나무꾼이 등장하여 나무를 하러 가기 위해 지게와 도끼를 챙겨든다. 엄마가 따라 나와서 거들어 준다) 총각 나무꾼은 엄마를 잘 모시는 아주 착한 효자였습니다. (아들을 도와주는 엄마, 오히려 엄마를 걱정하는 아들의 모습을 연기) 두 사람은 아주 행복했지만, 걱정거리가 딱 하나 있었습니다.

엄마 너도 빨리 장가를 가야 할 텐데.

나무꾼 아이, 엄마도. 이 깊은 산골에 누가 시집오려 하겠어요.

엄마 나도 손자를 안아보고 싶구나.

나무꾼 나는 그냥 이렇게 엄마랑 둘이 사는 게 좋아요. 다녀올게요.

나무꾼은 씩씩한 걸음으로 집을 나선다. 아들을 배웅한 엄마는 며느리를 보게 해달라고 하늘을 향해 기도를 한다.
엄마 퇴장.
나무꾼은 산속 깊이 들어간다. 관객석으로 다가간 나무꾼은 어린 아이들을 나무처럼 만지다가, 그 중의 한 나무를 골라 도끼로 찍으려 할 때, 사슴이 급하게 도망을 온다.

사슴 (나무꾼에게) 사냥꾼이 날 죽이려고 해요. 제발 살려주세요.

나무꾼 (놀라서 바라본다)

사슴 제발, 제발.

나무꾼 자, 이리로. (사슴을 관객석 속으로 밀어 넣고는 나무로 덮는 시늉)

사냥꾼이 헐레벌떡 등장.

사냥꾼 이쪽으로 포동포동한 사슴 한 마리 오지 않았소?

나무꾼 (말없이 고개를 흔든다)

사냥꾼 이상하다. 분명히 이쪽으로 왔는데. (사슴이 숨어 있는 곳을 수상하게 보고 그쪽으로 가려한다)

나무꾼 (사냥꾼을 가로막으며) 이제 생각해보니, 저쪽으로 뭔가 하나 급하게 달려갔소. 너무 커서 산돼진가 했더니, 그게 사슴이었구려.

사냥꾼 진작 말할 것이지. (급하게 달려가면서) 이놈 이제 내 손에

죽었다.

나무꾼 (사냥꾼이 멀리 갔나하고 살펴본 후에) 자, 나오너라. 이제 안심해도 된다.

사슴 (겁에 질려서 나온다)

나무꾼 괜찮아. 저쪽으로 열심히 달려갔단다. 어디 다친 곳은 없니?

사슴 (고개를 끄덕인다) 고맙습니다. 생명의 은인에게 뭔가 보답하고 싶은데, 소원 한 가지만 말씀해주세요.

나무꾼 소원? (갑자기 엄마의 말씀이 생각나서 혼자 싱긋 웃는다) 사실은… 예쁜, 아… 내가….

사슴 결혼? (잠시 생각한 후, 나무꾼을 불러 뭔가 설명을 한다. 고개를 끄덕이며 듣는 나무꾼) 꼭 기억하세요. 아이를 네 명 낳기 전에는 절대 날개옷을 주면 안 돼요.

나무꾼 네 명? (손가락으로 넷을 꼽아본다. 고개를 끄덕인다)

사슴 잊어버리지 마세요. (퇴장하며) 네 명.

나무꾼 연못으로… 선녀들이… 네 명…. (지게와 도끼를 챙겨들고 연못으로 간다)

장단에 맞추어 배우들이 보름달과 연못을 가지고 춤추면서 등장하여, 무대에 설치를 한다. 연못 둑에 선녀의 날개옷을 걸쳐둔다. 선녀가 목욕을 하는 사이에 나무꾼이 연못으로 살금살금 다가간다. 선녀의 날개옷을 훔쳐서 관객석에 숨겨둔다.

선녀 (목욕을 마친 후 날개옷이 없어진 것을 알고) 내 날개옷? 하늘로 돌아가야 하는데 어떻게 해? (울음을 터뜨린다) 엄마, 아빠.

나무꾼 (미안한 생각이 있지만 참고) 거기 누구요? 누가 울고 있어요?

선녀 미안하지만, 제 날개옷이 어디 있는지 찾아봐 주실래요?

나무꾼 (찾아보는 척하다가) 안 보이는데요. 뉘신지 모르지만 일단 우리 집으로 가셔서, 내일 날 밝으면 찾아보시지요.

선녀 (큰 소리로 울면서) 엄마, 아빠.

나무꾼 어서 나오세요. 여긴 산짐승도 많은 곳이라서 위험해요.

선녀 옷이 없는데 어떻게 나가요?

나무꾼 (당황스럽다. 자기 웃옷을 벗으려다가 관객들을 본다) 자, 어린이 여러분. 선녀가 너무 부끄러워하니까, 우리 모두 눈을 감아주는 게 어때요. 내가 하나, 둘, 셋 하면 일제히 눈을 감는 거예요, 알았죠? 자, 하나, 두울, 세엣. (음악)

풍물 장단에 맞추어 배우들이 재료를 들고 나와 연못을 집으로 고친다. 나무꾼이 집 마당에서 안전부절 어쩔 줄 몰라 하고 있다.

갑자기 들리는 아기 울음소리.

엄마 (아이를 안고 나오며) 아이고, 예쁜 거. 예쁜 공주님일세.

나무꾼 (기뻐 어쩔 줄을 모르며) 여보, 수고했어요. (아이를 받아들고) 어화 둥둥, 내 사랑아. (덩실덩실 춤을 춘다)

나무꾼이 어린아이를 관객에게 보여주며 자랑하고 있을 때, 다시 아기 울음소리가 들린다.

엄마 (아이를 안고 나오며) 둘째 애는 씩씩한 장군감일세.

나무꾼 (아이를 관객에게 넘겨주고) 만세! 만세! 여보, 수고했어요.

나무꾼이 어린아이를 엄마에게 받아 안고 어르면서 관객에게 자랑하고 있을 때, 다시 아기 울음소리가 들린다.

엄마 (아이를 안고 나오며) 셋째 애는 더 예쁜 공주님일세.

나무꾼 (아이를 관객에게 넘겨주고) 만세! 만세! 만세! 여보, 힘들었지. 사랑해.

나무꾼의 엄마가 선녀와 함께 나온다. 세 명이 아이를 보며 기뻐한다. 아이를 한 명씩 안고 춤추며 노래한다. 행복한 가정의 모습이다.

3.

사슴 어린이 여러분. 내가 나무꾼에게 무어라 얘기했는지 기억하세요? (아이들의 답을 들어보고) 예, 그렇지요. 아이 넷을 나을 때까지는 날개옷을 선녀에게 주지 말라고 했죠? 왜 그랬을까요? (아이들의 답을 들어보고) 맞아요. 원래 하늘나라에 살고 있던 선녀가 나무꾼을 버리고 떠날까봐 그런 거죠. 우리는 날개가 없어서 하늘나라에 따라 갈 수가 없잖아요. 그런데 왜 네 명의 아이일까요? 누가 아는 사람. (답을 들어보고) 그렇죠. 아이가 세 명일 때는 한 명은 업고, 한 명은 왼 손에 안고, 또 한 명은 오른 손에 안고 날아올라 갈 수가 있죠? 그런데 네 명이 되면 모두 데리고 갈 방법이 없기 때문에 선녀가 하늘나라에 대한 미련을 포기할 거라 생각했기 때문이에요. 자, 그럼 다시 이야기를 계속해볼까요. 하늘나라에 있는 엄마, 아빠가 너무 보고 싶어서 선녀는 병이 나버렸어요.

선녀 (힘없이 등장하여 관객석 앞으로 온다. 관객석에 있는 한 아이의 머리를 쓰다듬으며 한숨을 쉰다)

나무꾼 (멀리서 지켜보면서 미안한 마음에 어쩔 줄을 모른다)

선녀 (하늘을 보며) 어머니, 아버지.

옥황상제 (소리) 내 딸 선녀야, 우리도 네가 너무나 보고 싶구나.

선녀 하늘나라에 너무나 가고 싶어요. (흐느껴 운다)

나무꾼 (너무 가슴이 아파 차마 외면하지 못하고) 여보. 잠도 안 자고 왜 그래요.

선녀 (관객석의 아이 머리를 만지며) 아이들이 이렇게 클 동안 나는 부모님도 못 뵙고… 이런 불효자가 어디 있겠어요. 이 아이들을 아버님, 어머님께도 보여드리고 싶어요.

나무꾼 조금만 더 참아요. 좋은 방법이 있을 거예요.

선녀 아니요. 이렇게 매일 매일 아프니, 어쩌면 다시는 못 일어날지도 모르겠어요. 혹시 제가 죽으면, 저 산봉우리 제일 높은 곳에 나를 묻어주세요. 하늘나라 가까운 곳에. (운다)

나무꾼 여보, 그런 약한 소리를….

울고 있는 선녀를 보며 많이 망설이다가, 마침내 결심을 하고 날개옷을 꺼내온다.

나무꾼 여보. 미안해요. 사실은 날개옷을 내가 숨겼어요. 여기 있어요.

선녀 (날개옷을 받아들고 너무 기뻐한다)

옥황상제 (소리) 내 딸 선녀야, 빨리 이곳으로 날아올라 오너라. 네가 너무나 보고 싶구나.

선녀 (홀린 듯이 일어나) 어서 가자, 얘들아. (관객석의 아이들 손을 잡으며) 빨리 가자꾸나.

나무꾼 여보, 여… 보….

선녀는 (관객석의) 아이들과 함께 무대를 한 바퀴 돌고는 퇴장. (하늘나라로 간다는 기쁨과 함께 남편을 두고 떠나는 안타까운 마음을 춤으로 표현을 한다) 하늘을 바라보며 멍하게 서 있는 나무꾼. 나무꾼의 엄마가 나와서 아들과 함께 하늘을 바라보며 슬퍼한

다. 나무꾼의 엄마는 아들을 위로한다. 시간이 흐르지만, 나무꾼은 사는 재미를 잃어버렸다. 나무를 하러 가서도 울기만 한다. 보다 못한 나무꾼의 엄마가 치성을 드린다.

사슴 (나무꾼과 엄마를 바라보다가) 자, 이거 어떡하죠? 나무꾼도 병이 나게 생겼습니다. 어쩌면 하늘나라에 있는 선녀와 아이들도 아버지와 할머니가 보고 싶어 병이 났을지도 모릅니다. 가족은 미우나 고우나 같이 모여 오순도순 사는 게 행복인데, 나무꾼의 가족들은 하늘과 땅으로 헤어져 서로 그리워하게 되었으니 우리가 보기에도 참으로 안타까운 일입니다. (관객에게 다가서며) 어린이 여러분, 우리가 도와줄까요? 어떻게 도와주죠? (답을 들어보고는) 예, 맞습니다. 바로 보름 달 뜨는 밤의 두레박입니다. 그럼 내가 가서 방법을 알려주고 올게요. 빨리 가야겠네요. 오늘이 보름이니까.

사슴 (치성을 드리고 있는 나무꾼의 엄마에게 가서 귓속말을 해준다)

엄마 (희색이 만면하여, 기운을 잃고 앉아 있는 나무꾼에게 가서 귓속말을 해준다)

나무꾼 (너무 기뻐 벌떡 일어난다. 당장이라도 달려갈 듯이 기뻐하던 나무꾼이 다시 시무룩해진다. 엄마를 보면서) 그럼 엄마는… 혼자….

엄마 나야 다 살았는데, 뭐.

나무꾼 그래도….

엄마 (등을 떠밀며) 어서 가.

나무꾼 (천천히 몸을 돌린다)

엄마 (손을 흔들다가 몸을 돌려 눈물을 닦는다)

배우들이 큰 두레박을 가져나온다. 두레박 모양만 있고 줄은 이어져 있지 않다. 나무꾼이 두레박에 올라탄다. 하늘을 쳐다보며 기대에 부푼다. 그런데 두레박이 움직이지 않는다. 당황하는 나무꾼.

사슴 어린이 여러분, 두레박이 움직이지 않아요. 물을 길어야 하는 두레박에 사람이 타서 너무 무거워 그런가 봐요. 두레박이 올라가지 않으면 나무꾼을 하늘나라로 갈 수가 없는데, 참 안타깝네요. 우리가 도와주도록 할까요? 자, 모두 두 손을 앞으로 쫙 펴봅시다. 그리고 이렇게 손을 쥐어볼까요. 그렇지요. (줄을 당기는 동작을 하며) 여러분이 두레박의 줄을 잡고 있다고 생각을 하고, 힘껏 당겨보도록 할까요. 하나, 두울, 세엣. (노래에 맞추어 함께 줄을 당긴다) 영치기, 영차. 영치기, 영차. (나무꾼이 하늘나라에 도착

할 때까지 아이들과 같이 율동을 한다)

나무꾼 우와, 올라간다. (점점 멀어지는 엄마를 향해 손을 흔들기도 하고, 하늘을 쳐다보며 웃음 짓기도 한다)

새 모양의 인형을 든 배우가 등장하여 두레박을 보고 놀라 도망가는 시늉, 구름을 든 배우를 활용하여 두레박이 구름을 뚫고 올라가고 있음을 표현한다. 하늘나라를 상징하는 조형물을 든 배우가 등장하여 도착을 알린다.

나무꾼 여긴가? (둘러보며) 선녀와 아이들은….

선녀 (달려 나오며) 여보!

나무꾼 여보. (선녀를 얼싸안고 춤을 춘다) 그래, 아이들은?

선녀 (관객을 가리키며) 여기 있잖아요. 그동안 많이 컸죠?

나무꾼 몰라볼 정도로 많이 컸네. (여자 관객을 가리키며) 시집보내야 되겠네.

선녀 그 애는 이웃집 애구요. 이 아이에요.

나무꾼 (멋쩍어서) 그러게. 아이구, 많이 컸구나.

선녀 얘들아, 아빠에게 인사드려야지?

나무꾼 한동안 못 보았다고, 낯가림을 하는가 보네.

선녀 여보, 이리 오세요. 좋은 곳을 구경시켜드릴게요. 여기가 하늘나라의 과수원이에요. (아이의 머리를 가리키며) 하늘나라 포도는 이렇게 굵답니다.

나무꾼 크기는 큰데, 맛이 어떨까?

선녀 하나 드셔 보실래요? (하나 따서 준다)

나무꾼 아유, 달다. (관객에게 다가가며) 이거 내가 다 먹어도 되지? (정지)

4.

사슴 잠깐, 잠깐. 자 배우님들은 그 자리에 앉아 주시고. 어린이 여러분, 이 뒷이야기를 아는 사람 있어요? (관객의 이야기를 들어본다) 하늘나라에서 다시 만난 나무꾼과 선녀가 아이들과 함께 행복하게 잘 살았다로 이야기가 끝이 난다구요? 예, 그렇게 이야기를 마무리한 책도 많이 있는데요, 실제는 이 뒷이야기가 또 있답니다. (관객들에게 이야기를 더 들어본다. 내용을 아는 아동이 있으면 크게 칭찬해준다) 뒷이야기가 궁금하지요? 자, 그럼 다음 이야기를 시작합니다.

옥황상제가 나온다.
나무꾼이 일어나서 공손히 절한다.

옥황상제 어서 오게, 사위.
나무꾼 저의 죄를 용서하여 주십시오.
옥황상제 옷을 숨긴 죄는 마땅히 벌해야 하나, 어머니를 모시고자 하는 효성이 지극해서 저지른 죄인즉 내가 용서할 것이로다.
나무꾼 황공하옵니다.
옥황상제 (선녀에게) 저 과일을 내어 주어라.
선녀 예, 아바마마. (과일을 하나 따와서) 이것 드셔요.
나무꾼 (받아먹으면서) 정말, 맛있다. 우리 집 복숭아보다도 더 달구나.

선녀 그게 바로 천도복숭아입니다.

나무꾼 천도복숭아? 만병통치약이라는 그 귀한 과일이, 바로 이것?

옥황상제 만병통치뿐만 아니라 불로장생약이지. 자네도 그것을 먹었으니 이제 이곳 하늘나라에서 선녀와 함께 영원히 행복하게 살아갈 수 있게 된 거야.

나무꾼 불로장생? (뭔가를 생각하는 눈치)

선녀 서방님께서도 이제 하늘나라 사람이 되었습니다.

나무꾼 (선녀에게) 혹시 천도복숭아 하나만 더 얻을 수 없을까?

선녀 뭐 하시게요. 하나만 드셔도 충분한데요.

나무꾼 내가 아니라… 어머님께 드리려고.

옥황상제 네 생각은 기특하다만, 저 아래 땅에 살고 있는 사람은 먹어도 아무 소용이 없느니라.

나무꾼 그럼, 어머님을 이곳으로 오시게 해서.

옥황상제 그건 안 돼. 자네는 선녀와 결혼했으니 가능하지만, 다른 사람은 올 수가 없는 곳이야.

나무꾼 (갑자기 슬픔에 잠긴다) 그럼, 다시는 어머님을 만날 수가 없습니까?

선녀 … (남편의 손을 잡고 위로한다)

옥황상제 모든 걸 잊고 여기서 행복하게 살도록 하여라.

나무꾼은 대답 없이 시무룩하게 서 있다. 선녀가 위로해보지만 나무꾼의 기분은 풀어지지 않는다.

나무꾼은 저 밑에 있는 집과 엄마를 바라보며 슬픔에 잠겨 있다.

시간이 흘러간다.

나무꾼　오늘도 어머님은 하늘만 쳐다보고 계시네. 내가 보고 싶어 잠도 못 주무시는 것 같아. (선녀에게) 당신과 아이들을 만나서 나는 너무 행복하지만, 혼자 계신 어머님을 생각하면 가슴이 너무나 아파.

선녀　서방님. (같이 부둥켜 안고 눈물을 흘린다)

그 광경을 지켜보고 있던 옥황상제가 큰 결심을 하고 나무꾼을 부른다.

옥황상제　너의 효심이 너무나 갸륵하여 특별히 저 땅에 다녀 올 수 있는 방법을 일러주겠노라.

나무꾼　정말입니까? (선녀를 껴안고 겅중겅중 뛴다)

옥황상제　너에게 나의 용마를 빌려줄 터이니, 타고 내려가서 어머니를 만나고 돌아오도록 해라.

옥황상제가 손짓을 하면, 배우들이 말의 형상을 한 인형을 가져와 나무꾼에게 씌워 준다.

용마의 날개도 나무꾼에게 달아준다.

준비가 다 되면.

옥황상제 그런데 한 가지 꼭 명심해야 할 게 있다. 절대로 땅에 발을 디뎌서는 안 되느니라. 만일 너의 발이 땅에 닫는 순간, 너는 영원히 하늘나라로 돌아올 수가 없게 될 것이야. 알겠느냐.

나무꾼 명심하여 다녀오겠습니다. (선녀에게) 어머님을 뵐 수 있다니 너무 기뻐요. 지금 당장 출발할게요.

선녀 예, 조심해서 다녀오세요.

용마가 출발해서 집을 향해 간다. (춤으로 형상) 먼저 구름이 나타나고, 그 다음에 새가 나타난다. (올라갈 때의 역순이다) 마침내 집 앞에 당도한다.

나무꾼 어머니. 어머니, 저 왔어요.

엄마 (놀라서 달려 나오면서) 이게 꿈이냐, 생시냐?

나무꾼 (용마에 앉은 채로) 그동안 너무 보고 싶었어요. 어머니.

엄마 어서 들어오너라. 배 고프지? 얼른 밥 차려 주마.

나무꾼 미안해요. 엄마. 용마에서 내릴 수가 없어요. 땅에 발을 디디면 하늘나라로 다시 돌아 갈 수가 없어요.

엄마 그래? (너무 안타까워서 손을 부여잡고) 그러면 네가 좋아하는 팥죽이라도 먹고 가려무나. 잠깐만 기다려라, 애야. (들어가서 팥죽을 가지고 나오며) 마침 팥죽이 잘 쑤어졌구나.

나무꾼 (받아서 몇 숟갈을 떠먹으며) 이야, 이 맛은 하늘나라에도 없는 거예요.

너무 기뻐 환호하는 순간 나무꾼은 팥죽을 용마의 머리에 실수로 쏟아 버린다.
뜨거운 팥죽에 머리를 데인 용마는 몸부림치다가 나무꾼을 떨어뜨려 버린다. 배우들이 등장하여 용마의 탈을 벗겨간다.

나무꾼 (너무 놀라서 땅에서 일어나지도 못한다)
엄마 얘야, 이걸 어떡하니, 어떡해.
나무꾼 나 이제 어떡해 엄마. 하늘나라로 다시 갈 수 없게 되었어요.
엄마 다시 두레박을 타면 안 될까?
나무꾼 두레박은 없어졌어요. 난 이제 어떡해. (한숨만 쉰다)
엄마 이걸 어떡하니, 어떡해. (정지)
사슴 정말 안타까운 일이 아닐 수 없습니다. 그렇죠? 그 뒤로 어떻게 되었냐구요? (사슴의 설명에 맞추어 배우들은 연기를 한다) 하늘나라에서는 선녀와 아이들이 나무꾼을 그리워하고, 나무꾼은 하늘에 있는 선녀와 아이들을 그리워하며 날마다 눈물로 지내게 되었지요. 날마다 하늘을 바라보며 눈물짓던 나무꾼은 병이 나 버렸습니다. 병이 들어서도 하늘만 쳐다보고 울던 나무꾼은 마침내 죽고 말았지요. 하늘만 쳐다보고 울던 나무꾼의 넋은 죽어서 수탉으로 다시 태어났습니다. (관객에게 묻는다) 수탉이 어떻게 우는지 알아요? (해보라고 시키기도 하고, 사슴이 시범을 보이기도 한다) 아침마다 하늘을 바라보며 큰 소리로 우는 수

닭에게는 이처럼 슬픈 사연이 있답니다.

5.

무대 위의 배우들도 슬픔에 잠겨 있다.
눈물을 흘리기도 하고, 가능하다면 관객에게도 그 슬픔이 전이될 수 있도록 한다.

선녀 난 이렇게 슬픈 이야기가 싫어.

나무꾼 그렇지만 원래 이야기가 그렇게 끝난 거야.

선녀 이게 다 나쁜 나무꾼 때문이야.

나무꾼 왜? 내가?

선녀 네가 내 옷을 훔쳐가지만 않았어도 이런 슬픈 일은 없을 거 아니야?

나무꾼 그래서 내가 벌을 받았잖아. 난 죽어서 수탉이 되었다구. (수탉의 시늉)

선녀 그럼 너는 죽어서 수탉이 된 아빠를 바라보는 아이들의 슬픔은 생각도 안 한단 말이야? 이제 보니 아주 나쁜 놈이구나, 너는. (주먹을 쥐고 덤빈다)

나무꾼 (당황) 어, 나는 나무꾼이 아니고, 극단 함세상의 배우 OOO이야.

선녀 아, 그렇지. (주먹을 내린다)

나무꾼 이야기는 이야기니까….

선녀 싫어! 이야기라도 슬픈 건 싫어.

나무꾼과 선녀 잠시 아무 말이 없다.

선녀 이럴 게 아니고, 우리 나무꾼과 선녀를 다시 만들어 보자.

나무꾼 어떻게?

선녀 음--. (잠시 생각을 하다가) 이건 어때? (관객을 바라보며) 여기 모인 우리 모두가 함께 생각을 모아 고쳐 보는 거야.

나무꾼 이야, 그것 참 좋은 생각인데! 슬픈 결말의 이야기를 어떻게 하면 행복한 결말로 바꿀 수가 있을까? (관객에게) 누구 좋은 생각 없어요? 도와주세요.

선녀 (나무꾼을 잡아당기며) 얘는 왜 이리 급해? 일에는 순서가 있는 법이야. (사슴역의 배우를 향해) 사슴아, 사슴아. 지금부터 우리가 다 함께 의논해서 나무꾼과 선녀의 결말을 바꾸어보려고 하는데, 네가 진행을 맡아주면 좋겠어.

사슴 이야, 그것 재미있겠는데. (관객석을 향해) 자, 그럼 같이 새로운 이야기를 만들어 볼까요? 제 생각에는, 엄마를 만나기 위해 하늘에서 내려왔다가 돌아가지 못하게 된 나무꾼의 상황을 바꾸어보면 될 것 같아요. 혹시 멋진 생각이 떠오른 어린이 있어요? 손을 번쩍 들어볼까요?

사슴 역의 배우는 아이들의 반응을 잘 살펴가며 극을 진행하여야 한다. 아이들이 연극 내용을 새로 만드는데 흥미를 가지도록 이끌어야 하며, 대표성을 가질 만한 의견을 잘 포착한 다음 관객들에게 동의를 얻어내도록 한다.
어린이 관객들이 제출한 의견이 정리되면 연극을 다시 시작한다. 용마를 타고 집에 돌아온 시점부터 다시 시작하여, 하늘나라에서 가족이 모두 행복하게 사는 것으로 마무리 한다. 아이들과 함께 어울려 춤추며 공연을 마무리 한다.

공연이 끝난 후, 배우들은 아이들과 함께 어울리는 시간을 만들어야 한다. 아이들이 무대에 나오도록 하여, 공연에 사용한 소품이나 악기를 만져 보는 기회를 주도록 한다. 악기를 같이 연주해보는 것도 좋겠고, 아이가 옥황상제의 모자를 쓰고 배우들과 잠깐이라도 연기해보도록 하는 것도 좋다.
적절한 시간이 흐른 후, 끝.

5월의 편지

초연 무대

기간 : 2001. 9.14 – 9.15

연출 : 김재석

장소 : 대구문화예술회관 야외공연장

배우 : 박연희(이미애), 송희정(오선영, 광주항쟁의 이미애, 남동생), 서미화(윤문주, 엄마), 권순창(오태영, 김규진, 아빠) 김혜림(박선희), 박희진(사회자, 최명선, 영희), 강신욱(최민수, 동료1, 용역회사 사장), 연석환(이건수, 시민군1, 회사동료2, 사장), 노래패(박신희, 김동운, 오복현, 김학수, 최선미, 이상일)

등장 인물

이미애 : 「울트라 짱」 학습지 노조의 문화부장
박선희 : 「울트라 짱」 학습지 노조의 연극단장
오선영 : 「울트라 짱」 학습지 방문교사
오태영 : 「은마강제」의 노동자
윤문주 : 「울트라 짱」 학습지 방문교사
이건수 : 「울트라 짱」 학습지 직원
최명선 : 「울트라 짱」 학습지 방문교사
최민수 : 「은마강제」의 노동자
사회자 : 해고 및 비정규직 노동자를 위한 문화마당의 진행자
김규진 : 광주민주항쟁 당시 시민군
이미애 : 광주민주항쟁 당시의 젊은 이미애
시민군1
아빠(극중극)
엄마(극중극)
영희(극중극)
남동생(극중극)
사장1, 2(극중극)
용역회사 사장(극중극)
회사 동료1(극중극)
회사 동료2(극중극)

무대

삼면에 객석을 가진 야외무대가 공연에 적당하다. 공연장으로 가는 길목에는 〈해고 및 비정규직 노동자를 위한 문화마당〉이라 적은 현수막 및 각종 게시물들을 설치해둔다. 해고 및 비정규직 노동자 단체에서 나와 직접 그들의 유인물을 나누어 주어도 좋다. 행사와 관련 있는 음악을 크게 틀어 분위기를 조성하도록 한다. 무대에는 〈해고 및 비정규직 노동자를 위한 문화마당〉이라는 글씨와 함께 커다란 걸개그림이 걸린 대형 구조물이 있다. 이 구조물의 뒷면에는 영사막이 있어서, 공연 중에 광주 시민항쟁의 기록 필름 상영에 사용된다.

공연을 위한 조언

1. 이 작품은 남자배우 3명, 여자배우 5명으로 공연이 가능하다. 여자배우 1이 현재 시간의 이미애, 여자배우 2가 박선희 역을 맡는다. 그 외의 배우들은 일인다역을 하게 되는데, 여자배우 3이 윤문주와 엄마(극중극)역을, 여자배우 4가 광주항쟁 당시의 이미애, 오선영 및 남동생(극중극)역을, 여자배우 5가 사회자, 최명선 및 영희(극중극)역을 맡는다. 남자배우 1은 광주시민항쟁 당시의 김규진, 오태영 및 아빠(극중극)역을, 남자배우 2는 이건수, 시민군1, 회사동료2(극중극), 사장(극중극)역을, 남자배우 3은 최민수, 동료1, 용역회사사장(극중극)역을 맡는다.

2. 공연장 안으로 입장하는 관객들이 〈해고 및 비정규직 노동자를 위한 문화마당〉에 참여한 일원으로 느낄 수 있도록 약간 들뜬 공연장 분위기를 유지하는 것이 중요하다.

3. 배우 중의 일부는 관객에 섞여 앉아 있으며, 배우라는 사실을 주변 관객들이 눈치 채지 못하게 하여야 한다.

4. 독재자를 상징하는 거대한 인형은 공연시작 전에 노출되지 않도록 하고, 공연장의 측면에서 갑자기 그 모습을 드러낼 수 있도록 설치하기 바란다.

5. 넷째 마당에는 〈해고 및 비정규직 노동자를 위한 문화마당〉을 축하하는 연극공연 〈영희의 일기〉가 들어 있다. 촌극 공연의 시작은 있지만 마무리는 없다. 즉 〈영희의 일기〉에서 나오는 줄다리기가 〈오월의 편지〉의 줄다리기가 되는 것이다. 이렇게 되면, 관객들은 〈오월의 편지〉를 구경 와서 〈영희의 일기〉라는 촌극에 배우로 참여한 상황이 된다.

6. 야외극장의 밖으로 나와서 벌이는 줄다리기부터는 관객들의 참여 상황에 따라 달라질 수 있다. 배우와 공연담당자들은 잔치 분위기가 잘 이어지도록 관리하는 역할만 하면 되고, 연극이 끝났

다는 사실을 공식적으로 알릴 필요가 없다. 그냥 신명나게 줄다리기가 끝난 후의 뒷풀이를 진행하면 된다.

첫째 마당
어서 오세요, 반갑습니다

공연 시간이 가까워지면 "잠시 후 해고 및 비정규직 노동자를 위한 문화마당의 제2부를 시작하겠습니다. 밖에서 담소를 나누고 계시는 분들은 빨리 입장해주시기 바랍니다"와 같은 내용의 방송을 여러 번 반복한다. 사회자는 무대에 미리 나와 있으면서 입장하는 관객들에게 행사와 관련한 안내를 계속한다.

사회자 안녕하십니까? 문화마당의 2부 사회를 맡게 된 꽃별 인사드립니다. (공연 날에 맞는 인사를 덧보탠 후) 여러분이 고대하시던, 2부의 막을 열어 줄 팀은 「한도 금속」 노조의 노래패 「선봉」입니다. 1998년에 창단된 이래 5회의 정기공연과 더불어 헤아릴 수 없을 만큼 많은 현장 공연을 펼쳐 온 이 지역 최고의 노래패입니다. 오늘 여러분께 선사할 노래는 노판의 영원한 명곡 〈불나비〉입니다. 「선봉」을 박수로 힘차게 맞이해 주시기 바랍니다.

노래패 등장하여 힘찬 율동과 함께 노래를 부른다.
관객들이 함께 노래를 함께 할 수 있도록 유도한다.

사회자 감사합니다. 감사합니다. 역시 이름 그대로 「선봉」이군요. 2부의 첫 순서를 화끈하게 열어 주셨습니다. 이 열기를 이어갈 다음 팀은 「울트라 짱」 학습지 노조의 연극패입니다. 「울트라 짱」에서 선보일 장기자랑은 조금 특이한데요, '역할놀이'라고 하네요. 역할을 맡아서 논다는 뜻인 거 같은데, 과연 어떤 물건이 나올지 기대되는군요. 역할놀이를 이끌어 갈, 「울트라 짱」 학습지 노조의 이미애 문화부장을 소개합니다.

이미애 (박선희와 같이 무대에 등장) 여러분 안녕하세요? 방금 소개받은 「울트라 짱」 학습지 노조의 이미앱니다. 해고 및 비정규직 노동자들을 위한 문화마당에 참여하게 된 것을 기쁘게 생각합니다. 저희는 우리의 경험담을 소재로 한 역할놀이 촌극을 여러분과 더불어 꾸며볼까 합니다. (관객에게) 역할놀이 촌극이라고 들어 보셨어예? (답을 듣고는) 처음이라고예? 그래서 오늘 그것이 무엇인지 알려 줄 분을 데리고 왔습니다. (힘차게) 여러분! 대구에서 가장 유명한 극단 「함세상」에서 스카웃 제의가 들어왔어도, 「울트라 짱」을 떠날 수 없어서 거절했다는 소문이 무성한 박-선-희씨를 소개합니다.

박선희 (인사를 꾸벅하고는) 방금 소개받은 이미애 부장님의 영원한 오른 팔, 연극패 짱 박선희입니더. 역할놀이가 뭔가하믄예, 대본 없이 연극하는기라 생각하믄 됩니더. (어느 관객의 의아스런 눈길 의식) 대본 없이 연극한다카이 이상한 모양이지예. 딱 짜여진 대본은 없지만예, 대충의 줄거리는 있심더. 줄거리에 맞추어 역할을 나누고예, 자기가 할 대사는 즉석에서 만들어 하는 거라예. 우리가 준비한 이야기는, 어느 해고 노동자 가족이 겪는 고통과 그 고통을 이겨내는 힘에 대한 겁니더. 그 힘이 무어냐고요? 그건 조금 있다 연극을 보시면 알게 될 겁니다. 여기 앉아 계신 분들이 직접 경험 한 일이거나, 아니면 들어본 내용이기 때문에, 대본이 없어도 누구든지 금방 같이 할 수 있을 거라예. (어느 관객의 의아스런 눈길 의식) 잘 모르겠심니꺼? (과장된 목소리로) 우와 – 스팀 팍팍 들어오네.

이미애 (관객에게, 과장된 목소리로) 얼른 알았다고 하세요. 자칫하면 다칩니다. 우리 노조의 최고 강경파예요.

박선희 (흔히 사용하는 조폭적인 말투로) 언니야, 이 양반이 나를 우습게 아는 모양이다. 나가 어떤 사람인지 쪼까 설명해조라.

이미애 내가 니 시다바리가!

박선희 (거들먹거리며) 아그야! 다치고 싶으냐.

이미애 조심하겠습다, 행님. (조폭적인 말투) 이 동상으로 말씀드리자면, 인천부두의 왕사시미칼로 불립니다잉. 일천구백팔십팔년 서울도꾜줄리아 나이트크럽에서 벌어진 일대 이백오십의 대결에서 이백사십구 명의 왼쪽 팔을, 정확하게 왼쪽 팔만을 뽀작내어 놓으셨으며… 으 히히히(웃음을 못 참고 터뜨린다) 그란데 동상. 오늘은 우째 말이 잘 안된다잉.

박선희 (이미 배꼽을 잡고 웃고 있다) 그래도 지난 번보다는 백 배 잘 했구마. (관객에게 다가가서) 아재, 봤지예. 이런 식으로 노는 게 역할놀이라 생각하믄 됩니더. 걱정하지 말고예, 그냥 내 따라 해보믄 됩니더. 내가 겁난다꼬예? 아입니더. (간들어지게) 지도 알고 보면 부드러운 여자라예. 조금 있다 배우로 자원해서 나올 거지예? (손가락을 걸며) 약속?

이미애 박선희 수다에 휘말리다 보니, 시간 너무 끌었네. 먼저 우리하고 함께 할 배우를 뽑아야지. (관객에게) 여기 오신 분들이 모두가 다 하고 싶겠지만, 그럴 수는 없으니까 오디션을 실시하여 딱 다섯 명의 출연자를 뽑도록 하겠습니다. 그럼 일차 선발을 위하여, 여러분의 표현 능력을 살펴보도록 하겠습니다. 선희씨, 앞으로.

박선희 여러분이 가지고 계신 팜플렛 2쪽을 펴보이시더. 〈함께 가자 우리 이 길을〉이란 노래의 악보와 가사가 보이지예? 워낙 유명한 노래라서 모르시는 분이 없으리라 생각합니더. 이 노래를 함께 부르시면서, 가사와 곡의 분위기에 어울린다고 생각되는 몸짓을 여러분들이 자유롭게 만들어주시면 됩니더. 예를 들어, "함께 가자"라는 내용이 나올 때에는, 자기 주먹을 불끈 쥐고 함께 간다는 점을 강조한다든가, 아니면 옆 사람의 손을 꼭 잡고 앞으로 내밀어도 좋겠지예.

이미애 애인 아닌 사람의 손을 잡으면 성추행범이 될 텐데요.

박선희 아, 그런 일은 두 사람이 알아서 하시고… 자, 그럼 음악 나갑니데이.

노래패 등장하여 〈함께 가자 우리 이 길을〉을 부른다. 선희는 앞에 서서 이런 저런 동작을 선보이고, 이미애는 관객들의 움직임을 관찰한다. 노래가 끝날 때까지 이미애는 관객 속에 미리 앉아 있던 배우를 포함하여 적당한 인원의 관객을 앞으로 나오도록 유도한다. 노래가 끝난다.

박선희 축하합니다, 동지 여러분. 여러분은 백대 일의 경쟁을 뚫고 일차 심사를 통과하셨습니더. 여러분, 축하의 박수를 다시 한 번 보내 주이소.

앞에 나온 배우들은 옆의 관객들과 인사도 나누고, 춤도 추는 등 선발된 기쁨을 나눈다.

이미애 하지만, 2차 심사를 통과해야 명실상부한 배우가 될 수 있습니다. 2차 심사는 실기 테스트입니다. 선희씨 대본을 나누어 주세요.

앞에 나온 배우들이 '뭐, 실기 테스트?' 등등 웅성거리는 분위기 연출.

이미애 여러분도 잘 알고 있겠지만, 왕년에 유명했던 영화 〈별들의 고향〉에 나오는 한 장면입니다. 저와 선희씨가 역할을 나누어 시범을 보이도록 하겠습니다. 경아 역할은 당연히 제가… (무대에 올라와 있는 사람들 사이에서 야유가 나오자) … 맡지 않고, 선희씨가 하도록 하겠습니다. 저는 문오 역할입니다.

영화의 대사가 흘러나오면, 거기에 맞추어 이미애와 박선희가 과장되면서도 재미있는 몸동작으로 상황을 연출해 보인다.

문오 (소리) 오랜만에 같이 누워 보는군.

경아 (소리) 행복해요. 더 꼭 껴안아주세요. 여자란 참 이상해요. 남자에 의해서 잘잘못이 가려져요. 한땐 나도 결혼을 하고 행복하다고 믿었던 적이 있었어요.

문오 (소리) 지나간 것은 모두 꿈에 불과해.

경아 (소리) 아름다운 꿈이에요. 내 몸을 스쳐간 모든 사람들이 차라리 사랑스러워요.

이미애 잘 보셨지요. 이 장면을 남녀 두 사람씩 짝지어서 즉흥연기로 표현해보도록 하겠습니다.

두 사람씩 짝지어서 실연하게 한다.
적절하게 시간 동안 이끌어가면서 실제 배우들만 남기고 일반 관객들은 자연스럽게 퇴장시킨다.

이미애 여러분, 드디어 배우 선발이 끝났습니다. 축하합니다. 최종 선발된 분들에게 박수를 부탁드립니다. (선발된 배우들에게) 자, 그럼. 이리 모여서 간단한 준비를 해볼까요? 모입시다.

음악에 맞추어 춤을 추며, 이미애를 중심으로 모여드는 가운데 암전.

둘째 마당
상극(相剋)의 삶

이미애 우선 이 자리에 모인 분들에게 우리 소개부터 합시다. 이름하고, 직장은 필수이고, 가능하면 특기도 선보이는 게 좋겠지요.

박선희 여기 문화부장님하고, 저는 다 아니까 나머지 분들만 하면 되겠십더. (이때 이건수를 발견하고 무어라 말하려 하는데)

윤문주 제가 나이가 좀 되어 보이니까, 저부터 하지예. 이름은 윤문주고예, 「울트라 짱」 학습지 대명지국에서 일하고, 결혼해서 4살짜리 아들이 하나 있십더. (꾸벅 인사한다)

최명선 특기는예?

윤문주 아, 참. 특기랄 게 따로 없는데… 다른 사람들이 기차화통이라 부르거든예.

오태영 목소리가 큰 모양이지예.

윤문주 맞십더. 평상시는 이래 조용해도요. 화가 한 번 났다 하면 목소리가 열 배는 커집니더.

이미애 아, 맞다. 맞다. 그러고 보니 작년 봄에 노조 건설을 방해하는 본사에 상경 투쟁할 때 전경들이 떼거지로 몰려오니까, 달려 나가서 단숨에 무찌른 그 유명한 사건의 주인공이지요?

오선영 모두가 긴장하고 있는데, 윤선생이 턱하고 나서서는, (목소리를 바꾸어) "전경들은 지금 즉시 물러가라! 안 그라먼 (잠깐 사이) 조금 있다가 물러가는 것으로 알겠다!" (웃는다) 정말 멋있었심더. 2탄은 직접 해보이소.

윤문주 (잠시 망설이다) "전경들은 지금 즉시 물러가라! 안 그러면 (잠깐 사이) 이미 물러간 것으로 알겠다!"

오선영 그때 전경까지 웃고 난리가 났었지예.

이미애 우리가 위탁계약직의 설움을 딛고 일어나 노조를 건설하게 되기까지 윤선생 같은 선생님들의 힘이 절대적이었습니다. 우리 윤선생님께 박수로 격려해드립시다.

윤문주 부끄럽심더. 혹시 필요한 데가 있으면, 언제든지 말해 주이소.

최명선 저는 최명선이고예, 송현지국에 경리보조로 들어온 지 1년밖에 안 되었어예. 제가 제일 어린 것 같네예.

이건수 나이는 서른둘이고, 이름은 이건수입니더. (할 말이 많지만 생략하고) 이미애 선배님에게서 많은 걸 배우고 느꼈심더. 뭐든지 시키는 데로 열심히, 배우는 자세로 해보겠심다.

오선영 저도 윤문주 선생님하고 같은 지국에서 일하고 있어예. 제 특기는 춤하고 노래입니다. 우리 지국의 분위기 메이커입니다.

최민수 (점잖은 목소리) 안녕하십니까? 이미애 부장님 이하 모두 만나서 반갑습니더. 이것도 인연….

오태영 (가로막고 나서며) 저 친구 말 끝 날라카믄 오늘 밤 샐깁니더. 자 별명이 토종 양반 아인교. 워낙 말도 느리고, 어려운 한자말 섞어 쓰는 걸 좋아해서 붙여졌다 아입니꺼. 저는예 오태영이라 불러주이소. 지금은 3공단에 있는 「은마강제」에 다니고예, 제 꿈은 영화 감독인데예, 오늘 연극한다캐서 나왔심다.

오선영 (말을 끊고 최민수를 가리키며) 잘생긴 저 아저씨 이름은 뭐라예?

최민수 (반갑게) 제 이름예? 최민숩니더.

최명선 최-민-수? (웃는다) 그라면 나는 심-은-하-다!

오태영 웃지 마이소. 진짜 이름이 그렇다 카이끼네예. 지금은 우리가 공장 기름밥 먹고 있지만, 우리도 화려한 꿈이 있심다. 오태영 감독에 최민수 배우 콤비가 뜨는 그 날이 오면, 우리 만나기 어려울겝니다.

최명선 아이구, 꿈도 야무지십니다, 그려.

오선영 혹시 생각하고 있는 영화가 있어예?

오태영 그럼요. 한 번 들어 보실람니까? (최민수와 함께) 영화 〈접속〉을 능가하는 새로운 작품을 오태영 감독과 배우 최민수가 힘을 합하여 만들고 있으니, 멀고 먼 우주 어느 곳에서 온 외계인과 지구여성의 우정과 사랑을 담은 〈접촉〉, 핸드폰 접수 창구 아가씨와 핸드폰 가입자와의 전화사랑을 다룬 〈접수〉, 유부녀에게 도전하여 끝내는 사랑과 돈을 쟁취해내는 어느 고독한 젊은 제비의 집념을 다룬 〈접근〉, 기대하시라 개봉박두.

이건수 와! 박수, 박수!

오선영 오빠! 사랑해요.

최명선 감독님, (손을 내밀며) 여기에 미리 사인 좀 해주세요.

오태영 (손을 잡으며) 뭐 이럴 것까지야. 민수야, 우리 같은 경우를 어려운 말로 뭐라고 했더라?

최민수 대기만성(大器晩成), 청출어람(靑出於藍).

오선영 오빠는 더 멋져….

이미애 어허, 청춘사업은 끝난 뒤에 하시고. 자 어떻습니까, 여러분. 정말 재주 많은 분들이지요? 오늘 연극 정말 기대됩니다. 배우 소개가 끝났으니, 역할놀이의 줄거리를 같이 알아봅시다. 여러분들도 귀를 쫑긋 세워서 들어주시기 바랍니다. 선희씨. (멀리 떨어져 화난 얼굴로 있는 박선희를 발견한다) 아, 왜 거기서. 프린트해온 거 있지요. 나누어주도록 하지요.

박선희는 못 들은 척 한다.

이미애 선희씨, 왜 그래요.

박선희 (종이를 건네주며) 부장님이 내 대신 맡아 하이소.

이미애 왜 그러는데….

박선희 부장님한테는 미안하지만예. 나는 (이건수를 가르키며) 저 인간하고는 같이 연극 못하겠심다.

이건수를 비롯하여, 모두 놀라고 당황.

박선희 부장님도 잘 알잖아예. 저 인간이 얼마나 더러운 인간인지.

이미애 선희씨! 무슨 소리를… 설사 선희씨 마음에 안 든다 해도 이런 자리에서 그런 말을 하면 안 되지요.

박선희 그라이 언니한테는 미안하다 안 캅니꺼. 하지만예, 무슨 일이 있어도 배신자, 사기꾼에 겁쟁이하고는 상종을 안 할랍니더.

최민수 세상에 경천동지(驚天動地)할 일도 다 있지. 갑자기 이게 무슨 일입니꺼.

오태영 다른 분들은 잘 아시는가 본데. 우리는 다른 공장 사람이라서 도대체 알 수가 없네예.

박선희 (전체 관객에게) 저 인간이 어떤 놈인가 하면예. 우리가 한창 노조 만든다고 회사하고 싸우고 있을 때, 우리 쪽의 정보를 회사 쪽에 넘겨 준 놈 아입니꺼. 저런 인간하고 연극을 할라카이 속이 뒤틀리지 않겠십니꺼?

오태영 나쁜 놈 맞네.

박선희 그것만 아이라예. 지국마다 다니면서 노조 사람들을 나쁘게 욕하고, 노조에 가입한 사람들 한테는 탈퇴하라고 꼬드겼다 아인교. 저런 사람이 비정규직 노동자들의 잔치 마당에 올 수 있다고 생각합니꺼. 아이지예? 내 말 맞지예.

이건수 ….

윤문주 맞다. 사람은 멀쩡하게 생긴 게 우째 그랄 수 있노.

오선영 아줌마가 소리 질러 쪼차내뿌이소.

오태영 저런 사람보고 뭐라카노?

최민수 인면수심(人面獸心). 양반의 자존심이 있지, 나도 저런 동물하고는 연극 같이 몬한다.

이미애 자, 자. 내 말 좀 들어보세요. 이건수씨의 일은 저도 잘 알고 있습니다. 한때는 본사 기획실로 옮겨준다는 말에 속아서 그런 일도 했지만, 이제는 그렇지 않습니다. 모두 오해를 푸세요.

박선희 나는 그게 더 싫다 아입니꺼. 노조가 만들어지고 나니까,

뭔가 이득이나 볼까 하고 이런 자리에 슬쩍 끼어드는 게.

이건수 할 말이 없심더. 하지만예, 내가 잘했다는 건 아이지만, 사람 앞에 놓고 너무 그렇게 욕하는 거 아입니더.

박선희 그래서 우짤란교? 본사에 가서 일러바칠란교. "박선희가 사람들 잔뜩 모아 놓고 사장님 욕하고 있심더", "잡아다가 짤랐뿌이소"

이건수 억지 부리지 마라. 내가 그라는 거 보기나 하고 하는 소리가?

박선희 보나 마나지 뭘 그래. 우리가 꽁꽁 얼어붙은 빵쪼가리를 나눠 먹으면서 농성하고 버틸 때, 니는 본사 간부들하고 같이 탈퇴 각서 받으러 다녔다면서. 우리가 단식투쟁하다 쓰러질 때, 니는 룸싸롱에서 희희닥거렸다며….

이건수 내 정말 더러워서. (무심결에 손이 올라간다)

박선희 그래, 어디 쳐보시지.

이건수 (당황해서 손을 얼른 내리고는) 이 부장님 말 들은 게 후회시럽심다. 내가 말했지예. 다른 사람들이 나를 싫어할 거라고예. 나도 참을 만큼은 참지만, 저 여자는 나도 상대하기 싫심다.

오태영 의견일치.

최민수 동상이몽(同床異夢).

박선희 어쨌든 잘 됐네. 지금 이 자리에서 니가 떠나든지, 내가 떠나든지.

이건수 더러워서 내가 간다. 내가 이 자리에 오고 싶어 온 줄 아나. (돌아서서 나간다)

이미애 잠깐만, 참아요. 많은 사람들이 우리를 보고 있는데….

그 사이 이건수는 무대 밖으로 퇴장.

이미애 최민수씨, 따라가서 잡아요. 내가 곧 갈게요.

최민수가 후다닥 달려 나가자, 오선영이 뒤따르고, 이어 오태영이 달려 나간다.

박선희 아이구, 10년 묵은 체증이 확 내려가는 것 같네. (관객들에게) 죄송합니더, 소란을 피워서. 밖에 나간 분들이 들어오면 역할놀이를 시작하도록 하겠심더.

이미애 평소 선희씨답지 않게 왜 그래요. 이건수씨는 내가 일부러 모셔왔는데….

박선희 나도 그 정도는 압니다. 언니가 왜 그 인간을 데리고 왔는지도 짐작합니더. 언니가 늘 강조하듯이 "서로 믿고 사랑하며 함께 살자" "다른 사람들의 아픔을 이해하자" 이런 거 아입니까.

이미애 그래, 맞어. 오늘 우리가 하려는 역할놀이도 그런 이야기잖아. 그런데 이건수를 쫓아내고 연극한다면 누가 그 말을 믿으려 하겠어.

최명선 이 부장님 말도 일리는 있지만, 사람 기분이 어데 그런교.

박선희 저런 인간을 뭐 보고 믿는단 말인교? 나는 언니가 좋고, 그래서 언니가 하는 일이라면 뭐든지 믿고 따르지만, 저런 인간까지 같이 잘 지내자는 언니 생각은 이해 못하겠습니더.

윤문주 나도 선희씨 생각에 동감입니더. 무조건 다 잘 지내자는 식은 너무 무책임한 것같네예.

이미애 무조건 잘 지내자는 건 아닙니다. 이건수씨가 먼저 우리에게 찾아와서 미안하다고 사과까지 했단 말입니다.

박선희 ….

이미애 그때도 선희씨한테 곤욕을 치르고 돌아갔잖아, 기억나지?

박선희 내한테 자꾸 복습시킬 필요 없다카이. 언니하고 이런 일로 다투고 싶지 않으니까, 민주주의적으로 해결하도록 합시다.

이미애 민주주의?

박선희 여기 모인 사람들에게 물어보고 다수결로 결정하는 겁니더.

이미애 ….

윤문주 그게 좋겠심더. 내가 사회를 보는 게 어떻겠십니꺼.

최명선 저도 찬성.

박선희 민주주의적으로 통과된 것으로 하겠심다. 윤선생님이 사회 보이소.

윤문주 앞으로 나선다.

윤문주 (큰 목소리) 지금부터 인면수심의 이건수를 이 자리에서 보여드릴 역할놀이에 참가시킬 것인가를 두고 찬반 투표를 하도록 하겠습니다. 박선희씨는 '저렇게 나쁜 놈하고 같이하는 것은 안 된다' 라는 입장이고, 이미애씨는 '그래도 같이 해보자' 는 쪽입니다. 그러면 손을 들어서….

최명선 잠깐, 긴급 제안!

윤문주 말해보이소.

최명선 아직도 사태의 전말을 잘 모르는 분도 있을 것 같거든예. 그래서 두 사람의 의견을 다시 한 번 들어보는 게 어떻겠어예.

윤문주 역시 최선생은 똑똑하다카이. 그라이시더. 사회자인 내가 좋다카는데 누가 말리겠십니꺼. 그럼, 먼저 박선희씨의 의견을 들어보도록 하겠심더.

박선희 (앞으로 나서서) 저 생각에는 세상을 살아가는 데에는 원칙이 중요하다는 겁니다. 아부 잘 하는 사람이 훨씬 빨리 출세하는 세상, 가난하면 자식 공부시키기도 힘든 세상, 돈을 벌기 위해서는 제 나라 말도 버리고 영어 쓰자고 주장하는 골빈 세상 아입니꺼? 요새 세상이 왜 이래 개판댔십니꺼. 원칙 지키는 사람들이 거의 없기 때문 아이겠십니꺼. 맞지예?

최명선 (박수치며) 옳심더!

박선희 잘못을 저지른 놈은 벌을 주어야하고, 더러운 놈은 손해를 보도록 던져 놓아야 되지. 우리가 무슨 천사들이라고, 이래도 헤하고 웃고, 저래도 헤하고 웃으란 말입니꺼. 우리가 밸도 없십니꺼, 안 그렇십니꺼? (감정이 격앙) 작년 겨울에 농성하다가 경찰서에 끌려갔을 때, '여자가 이런 일에 끼이면 험한 꼴 본다' 면서, 슬슬 내 몸을 더듬던 형사가, 석방되던 날 '미안하다' 면서 '다음에 만나 술 한 잔 하자' 고 느끼한 눈으로 나를 아래 우로 훑어봅디더. 언니 말대로라면 그런 인간도 용서하고 만나서 같이 술 한 잔해야 되겠네요. 세상이 이래서는 안 되는 겁니다. 잘못한 인간은 벌을 주는 원칙을 지켜야 합니다, 여러분!

최명선 (열심히 박수를 친다) 옳심더.

윤문주 정말 감동적인 연설이었예. (연설 준비하는 이미애를 무시하고) 자, 그러면 박선희씨의 의견에 찬성하는 분들 손들어 주세요.

박선희와 윤문주는 손을 번쩍 들고는 관객들이 많이 들도록 분위기를 유도한다.

윤문주 제가 헤아려 본 결과, 오늘 이 자리에 오신 분들이 총 673명인데요, 그 중에서 625명이 손을 들어 찬성을 표했기 때문에 이건수씨를 역할놀이에서 빼도록….

이미애 잠깐, 저에게도 말할 기회를 주셔야 합니다.

윤문주 625명을 뺀 나머지가 다 이부장님 편을 들어도, 승부는 결정된 거라예.

이미애 그래도 시간은 주어야지요.

윤문주 (최명선에게) 우짜제?

최명선 그건 이부장님 말이 맞네요.

윤문주 그럼, 이미애씨의 의견을 들어보도록 하겠습니다.

이미애 (앞으로 나와서) 감사합니다. 이야기를 시작하기 전에, 여러분에게 한 가지 물어 볼 것이 있습니다.

윤문주 퀴즈라예?

이미애 선희씨. 만일 내일 죽게 된다면, 오늘 하고 싶은 일, 꼭 해야 할 일은 뭐지요?

박선희 ….

윤문주 죽으면 끝인데, 우리 식구하고 맛있는 거 먹고, 좋은 데 구경도 가고 해야지예.

최명선 지나가는 남자 아무나 잡고 결혼할래요.

이미애 (웃으며) 아무나?

최명선 어차피 오늘 하루가 끝인데, 고르면 뭐하겠십니꺼.

이미애 선희씨는 말이 없는 거 보니, 하고 싶은 일이 너무 많은 모양이지요?

박선희 (심드렁하다) 하나도 없십다. 나는 잠이나 실컨 잘랍니다. 내일 죽는데, 무슨 일이 신명나겠는교. 맛있는 거 먹는다고 그게 목구멍 넘어 가겠십니꺼? 내가 죽으면 어차피 세상도 없는 기라.

윤문주 하기사 그렇제.

이미애 많은 사람들이 그렇게 이야기하지요. 하지만, 오늘 세상을 떠날 줄 알면서도 다른 사람을 생각했고, 자신에게 내일이 없다는 사실을 알면서도 우리의 내일을 걱정해주는 사람을 저는 알고 있어요. 지금 내 곁에 없지만, 늘 나에게 올바른 길을 걸어가라고 속삭여 주는 사람. 내가 힘들 때 나타나서 어깨 한 번 툭 쳐주고는 씩 웃으며 돌아서는 그런 사람을 알고 있지요.

최명선 이야, 멋지다!

윤문주 이 부장님, 그 사람에 대한 이야기 좀 해주이소. 그 사람이 우쨌는데요?

이미애 ….

최명선 (관객들에게) 우리 그 이야기를 청해 들어보입시더. 어떻십니꺼? 박수! 박수!

윤문주 (엄청 큰 목소리) 자, 그럼 이야기를 시작허겄습니다.

무대 급격하게 어두워지면서, 무대 주위가 소란해진다.

셋째 마당
광주, 그 아픔의 자리

무대 배경에 광주민주항쟁의 동영상이 비쳐진다.
노래패들이 노래를 부르며 등장하며, 무대에서 계속해서 움직이며 노래를 부른다.
관객들이 잘 보이는 방향에 높이 5M 정도의 대형 인형이 팔을 벌린 형태로 서 있다. 그 인형은 막강한 힘을 지닌 자의 오만함이 엿보이는 표정으로 관객을 내려 보고 있다.
야외광장에는 붉고 푸른 조명이 회전하면서, 긴박감을 조성하고 있다.

왜 쏘았지 왜 찔렀지 트럭에 싣고 어디 갔지 / 망월동에 부릅뜬 눈 수천의 핏발 서려있네 / 꽃잎처럼 금남로에 뿌려진 너의 붉은 피 / 두부처럼 잘리어진 어여쁜 너의 젖가슴.

코러스 1980년 5월 광주, 야만의 세월.
이미애 이미애, 대학 3학년, 야학의 강학.
코러스 처참한 살육, 광란의 거리, 죽음의 도시.
이미애 5월 26일, 도청, 광주항쟁의 마지막 밤.

왜 쏘았지 왜 찔렀지 트럭에 싣고 어디 갔지 / 망월동에 부릅뜬 눈 수천의 핏발 서려있네/ 꽃잎처럼 금남로에 뿌려진 너의 붉은 피 / 두부처럼 잘리어진 어여쁜 너의 젖가슴.

방송 (소리) 친애하는 시민 여러분! 이제까지는 여러분의 이성과 애국심에 호소하여 자진 해산과 질서 회복을 기대해 보았습니다. 그러나 총기와 탄약과 폭발물을 탈취한 폭도들의 행패는 계속 가열하고 있으며, 이러한 상황 하에서는 부득이 소탕하지 않을 수 없게 되었습니다.

인형의 오른 팔이 올라간다.
노래패의 앞에 서 있던 이미애 관객을 향해 방송을 시작한다.

이미애 (소리) 사랑하는 광주시민 여러분! 수습을 위한 타협이 성사되지 않은 상태에서 계엄군이 시내 곳곳으로 들어오고 있습니다. 우리 시민군들을 살려주십시오! 시민들의 단결된 힘을 보여주십시오.

인형의 오른 팔이 떨어진다.

이미애 (소리) 사랑하는 광주시민 여러분! 지금 계엄군이 쳐들어오고 있습니다. 시민 여러분, 제발 도청으로 나와 주세요. 제발 모여 주세요. (점차 힘이 빠지는 목소리)

사랑도 명예도 이름도 남김없이 / 한평생 나가자던 뜨거운 맹세 / 동지는 간 데 없고 깃발만 나부껴 / 새날이 올 때까지 흔들리지 말자 / 세월은 흘러가도 산천은 안다 / 깨어나서 외치는 뜨거운 함성 / 앞서서 나가니 산자여 따르라 / 앞서서 나가니 산자여 따르라.

노래가 계속되는 가운데 이미애 힘을 잃고 지쳐 간다.
김규진 등장.

이미애 형, 어디 다녀오는 길이예요?

김규진 상황이 긴박해져서, 잔류하고 있던 여자들과 고등학생들을 돌려보내고 오는 길이야.

이미애 ….

김규진 끝까지 남아 싸우겠다는 걸 우겨서, 억지로 돌아가게 했어.

이미애 형은 어쩔 거야?

김규진 … 알면서 왜 그래.

이미애 우리도… 돌아… 가면 안 될까.

김규진 (손을 잡고) 그래. 집으로 돌아가면 일단 안전한 곳으로 몸을 피해 있도록 해. 앞으로 어떤 일이 일어날지 아무도 몰라. 우선 급한 것만 챙겨서….

이미애 같이 가.

김규진 ….

이미애 이 바보야, 사람들이 도청으로 올 것 같아? 모두가 겁에 질려 있어. 이미 상황은 끝났어. 끝났다구.

김규진, 이미애를 설득하려 한다.

사랑도 명예도 이름도 남김없이 / 한평생 나가자던 뜨거운 맹세 / 동지는 간 데 없고 깃발만 나부껴 / 새날이 올 때까지 흔들리지 말자 / 세월은 흘러가도 산천은 안다 / 깨어나서 외치는 뜨거운 함성 / 앞서서 나가니 산자여 따르라 / 앞서서 나가니 산자여 따르라.

거대한 인형의 몸놀림이 조금씩 커져간다.

이미애 그걸 믿어? 지금 이 순간에도?

김규진 내 눈으로 직접 보았기 때문에 믿는 거야.

이미애 그럼 이 광장을 가득 메웠던 사람들은 다 어디로 간 거야. 해방의 날은 너무 짧게 지나가 버렸어. 이제 아무도 돌아오지 않을 거야.

김규진 그래서 더욱 못 떠나는 거야. 나마저 이곳을 떠나면, 그날의 그 열기, 충만했던 열정들이 그만큼 더 빨리 잊히게 될 거야. 그것을 번연히 알면서 돌아갈 수는 없어.

이미애 이 자리는 지옥이야. 여기서 죽는 건 개죽음이라고. 형.

이미애가 김규진에게 많은 이야기를 한다.
산자들아 동지들아 모여서 함께 나가자 / 욕된 역사 투쟁 없이 어떻게 헤쳐 나가랴 / 오월 그날이 다시오면 우리가슴에 / 붉은 피 솟네.
거대한 인형의 몸놀림이 눈에 뜨이게 강해진다. 이미애는 인형을 바라보며 불안해진다.

이미애 형. 우린 젊어. 우리 다 잊어버리고, 둘이서 오손도손 살자. 이까짓 더러운 세상 모두 잊어버리고, 아니 세상을 등지고 살자. 나는 형하고 이렇게 헤어지고 싶지 않아. 형, 아예 우리 이 땅을 떠나버리자. 아프리카라도 가자. 더러운 이 땅에 침 뱉고 떠나버리자.

김규진 (고개를 흔든다) 죽음과 삶이 교차하는 이 혼란 속에서, 내가 깨달은 것은 다른 사람을 사랑하지 않고서는 내가 가진 모든 것들이 아무 의미가 없다는 것이었어. 생각나지? 자기의 모든 것을 아낌없이 내어놓던 시민들, 위험한 일들을 서로 맡아하려고 애 쓰던 동지들 말이야.

이미애 이미 지나간 일이야, 그것도 몰라? 형은 정말 바보야.

김규진 그래, 난 바보일지도 몰라. 죽는 게 두려워. 그러나 억지로 용기를 내어 그 길을 걸어가려고 해. 옳다고 생각하는 그 길을 향해 한 걸음 내어 딛고 나니, 아주 어렵고 힘든 길만은 아니라는 생각도 들어. 그동안 서로 믿고 의지했던 사람들과 함께 간다는 생각에 마음이 편해.

이미애 (서서히 뒷걸음친다)

김규진 지금은 비록 얼마 안 되는 사람만이 이 길을 걸어가지만, 우리가 걸어간 길의 흔적은 영원히 기억될 거라 믿어. 우리를 기억하는 사람들이 언젠가는 다시 함께 서는 날이 올 거야. 그때 그 자리에 너도 함께 있어야 해. 함께 사는 세상을 만들기 위해 그들과 같이 땀 흘려야 해, 약속할 수 있지?

이미애 아니야, 아니야…. (받아들이지 못한다)

왜 쏘았지 왜 찔렀지 트럭에 싣고 어디 갔지 / 망월동에 부릅뜬 눈 수천의 핏발 서려있네/ 꽃잎처럼 금남로에 뿌려진 너의 붉은 피 / 두부처럼 잘리어진 어여쁜 너의 젖가슴.

거대한 인형의 몸놀림이 여전히 격렬한 가운데 한 쪽 팔이 올라간다.

시민군1 (급하게 무대로 뛰어든다) 동지 여러분! 계엄군이 들어오고 있습니다. 동지 여러분! 계엄군이 들어오고 있습니다.

거대한 인형의 오른 팔이 떨어져 내린다.
그때 싸이렌 소리, 총소리 격렬해진다.
김규진과 시민군1 전투 태세를 취한다.
노래패들이 노래를 부르면서 김규진과 시민군1을 서서히 포위한다.
이미애는 겁에 질려 멈칫거리다가 뒷걸음 쳐 관객 속으로 도망간다.
시민군은 노래패에게 완전히 갇힌 형국이 되었다.
노래패와 시민군의 머리 위로 붉은 조명이 떨어진다.
커지는 총 소리.
시민군에게 강렬한 붉은 조명.
시민군1 먼저 쓰러지고, 마지막으로 김규진이 쓰러진다.
다시 일어서려는 김규진.
총 소리와 함께 나뒹구는 김규진.

이미애 (비명을 지르며 관객들 사이로 도망을 친다)

방송 (소리) 폭도들은 진압되었습니다. 시민들은 위험하니 집 밖으로 나오지 말기 바랍니다. (반복)

더욱 커지는 각종 선무방송.
거대한 인형의 몸놀림이 조금씩 줄어든다.
방송 소리가 서서히 작아진다.

사랑도 명예도 이름도 남김없이 / 한평생 나가자던 뜨거운 맹세 / 동지는 간데 없고 깃발만 나부껴 / 새날이 올 때까지 흔들리지 말자 / 세월은 흘러가도 산천은 안다 / 깨어나서 외치는 뜨거운 함성 / 앞서서 나가니 산자여 따르라 / 앞서서 나가니 산자여 따르라.

노래패 노래를 부르며 서서히 퇴장, 노래패 김규진과 시민군1과 함께 퇴장.

관객 사이로 도망쳤던 이미애가 체포되어 무대에 끌려 들어온다. 두려움에 떠는 이미애.

이미애 그날 이후 이 세상의 모든 빛은 사라져버렸어.
코러스 죽음, 허무, 절망.
이미애 형의 죽음을 이 세상 누구도 기억하지 않아.
코러스 망각, 배신, 망각, 배신.

이미애 완전히 무너진 상태로 쓰러진다.
잠시 후, 서서히 몸을 일으킨 이미애는 광장의 저 편에 서 있는 거대한 인형을 마주 보고 선다.

이미애 이 세상에 양심은 없다. 이 세상에 정의란 없다. 이 더럽고 치사한 세상에 더 이상 희망은 없다. 아무도 기억해주지 않는 죽음, 더러운 세상을 위해 죽어간 형은 정말 바보다. 나는 바보가 아니다. 나는 혼자다. 나는 혼자다. (울음 섞인 웃음을 터뜨린다)

거대한 인형이 두 팔을 흔들어 흡족한 모습을 보여준다.
이미애 천천히 퇴장.
퇴장하는 동안 가사 없이 허밍(humming)으로 노래가 계속 된다.

사랑도 명예도 이름도 남김없이 / 한평생 나가자던 뜨거운 맹세 / 동지는 간 데 없고 깃발만 나부껴 / 새날이 올 때까지 흔들리지 말자 / 세월은 흘러가도 산천은 안다 / 깨어나서 외치는 뜨거운 함성 / 앞서서 나가니 산자여 따르라 / 앞서서 나가니 산자여 따르라.

암전.

넷째 마당
상생(相生)의 삶

무대 밝아진다.

오태영 (밖에서 들리는 소리) 부장언니, 선희씨. 임무 완수 했심다. (호들갑스럽게 등장) 아따 고 녀석이 얼마나 고집이 센지. 당최 말을 안 들어요. 부장언…..

윤문주 (좇아 나오며) 쉿, 조용히!

최민수와 오선영이 이건수를 데리고 들어온다.

윤문주 (조용히 이야기 듣자는 몸짓)

박선희 언니, 정말 마음고생 심했네예. (최명선에게) 맞제?

최명선 … 그렇지 싶긴 한데….

박선희 잘 모르겠나? 니는 그때 뭐 했노.

최명선 엄마 뱃속에 있었는데요.

박선희 이제 보이, 젖비린내가 팍팍 나네. 나는 초등학교 3학년이었는데, 테레비에서 만화영화 빼묵었던 거 밖에 기억 안난다.

최명선 피장파장이네예. (이미애에게) '세상에 나 혼자다' 라는 게 무슨 말인데예?

이미애 부끄러운 이야기지만, 나 혼자 잘 먹고 잘 살면 된다는 식이었지, 뭐.

박선희 이건수 생각이네, 뭐.

이미애 그렇지, 그래서 내가 이건수씨한테 관심이 많은지도 몰라요.

박선희 그란데, 이상하네요. 그렇게 혼자만 잘 살겠다 맹세한 사람이, 우야다가 입만 열믄 '함께 살자' '함께 살자' 를 외치게 된는교.

윤문주 그라고 보이 그게 참 궁금하네요.

이미애 ….

윤문주 마자 말해주이소. (모두에게) 궁금한 거 맞지예?

이미애 (밝은 목소리로) 어느 해 거리에서 다시 만나게 된 그 선배 때문이지.

박선희 죽은 줄 알았디 살아 있었단 말인교?

윤문주 어디서, 뭐하다가 나타났다 카딘교.

이미애 아니요. 죽은 사람이 어떻게 살아오겠어요.

오태영 어허, 성질 급한 사람 숨 넘어 가겠네. 빨라 이야기 했뿌리이소.

이미애 87년 6월.

모두함께 6월 항쟁!

이미애 거리에서 그를 다시 만났지요.

이하, 상황보고극 형식으로 진행된다. 신명나게.
음악과 함께 윤문주가 사회자로.

사회자 (윤문주) 안녕하십니까? 시청자 여러분. 〈역사 다큐멘터리 그것도 모르시나요〉의 윤문주입니다. 오늘은 여러분과 함께 이미애씨를 따라 14년 전, 6월 항쟁의 현장으로 나가볼까 합니다. 1987년 6월 10일. 〈박종철군 고문살해 은폐조작 규탄대회〉 이후 연일 이어지는 시위의 신호는 오후 6시 국기하기식의 애국가였습니다.

이미애 오후 6시.

애국가 시작.
점차 시위대 소리가 커지면서 애국가를 압도한다.

이미애 지나던 차량들은 경적을 울렸어.

모두함께 (차량 경적 시위)

이미애 학생들이 몰려오고,

학생1,2 한열이를 살려내라. 한열이를 살려내라.

이미애 노동자와 회사원들도 함께 하고,

회사원1,2 (플래카드를 들고) '호헌철폐' '직선쟁취'

이미애 성직자들까지 거리로 나섰지.

성직자1,2 (플래카드를 들고) 최루탄을 쏘지 마라. 최루탄을 쏘지 마라.

노동자1,2의 플래카드를 중심으로 함께 대형을 짜면서 구호를 외친다.
관객들을 시위에 참여한 시민들로 삼아 대형을 갖춘다.
학생1이 앞으로 나선다.

학생1 (구호를 외친다) 호헌철폐, 직선쟁취, 호헌철폐, 직선쟁취.
노래패가 무대에 등장하면서 상황보고극이 종료될 때까지 노래를 부른다.

함께가자 우리 이 길을 투쟁 속에 동지 모아 / 함께 가자 우리

이길을 동지의 손 맞잡고 / 가로질러 들판 산이라면 어기어차 넘어주고 / 사나운 파도 바다라면 어기여차 건너주자 / 해 떨어져 어두운 길을 서로 일으켜주고 / 가다 못 가면 쉬었다 가자 아픈 다리 서로 기대며 / 함께 가자 우리 이 길을 마침내 하나됨을 위하여.

이미애 나는 보았지. 그 엄청난 힘을.

모두함께 엄청난 힘을.

이미애 공동의 적을 향해 굳게 뭉친 우리들의 힘.

모두함께 우리들의 힘.

이미애 그때, 형의 목소리를 들었지.

모두함께 "너 무얼 하니, 너 무얼 하니"

이미애 눈물을 흘리며, 거리를 헤매 다녔지.

모두함께 함께 살아가는 세상의 아름다움. (이미애와 어깨를 겯는다)

이미애 형은 알고 있었구나.

모두함께 결코 꺾이지 않을 우리들의 힘.

사회자 (시그널음악과 함께 등장하여) 1987년 6월, 그 거리에서 함께 했던 많은 사람들의 마음을 잊어서는 안 되겠습니다. 이상으로 〈역사 다큐멘터리 그것도 모르시나요〉를 마치겠습니다. (인사한 후, 극인물 윤문주로 돌아와서 오태영에게) 표정이 왜 그런데예? 다른 사람들은 이해가 된다는 표정인데, 우예 벌레 씹은 표정인교.

오태영 이야기 끝입니까?

윤문주 뭐가 모자라는교?

오태영 선배 만난 이야기는 없었잖아요.

윤문주 이 사람이 자다가 남우 다리 끌라. (주변 사람들을 차례로 가리킨 후) 아직도 모르겠는교?

오태영 ….

이미애 그날 거리에서 만난 사람들이 모두 선배지요.

오태영 예—에?

이미애 내가 올바르게 살아갈 수 있도록 일깨워주었으니, 그 거리에서 만났던 사람 모두가 선배인거지요.

오태영 하지만예, 6월 항쟁도 실패로 끝난 거 아입니꺼? 그 뒤 대통령 선거에서 완전히 죽 쑸붓다 아입니꺼.

최민수 니가 언제 대통령 보고 살았나?

오태영 야, 임마. 그래도….

최민수 아직도 말귀를 몬 알아묵겠나. 이 부장님 말씀은 '다른 사람을 믿지 않고 쉽게 절망해서는 안 된다' 이거 아이가.

오선영 역시, 오빠가 최고야. (박수) 한 사람, 한 사람은 힘이 약하지만, 같은 뜻으로 함께 뭉쳐서 나아갈 때 큰 힘을 가질 수 있다는 사실을 우리는 노조건설 과정에서 알게 됐지 않습니꺼?

최민수 서로 믿고 의지하는 게 그만큼 중요한기라요.

조금 전부터 멀뚱하게 있던 오태영이 갑자기.

오태영 '세상이 그대를 속일지라도 슬퍼하거나 노하지 말라 / 참고 견디면 마침내 좋은 날이 오리니' 라는 말 아이가.

일 동 아—이—다!

일동, 웃는다.

윤문주 자, 사회자로서 진행을 해야 되겠심더. 아 참, 이부장님이 이야기부터 마무리 하이소.

이미애 (관객에게) 주제넘게도 못난 제 이야기를 오래 한 것을 용서해주시기 바랍니다. 박선희씨나 여러분의 생각은 충분히 이해합니다. 원칙을 지킨다는 건 정말 중요한 일입니다. 하지만, 그 원칙 때문에 소중한 사람을 잃어서는 안 된다는 것이 제 생각입니다. 우리는 우리의 삶을 억압하는 공동의 적과 맞서야 합니다. 그러기 위해서는, 우리 안에서 누구는 되고 누구는 안 되고 하면서 편을 갈라 싸움 할 것이 아니라, 화해와 포용의 정신으로, 상극이 아니라 상생의 정신으로 모두를 함께 묶어야 한다고 생각합니다. 자기의 잘못을 솔직히 인정하고, 새로운 출발을 하겠다는 다짐은 아무나 할 수 있는 게 아닙니다. 이건수씨는 왜 자기가 그런 잘못에 빠져든지를 알고 있습니다. 자기 잘 되면 그만이라는 어리석음에서 벗어나 함께 사는 세상의 참 의미를 이해하기 시작한 겁니다. 어렵게 일어서는 그의 손을 우리가 잡아주어야 하지 않겠습니까?

오태영 맞심더. 맞심더. 박수, 박수.

윤문주 그럼, 이건수씨를 역할놀이에 참여시키자는 분….

오태영 (말을 끊으면서) 손은 무슨 손인교, 그냥 같이 하는 거지예.

최명선 맞심더. 같이 하이시더. (이건수 쪽으로 선다)

최민수 me too. (이건수 쪽으로 선다)

오선영 그럼, 나도. (이건수 쪽으로 선다)

윤문주 어, 아까는 반대라 카디.

오선영, 최명선 아까 꺼 취소.

윤문주 사실은 나도 그 쪽인데 (슬며시 이건수 쪽으로 선다) 그렇지만, 민주주의적으로 투표는 해봐야겠제. (관객에게) 이건수씨를 역할놀이에 참여시키자는 분들은 손을 번쩍 들어주이소.

박선희를 제외한 모두가 관객석을 돌며 거수를 유도.

윤문주 오늘 이 자리에 오신 673명 중에서 (박선희를 가리키며) 단 한 명만 반대하고 전부 찬성입니다. 박수.

이건수 (다른 사람들에게 축하를 받는다)

박선희 잠깐.

일동 긴장하여 박선희를 본다.

박선희 같이 하긴 하는데, 조건이 있다.

이미애 선희씨, 뭔데요?

박선희 이 세상의 원수는 다음 세상에서 부부로 만난다 카던데, 역할놀이할 때 저 원수를 아빠로 하고, 나를 엄마로 해주믄 찬성하겠심더.

모두 웃고.

박선희 (이건수에게 다가가서) 이선생, 미안하게 됐심더.

이건수 아입니다. 원래부터 내가 잘못했는긴데요.

박선희 제 성질 고약한 건 알지예. 그렇지만, 좋을 땐 한 없이 좋다는 것도 알아야 합니데이. (손을 내민다)

이건수 고맙심더. (손을 잡는다)

오태영 어이, 이런 좋은 자리를 유식한 말로 뭐라카노?

최민수 (멈칫)

일동, 최민수를 바라본다.

최민수 어흠, 자왈(子曰), 태산.
오태영 태산!
최민수 반점.
오태영 반점?
최민수 중화요리.
오태영 중-화-요-리. (고개를 갸웃)
최민수 신속배달이라!
오태영 에라, 이 미친. (주먹을 쥐고 달려든다)
최민수 (죽어라 내뺀다)

최민수 뒤를 오태영이 뒤따르고, 그 뒤를 오선영이 뛰어가고.

박선희 여기 모인 분들을 너무 오래 기다리게 했네예.
이미애 그래요, 빨리 모여서 시작합시다. 우선 내용부터….

배우들이 의논하고, 간단한 소도구 준비하는 동작을 경쾌한 음악에 맞추어 진행.
촌극에 참여하는 배우들은 준비하러 나가고.

이미애 (배우 선발에 참여했던 관객에게 다가가서) 아까 배우로 못 뽑혀서 섭섭했지요? 예, 맞지요. 이해합니다. 그래서 제가 아저씨를 출연시켜 드리려고 이렇게 찾아 왔습니다. (종이를 건네주며) 이게 대사입니다. 한 번 읽어보세요.

관객배우 힘내세요. 우리가 있잖아요. 파이팅!

이미애 잘하시네요. 우리가 하는 촌극의 마지막에 가서 제가 손짓하면, 아저씨가 이 대사를 멋있게 해주시면 됩니다. 그러면 여기 계신 관객 모두가 큰 소리로 '파이팅!' 하고 답을 해줄 겁니다. 잘 아시겠지요? 미리 연습 한 번 해볼까요?

관객들을 연습 시킨다.

이미애 예, 좋습니다.

준비가 끝난다.

이미애 지금부터 '해고 및 비정규직 노동자를 위한 문화마당'을 축하하는 연극공연 〈영희의 일기〉를 시작하겠습니다. 뜨거운 박수를 부탁드립니다. 자, 시작!

흥겨운 음악이 나오며 연극을 시작한다. 극중극의 인물로 분장한 배우들이 무대로 들어선다.

이하 공연장면에서는 과장된 연기와 적절한 음향과 음악의 사용은 필수. 이미애는 촌극의 연출가로 무대 위에 있으면서 극 진행을 돕는다.

영희 (관객에게 인사를 하고) 저의 이름은 영희입니다. 제 나이는 열 살이구요. 여러분에게 저의 가족을 소개해드리겠습니다. 먼저, 저의 아빠이구요, 그 다음에 저의 엄마예요. 그리고 여섯 살짜리 제 동생입니다. 부자는 아니지만, 우리는 행복하게 살았습니다. 어느 날 갑자기 아버지가 해고당하기 이전까지는요. (극중 사장 등장) 지금 나오는 사람이 그 못된 사장입니다.

극중 사장 구조조정 실시! 해고! 명예퇴직! 계약직 사원!

아빠 (긴장)

극중 사장 (아빠의 손에 봉투를 하나 쥐어 주고 간다)

아빠 (손을 떨며 봉투를 뜯어 읽는다) 그동안 열심히 일 해준 귀하의 노고에 감사드립니다. (더 이상 읽지 못한다)

엄마 해고!

힘든 아빠를 위로하는 엄마, 가족들이 서로 위로하는 몸짓.

영희 같이 해고를 당한 아저씨들과 함께 아빠는 회사 안에서 농성을 시작했습니다.

엄마 아무리 줄여도 생활이 안 돼요.

아빠 조금만 더 버텨보자구.

엄마 부업거리라도 찾아야 할 텐데.

아빠 염려마, 설마 산 입에 거미줄 치겠어.

영희 아빠의 퇴직금을 까먹어가면서 먼저, 아빠의 프라이드가 날아갔습니다. (그림으로 만든 자동차가 날아간다) 결국 아빠의 돈은 모두 날아가고 말았습니다. (커다란 돈뭉치가 날아간다) 아빠는 농성장에도 나가지 않고, 술독에 빠졌습니다. (아빠가 술병을 찾는데 안 보인다)

이미애 (당황해서) 술병. 술병 어디 갔어? (술병을 집어다 준다)

영희 (수습하느라) 술병이 이제야 나타났습니다. 술병도 술이 취한 모양입니다. 집안은 매일 싸움판이었습니다. (아빠와 엄마의 싸움하는 연기가 길어진다)

이미애 그만 싸우고, 다음 장면 넘어가.

영희 아! 싸움도 지겹구나. 하지만 대책이 없었습니다. 저와 동생은 학원도 그만 두어야 했습니다.

동생 엄마, 짜장면 한 그릇만 먹었으면 좋겠다.

엄마 아빠가 다시 취직되면 그때 사줄게.

동생 엄마, 아빠, 미워. 미워. 지금 먹고 싶단 말이야.

엄마 조금만 더 참자, 응. 언니 봐라. 잘 참고 있잖아.

영희 나… 도… 먹… 고 싶은데.

아빠 (주먹을 치켜든다. 술에 취해 있다)

영희 (동생을 데리고 도망간다)

엄마 (돌아서서 눈물을 흘린다)

영희 아빠가 다시 취직이 되면, 니가 가지고 싶은 걸 다 해주실 거야. 짜장면 말고 뭐하고 싶은데?

동생 예쁜 옷 하나 사주면 좋겠다. 언니는?

영희 나는 영어학원에 다시 다니면 좋겠다.

동생 유치원에도 다시 가야지?

영희 그래, 니 유치원부터 먼저 가거라.

동생 언니야부터 가라.

영희 나는 집에서 해도 된다. 니가 가거라.

동생 언니야, 우리 기도하자. 아빠를 취직시켜 달라꼬.

아빠가 다가와서 두 아이를 꼭 끌어안는다.

영희 힘을 내어 다시 농성장에 나간 아빠는 틈틈이 부업거리를 찾아보기도 했습니다.

용역회사사장 한 시간에 2200원씩이니까, 하루 네 시간 일하면 8800원, 한 달을 30일 잡고 꼬박 일하면,

아빠 이십육만사천 원밖에 안 되네요.

용역회사사장 밖에 – 안 – 되네요? 이 사람이 정신없구먼. 정부에서 정해놓은 법정 최저임금이 얼만지 알기나 해요? 시간당 2100원이예요.

아빠 2100원.

용역회사사장 내같이 마음 좋은 사람 만나서 조금이라도 더 받는 줄 알아요. 게다가 백화점 계단 청소일은 아무나 하는 줄 아슈. 싫으면 관두슈.

아빠 아닙니다.

열심히 일하는 아빠.

청소 아줌마 등장.

청소아줌마 사지가 멀쩡한 사람이 여긴 우짠 일인교?

아빠 그냥….

청소아줌마 빤하지 뭐. (일한다)

아빠 할 만해요?

청소아줌마 하믄서도 모르겠닌교? 하루에 딱 천 원씩만 더 받아도 좋겠구만. 아무 희망이 없다. 희망이….

아빠 ….

일하고 돌아온 아빠를 영희와 동생이 어깨를 주물러 준다.

영희 엄마가 학습지 교사로 나섰습니다. (용감하게 출근하는 엄마의 모습) 저는 금방 잘 살게 될 줄 알았습니다. 그런데 아니었습니다.

엄마 위탁계약직. 하루 10시간 근무! 수입 50만원. 교통비와 밥값 20만원. 실수입 30만원.

영희 몸이 약한 엄마는 회사를 그만두려 했습니다. 그런데, 또 나쁜 사람입니다.

학습지회사 보증예치금에서 손실금 보상!

영희 엄마는 낙담했습니다. 그러나 엄마가 누굽니까. 똑똑한 영희의 엄마가 아닙니까? 용감하게도 부당이익금반환 소송을 시작했습니다.

이미애 (엄마역의 윤문주에게) 기차 화통, 기차 화통!

엄마 (엄청나게 큰 소리로) 내 돈 돌리도!

영희 엄마, 아빠가 열심히 일했지만 월세로 옮겨가야 할 형편까지 되었습니다. 내가 살던 집을 떠난다고 생각하니, 너무나 슬펐습니다. 그때 아빠하고 같은 공장에서 일하던 아저씨들이 집에 찾아왔습니다.

동료1 (영희 아빠를 찾아온다) 여기 계셨구먼.

아빠 작업1반의 정형 아닌교?

동료2 나도 왔심더.

여성노동자 포장부에서도 왔어예.

아빠 김씨 아지매까지, 이렇게 늦은 밤에 어쩐 일로.

동료1 우리야 해고는 면했지만, 당최 마음이 편해야지요.

동료2 회사 안의 농성장도 찾아가고 싶었지만 위에 눈치가 보이가….

여성노동자 머리를 맞대고 의논했다 아인교.

아빠 그래 생각해주시는 거만 해도 고맙지요.

동료1 해고를 면한 우리끼리 의논한 게 있는데, 김형이 꼭 따라줘야겠수다.

동료2 무조건 따라야 해요.

아빠 대체 무슨 일이….

동료1 자, 내하고 같이 밖에 나갑시다.

여성노동자 눈감고 가이시더.

동료1과 2, 여성 노동자는 눈을 감고 있는 아빠를 데리고 나간다. 가족들도 따라 나간다.
관객들과 마주보게 선다.
아빠, 눈을 뜬다. 놀란다.

동료2 (관객을 가리키며) 여기 찾아온 사람들이 우리하고 뜻을 같이한 공장사람들입니다.

아빠 무슨?

동료1 해고를 면한 우리가 가만 있으면 안 되겠다고 생각하고.

동료2 열 사람들이 봉급의 1할씩 떼어서, 해고당한 가족 한 집씩 책임지기로 결정했심다.

동료1 함께 나눠 쓰면서, 우짜든지 견디어 보입시다. 무슨 수가 생기지 않겠는교.

여성노동자 노동 시간을 줄여서 일자리를 더 만들자는 이야기도 해 볼라캅니더.

동료2 (관객에게) 아재도 한 말씀 하이소.

관객배우 (이미애가 신호를 주면 큰 소리로) 힘내세요. 우리가 있잖아요. 파이팅!

동료1,2 여성 노동자, 관객 모두 파이팅!

이미애 다시 한 번.

모두 파이팅!

아빠 이럴 게 아니라, 집에 들어가서 시원한 맥주라도 한 잔.

동료1 이렇게 많은 사람에게 맥주를 우예 내겠닌교. 막걸리나 한 잔 하입시다.

여성노동자 우리가 준비 함시더.

아빠 아입니더. 이렇게 기쁜 날에는 아무리 어렵더라도 내가 내어야지요.

동료1 어허, 누구 콧구멍에 마늘을 빼묵는다 카디. 무슨 소리 하닌교.

아빠 그래도 내 집에 찾아 온 손님인데.

동료2 그카면 우리 작년 야유회 때 맨키로 줄다리기 한 판해서 결정하도록 하지예.

동료1 어, 그거 괜찮은 생각이네. 찾아 온 우리가 한편 하고, 김씨네 가족이 한편 하고.

아빠 좋심더. 해 보이시더.

동료2 아따, 성질이 급하기는 막걸리하고 안주부터 시켜 놓고 (전화기를 꺼내든다) 여보세요. 막걸리 배달되지요? 예, 안주거리도 있지요? 두부김치, 거 좋지요. 여기는 예….

막걸리 배달원 막걸리 몇 통을 가지고 등장.

동료1 아따, 빠르다 벌써 왔뿐네.

막걸리배달원 우리 가게 이름이 번개막걸리 아인교. 이 집에 좋은 사람들이 많이 왔다는 소식 듣고예, 든든하게 싣고 왔심다. 안주는 지가 공짜로 써비스 하겠심더.

동료2 일단 맛부터 보고. (한 잔 시원하게 한다)

동료1 어떤노.

동료2 (막걸리 잔을 넘긴다) 죽인다.

동료1 (주위 사람에게 권하면서) 오늘 한 번 잘 놀아 보이시더.

다섯째 마당
다시 출발의 길에서

공연장 밖에 줄다리기 준비가 되어 있다는 사실을 알리고 배우들이 관객들을 이끌고 밖으로 나간다. 공연장 밖으로 나온 배우들은 참여관객의 수를 적당히 양분하여 배치한다. 줄다리기 판에서는 풍물도 치고, 막걸리도 마실 수 있도록 배치하여 흥을 북돋우어 준다. 이때부터는 대본에 따른 연극은 끝이 난 것이며, 배우와 관객의 구분이 없어진다. 줄다리기를 위한 준비가 어느 정도 되면 이미애가 마이크를 잡는다.

이미애 줄다리기는 농사가 잘 되기를 비는 농민들의 마음이 담겨져 있는 놀이입니다. 서로 힘을 합하여 줄을 당기면서, 한 해의 고된 농사일을 함께 해쳐 나갈 준비를 하였습니다. 오늘 이 자리에 함께 선 우리들도 험하디 험한 세상살이를 함께 헤쳐 나갈 마음을 나누어야 하겠습니다. 지금 줄을 잡고 선 우리의 마음이, 아니 이 자리에 함께 한 모두의 마음이 하나가 되었음을 믿으며, 암줄과 숫줄을 연결시키겠습니다.

암줄과 숫줄을 거는 과정에서 서로 기싸움도 벌이면서 흥을 돋운다.
마침내 연결이 되면, 이미애가 시작을 알린다.
양편이 줄다리기에 매달려 승패를 가린다.
승패가 갈려, 승자 쪽을 선언하고 나면, 같이 어울려 춤도 추는 뒷풀이로 연결 한다.
더 이상 연극이 아니라, 같이 힘을 모아 줄을 당긴 사람들, 구경꾼 모두가 마음 편하게 어울리면서 이야기를 나누는 자리로 만들어야 한다.
자연스럽게 그 자리가 파해지면, 공연도 끝나는 것이다.

아름다운 사람, 아줌마 정혜선

초연 무대

기간 : 2000. 4.28 – 4.30

연출 : 공동연출

장소 : 예전 아트홀

배우(1팀) : 박연희(정혜선), 서미화(조은정)

배우(2팀) : 송희정(정혜선), 박희진(조은정)

등장인물

정혜선 : '여성만의 큰 잔치' 초청 강사
조은정 : 여성운동단체의 활동가
홍광표 : 정혜선의 전남편
윤실장
공장 직원
조태오 : 정혜선의 남편
점쟁이
영주
아버지
직장동료 1, 2, 3, 4
김씨 아줌마

무대

이 작품은 삼면 무대가 적절하다. 특별한 무대장치는 필요하지 않으며, 사각형의 나무 상자 하나 정도를 이용하여 의자나 탁자 등등으로 사용하면 될 것이다. 무대 배경에는 남녀의 참다운 사랑을 상징하는 걸개그림을 건다. 극중공간과 공연공간이 일치되는 효과를 얻기 위하여 공연장 내부에 행사 순서 안내표를 붙이고, 공연장 바깥에 〈경축, 제5회 여성만의 큰 잔치〉 등 행사를 안내하는 각종 현수막을 붙여 둔다.

공연을 위한 조언

1. 이 작품에 등장하는 인물들은 두 명의 여자 배우가 나누어 맡는다. 배우1이 연극을 이끌어 가고 배우2는 다양한 역할과 방식으로 극에 개입한다. 배우1은 정혜선, 아버지, 홍광표, 점쟁이, 영주님, 조태오 역을, 배우2는 막내, 공장 노동자1, 2, 3, 4, 윤실장, 신도1, 김씨 아줌마 역을 맡는다.

2. 배우 1과 배우 2는 판소리 창자와 고수의 관계, 혹은 무극(巫劇)의 주무(主巫)와 조무(助巫)의 관계와 같다.

3. 배우들은 관객이 입장할 때 이미 무대에 나와 있으며, 공연이 끝날 때까지 퇴장하는 일이 없다.

4. 극장으로 가는 길목에도 〈경축, 제5회 여성만의 큰 잔치〉등의 현수막 및 깃발 등을 적재적소에 붙여 두기 바란다.

5. 정혜선이 남편에게 맞는 연기를 하면서 무대가 암전되었다가 다시 밝아지는 부분(214쪽)이 있다. 여기서는 배우=연기 하는 자/관객=연기를 보는 자의 관계가 역전이 된다. 무대가 다시 밝아졌을 때, 배우(정혜선)가 오히려 관객 자신을 구경하고 있는 역전의 느낌을 관객들이 가질 수 있도록 만들어 주기 바란다.

1.
판 열기

관객들이 극장에 입장을 하면, 조은정이 객석 사이를 다니면서 관객들과 인사를 나눈다. 관객들을 〈제5회 여성만의 큰 잔치〉에 찾아온 손님으로 설정하고 이야기를 나눈다. 공연시간이 되면 조은정이 무대로 돌아간다.

조은정 안녕하세요? 여러분. 〈제5회 여성만의 큰 잔치〉의 사회를 맡은 놀이패 아사녀의 막내동이 조은정 인사 올립니다. (인사한다) 감사합니다. 잘 아시다시피, 미스코리아 선발 대회가 여성을 성 상품화한다는 데 인식을 같이 한 여성들이 모여, 외모만 예쁜 여성보다는, 자신의 삶 자체를 아름답게 살아가는 여성을 위한 자리를 만들어보자는 취지에서 〈여성만의 큰 잔치〉를 시작하였습니다. 벌써 5회째가 되었네요. (관객을 지명하면서, "이분은 매년 이 자리를 찾아주신 분입니다", "이분은 찬조 물품을 보내주신 분입니다" 등 그날의 분위기에 맞추어 즉흥적으로 소개한다) 이 모든 분들에게 우리 다 같이 박수 한 번 쳐드릴까요? (관객의 박수) 감사합니다.
오늘 이 자리는 여성들의 불만을 허심탄회하게 풀어놓고 의견도 주고받고, 마음속에 쌓여 있는 울분을 털어내기 위하여 마음껏 소리도 질러 보는 그러한 곳입니다. 여성을 위한 행사이기는 하지만, 여기 계신 남성분들도 적극적으로 참여하실 수 있습니다. “나는 여자들에게 이런 저런 일들로 피해를 입었다. 억울하다” 이런 이야기도 괜찮습니다. 그러면 오늘의 전체 일정을 잠깐 소개해 올리겠습니다. 1부에는 초청 강연이 있고, 2부에는 여기 오신 분들이 참여하셔서 엮어나가는 5분 발언대 ‘한 말씀하겠소!’, 그리고 3부에는 오늘 행사의 하이라이트인 ‘장한 여성 뽑아보기’의 순서로 이어지겠습니다.
끝까지 뜨거운 열기로 지켜 보아주시고, 적극적으로 참여하셔서 가정에서, 직장에서, 사회에서 쌓이고 쌓여온 스트레스를 쫙 날려버리시기 바랍니다. 그럼, 가볍게 몸도 풀 겸해서 노래와 율동을 배워 보도록 하겠습니다.

둥당덩 둥당덩 덩기둥당에 둥당덩
둥당에디아– 둥당에 디아–
덩기둥당에 둥당덩

솜버선 솜버선 외양목에 솜버선
시엄시 줄라고 해다가 놨더니
어느나 년이 다 둘러갔나
덩기둥당에 둥당덩

날씨가 좋아서 빨래를 갔더니만
모진놈 만나서 돌베개 베었네
덩기둥당에 둥당덩
솜버선 솜버선 외양목에 솜버선
신을줄 모르면 남이나 주지

신었다 벗었다 부싯집 맹근다
덩기둥당에 둥당덩

조은정 (별로 반응이 없는 관객을 찾아가서) 이분은 강연 들을 걱정 때문에 아무 것도 하기 싫은 모양이네요. 학교 다닐 때부터 수업시간만 되면 머리가 지끈지끈, 배는 싸리싸리 하다가도, 종소리만 딱 나면 만병이 씻은 듯이 사라지던 증세가 있었지요? (관객의 답을 듣는 시늉) 예? 맞답니다. 제가 귀신이지요-가 아니고, 강연회란 말만 들어도 이분과 같은 증세를 보이는 분을 많이 보아서 그렇습니다. 이런 병은 어디서 오는가하면, 강연회에 오신 분들이 대체로 뜬구름 잡는 소리나, 호랑이 수염 잡아당기는 이야기만 해놓고는 훌쩍 가버리기 때문에 생긴 증상입니다. 막말로, 들으나마나 한 이야기이라서 허탈하다, 이런 말씀이지요. 그래서, 우리는, 올해, 전혀, 완전히, 새로운 강사님을 모셨습니다. 자신의 경험담을 구수하게 풀어가면서, 영양가 높은 이야기를 재미있게 들려주시는 분으로 소문이 뜨르르하게 난 아줌마 한 분을 특별히, 어렵게, 초청하게 되었습니다. 늘 아줌마라고 꼭 소개해 달라고 하시는데요, 처녀라고 오해할까봐 그러는 게 아니고, 아줌마라는 이름을 자랑스럽게 여기자라는 뜻이라고 하네요. 그럼 아름다운 사람이란 제목으로 강연해주실 정혜선 님을 큰 박수로 환영해주시기 바랍니다.

정혜선 (수줍게 인사한다. 말을 약간씩 더듬으면서) 만나서 반갑습니다. 정혜선입니다. 별 재주도 없는… 저를 이 지역에서 유명한 행사인… 여성만의 큰 잔치에 불러주셔서 영광입니다. 에… 원래 이런 자리에는 명성이 높으신 선생님이… 오셔서… 여러분에게 피가 되고 살이 되는 이야기를 해주셔야 되는데, 별로 아는 것도 없고,… 특별한 말솜씨도 없는… 저 같은 아줌마의 이야기가 얼마나 도움이 될지 모르겠습니다. (손으로 이마의 땀을 훔친다)

조은정 (손수건을 가져다주며) 아줌마, 마음 편하게 이야기하세요.

정혜선 (땀을 닦으면서) 은정아, 노조가 주최하는 모임에서는 이야기 몇 번 해봤다마는 내사 이런 자린 처음 아이가. 그라고 오늘 오신 분들은 그런 데에서 만난 분들하고는 느낌도 다르네. 품위가 있어 보이는기라. 그라이 내가 주눅이 들어 안그라나.

조은정 (관객을 휙 둘러본다)

정혜선 맞제.

조은정 (관객 두어 명을 손가락으로 지적하면서 고개를 묘하게 흔든다) 아줌마도 잘생긴 남자를 보면 떨리는 모양이지요? 내만 그런 줄 알았더니.

정혜선 에헤, 와 이카노. 어서 들어가거라. (관객을 향하며) 어데까지 이야기 했지예? 아, 재주 없는 지가 어떻게 해서 이 자리에 나왔나 하면예. 두 달 전인가 노조 문화패에서 결혼을 앞둔 처자들을 잔뜩 모아 놓고 이야기 좀 하라 캐서 할 수 없이 내가 살아온 이야기를 했디이, 그게 재미있다고 여기저기서 자꾸 해달라캐서 이래 됐뿟다 아입니꺼. (관객으로부터 무슨 소리를 들은 듯) 그게 아입니더. 원래 유명해서가 아이고예, 노조의 문화패 짱이 지 남편이거든예, 돈은 한 푼도 없는데 행사는 해야된다꼬 살살 꼬실리서 그만 이래 설치게 됐심더. (목소리를 가다듬고) 사실은예, 지가 하고 싶은 말은 이겁니다. 오늘 지가 하는 이야기가 재미가 없거든예, 왼손바닥을 오른 손바닥에 열심히 때리서 분을 풀고예. 지 이야기를 듣다가 잘한다 싶으면 오른 손바닥으로 왼손바닥을 사정없이 마구 때리면서, "니 잘한다"카고 소리도 한 번씩 질러 주이소. 부탁합니데이. 그라마 이야기를 시작할께예.

장단에 맞추어 가벼운 춤을 추면서, 젊어 보이는 색깔의 웃옷을 걸친다.

2.
잘못된 시작

정혜선 어떻습니꺼? 괜찮아 보이지예? 올 해 지 나이가 서른 둘이라예. (관객의 소리) 뭐라꼬예? 스물로 보인다고예. 그라는 아지매도 마찬가지니더! (관객의 반응) 스무살 처자라고요? 미안합니데이. 요새 지 눈이 이상해서- (분위기를 수습한 후) 지가 이렇게 젊어 보이는 건 하루하루를 재미있고, 신명나게 살아서 그럴거라예. (관객의 소리) 왜 그러냐고예? 하, 성미도 급하시긴, 지금부터 지가 드릴 말씀이 바로 그겁니다. 사는 재미가 왜 쏠쏠 하느냐 하면예, 5년전쯤 처녀 시절로 되돌아가서 이야기를 시작해야 됩니더.

장구 장단.

정혜선 저는 1남 2녀 중에서 장녀로 태어 났심더. 딸, 딸, 아들의 순서로 태어났지예. (남성 관객을 가리키며) 아들 하나 얻는다고 우리 어머니가 고생 많이 했어예. 고추가 뭔지… (웃는다) 일생을 평범하고 성실한 공무원으로 살다 가신 아버님은 경상도의 전형적 남자였심더. 잘 알지예?

장구 장단.

아버지 (귀가하는 시늉, 벨을 누른다) 내다. (들어온다) 아는? (옷 벗는다) 밥 가주 온나. (아무 말 없이 밥 먹는다) 물 가주 온나. (물 마시고) 신문 도. (신문 본다) 재떨이- (담배 피운다) 자자.

정혜선 (그때 관객에게서 무슨 이야기를 들은 듯) 존나? 에이-. 사실 결혼할 때까지 세상 사람들이 다 우리 집같이 그래 사는 건 줄로만 알았어예. 어머니는 아버지의 적은 봉급을 쪼개서 알뜰살뜰 살림을 꾸려 나갔고, 우리들도 별 탈 없이 그냥그냥 컸지요. 저 바로 밑의 여동생은 뭘 하든지 악착같이 하는 성질인데 비해서, 저는 뭐든지 대충 대충하고 살았어예. 대학도 남들이 가니까 점수 맞차가지고 갔심더. 대학도 그럭저럭 졸업하고, 백조생활로 들어갔거든예. 지는 '방콕' 하는 게 좋은데… (무슨 소리 들은 듯) 태국에 간 게 아니고예 방에 콕 처박혀 지내는 게 방콕 아인교. 아버님은 난리라예, 취직하라꼬. 그래서 공무원 시험이나 쳐볼까 하면서 시험 삼아 쳐본 시험에 뚝딱 미끄러지고, 정신 차려 시험 쳤으나 또 떨어지고…. 어쩔 수 없이 아버님이 소개해준 조그마한 사무실에 나가 비서 겸 경리 겸 일꾼 겸해서, 시간을 보내고 있었습니다. 내 인생에 대한 뚜렷한 목적도 꿈도 없었으니 당연한 결과 아이겠심니꺼? 지금 돌이켜 생각해보면, 아무런 꿈도 없이 살았다는 게 신기할 뿐이라예. 세상을 그만큼 몰랐던 거지예. 그러다가 "에라! 시집이나 가자"라는 마음으로 선을 보게 되었심다.

선을 보러 가기 위해 단장한다.

정혜선 (새침한 표정으로 앉아서) … 저도 커피… (입을 가리고 예쁘게 웃는다) 호호호… 그럼요, 남자는 안정된 직장이 최고죠… 취직보다는 신부수업이 훨씬 덕이라고 생각해서… 예, 그래요. 용돈이라도 벌까하고 나가는 거죠.… 결혼하면 남편을 편안하게 모셔야죠.… 남자는 바깥일에만 신경을 쓰도록 하고 싶어요.… 요리 학원에 다닐 생각이에요.… 궁중요리를 배워서 매일 같이 잔치 음식을 차리고 싶어요.… 호호호…

동일한 선 보는 동작을 말없이 빠르게 두 번 되풀이 한 후.

정혜선 선 봐서 결혼하기가 참 어렵데예. 선보는 자리라는 게 사람 자존심을 팍팍 긁어 놓는 자리 아이겠심니꺼? (관객에게) 제 말 공감하지예? 맞심더. 흔히 말하듯이 넘고 쳐져서 마음먹기가 쉽지 않았심더. 첫눈에 반할만한 신랑감을 한 사람 보기는 했지예. 그란데, 선 보는 자리에서 바로, "통장에 오천만 원쯤 들어 있겠지요?"하고 묻는 바람에 놀라서, 뜨거운 커피를 그대로 삼켰다가 속이 홀라당 디어 버렸다 아인교. 어떤 사람은 "요새도 차 없는 사람이 있네요" 카면서 속을 퍽퍽 긁어 놓데예. 지 역시 그랬지만예, 사람을 보기보다는 상대방의 호주머니를 보는 사람밖에 없십디더. 선 보는 횟수가 늘어나면서, 스트레스도 팍팍 쌓이데예. 꽃띠가 어떻다는 둥, 똥차에 밀려 세단차가 못 간다는 둥, 집에서도 자꾸 눈치 주고, 그카다 보이 내가 이래 못났나 하는 생각도 들면서, 마음이 초조하고 급해지데요. "에라, 누구라도 내 좋다카면 얼른 가자" 이런 마음이 들기 시작했심더. 그때 옛날 신랑을 만났다 아입니꺼. (웃는다) 옛날 신랑이라 카이 이상하지예? 눈치 채싰겠지만, 전 남편이랑 이혼하고 지금 남편이랑 재혼했심더. 이전에는 이혼했다고 말 하는 게 부끄럽기도 했는데예, 지금은 당당하게 말 할 수 있심더. 왜 그러냐고예? 지금 제가 말씀 드릴라는 게 바로 그 이야기 아입니꺼. 이혼을 왜 했는가 하면예, 남편의 주먹질 때문이었심더. 사람 패기를 여사로 알아서 사흘 두리로 패는데 견딜 수가 없었심더. (흥분) 혹시 여기 매 맞고 사는 사람 있으면 하루 빨리 청산 하이소. 약한 여자를 때리는 남자만큼 못되먹은 인간이 없는 기라요. 그런 인간들은 싸그리 끌어 모아 태평양에 콱. (북소리)

조은정 아줌마, 아줌마. 진정하세요. (물을 가져다준다) 아줌마는 매 맞는 여자 이야기만 나오면 어떻게나 흥분하는지 옆에서 보기가 겁나요.

정혜선 그때만 생각하면 말이다, 속이 확 뒤집힌다 카이. 우째 그리 살았는지 … (진정하면서) 후유~. 마음을 갈아 안차야지 하면서도 늘 안 되네. 여기서도 맞아본 사람이라면 내 마음 잘 알끼라. (큰 숨을 몇 번 쉬고, 관객을 향해) 미안합니데이. 그때 일만 생각하면 가슴이 뛰고, 혈압이 솟구쳐서 …. 지가 남편의 손버릇이 나쁘다는 것을 처음 안 것은 결혼하기 직전이었심더. 아버님의 친구 분의 소개로 만났는데예, 특별하게 감정이 끌리는 것도 없었지만, 싫은 것도 아니어서 몇 번 만나다가 결혼 이야기가 오가게 되면서 일이 급진전 되었심더. 신랑은 자동차를 판매하는 일을 하고 있었고, 나이가 제보다 여섯 살이 많았는데예, 주위의 어른들은 신랑하고 나이 차이가 많으면 사랑받는다고 하데예. "남자 다 똑 같데이. 이래 만난 것도 인연인기라. 여자하기 나름 아이가. 남자를 하늘 겉이 여기고 살면 되는기라" 그 말을 믿기로 했심더. 결혼하기로는 했지만 이 남자가 날 사랑하는지, 나는 그 남자를 사랑하는지 알 수 없었지예. 그러던 어느 날, 결혼하기 전에 친구들 만나서 소개하고 같이 저녁도 묵고 그런 자리 있잖심니꺼. (관객의 소리) 맞심더, 댕기풀이. 그 자리에 갔다가 돌아 오늘 길이었심더.

홍광표 (경직된 목소리) 혜선아! … 앞으로 얌전하게 행동해야 되겠더라. … 이해가 안 간다꼬? … 니 그렇게 헤픈 여자였더나? … 무슨 소리냐니, 니가 한 짓을 니가 모른단 말이가 … 야가 큰 일 낼 아 아이가 … 니 왜, 두식이하고 눈 맞추고 난리야 … 내가 봤는데도 거짓말 하네 … 그라고, 현준이하고는 왜 술잔을 돌리고 지랄이야, 지랄이 … 뭐,

억지 부리지 마라고 … 내가 두 눈으로 똑똑히 보고 카는 데도 빡빡 대드네 … 뭐라구? 이런 년이 있나? … 와 '년' 을 보고 '년' 이라 카는 게 잘못됐나? 이년아! … 이게 이야기 하다 말고 어데 가노? … 야! 니한테는 내말이 말 같지 않제 … 헤어져? 에이 썅- (뺨을 때린다)

정혜선 (뺨을 만지면서) 눈에 불이 번쩍하는데, 온 몸에 힘이 쫙 빠져나가데예. 태어나서 그때가지 누구에게도 맞아본 적이 없었는데, 길거리에서 뺨을 맞다니요! 그대로 뒤돌아서서 집으로 와버렸지예. 집에 올 때에는 파혼을 선언하겠다는 마음이었는데, 막상 부모님 앞에서 입이 안 떨어집디더. 몸이 아프다는 핑계를 대고 그냥 방으로 들어갔지예. 분한 생각에 밤새 뒤척이다가 새벽이 되었는데, 광표씨가 집으로 찾아 왔데예. 놀란 부모님께 대충 인사하고는 방으로 들어와 다짜고짜 무릎을 꿇고 엎드려 빌기 시작했심더. 정말 놀랐지예. 밤에 잠을 못자서 그런지 얼굴이 꺼칠해진 사람이, 출근도 하지 않고 집으로 달려와서는 눈물까지 흘리면서 잘못 했다고 비는데, 어제의 분한 마음이 눈 녹듯이 사라집디더. 나를 너무 사랑하다보니 자기가 이성을 잃었다면서, 이번에 용서 해주면 다시 그런 일이 없겠다 카데예. 그때 가슴 저 밑에서부터 싸한 무엇이 밀려 올라오면서 나도 모르게 같이 울고 말았심더. "아, 이 남자가 나를 정말 사랑하고 있구나. 사랑하다가 보니 질투가 나서 그랬구나. 내가 너무 속이 좁았구나." 둘이 손 붙잡고 엉엉 우는데, 놀란 부모님이 달려오시지 않았다면, 하루 종일 울었을지 몰라예.

조은정 히야, 멋있다. 사나이의 눈물이라. 고등학교 때 영화를 보다가, 눈물 흘리는 주윤발을 보고 완전히 반했지요. 싸나이의 눈물은 여자를 약하게 만든다!

정혜선 쯔쯔쯔-, 저 방정맞은 조동아리. 그때 조심해야 되는기라. 가정에서 폭력적인 남자들이 바깥에서는 인간성 좋은 사람 소리 듣는 거 모리나? 결혼하기 전이라면 애초에 그만 둬야 된데이. 여자한테 손질하는 인간 그 버릇 고치기 정말 힘든기라. 내 봐라. 그때 누가 내한테 이런 이야기만 해주었어도 내 인생이 달라졌을낀데 … (관객을 향해) 말 난 김에 여기 있는 처자들한테 해줄 말이 있는데요. 연애 시절에 주먹질 하는 남자하고는 애초에 헤어지뿌이소. 그 남자가 세상에서 제일 잘 생긴 사람이라케도 결혼, 절대 안 됩니더. (조금 망설이는 관객에게) 그게 어렵다면, 그 다음 방법이 버릇을 고쳐서 같이 사는 건데, 이건 좀 힘이 들어서 배우기 어려울 거라예. 관둡시더.

조은정 가르쳐 줘요.

정혜선 안 된다. 마, 못 들은 거로 해라.

조은정 그라이, 더 궁금하잖아요. (관객에게) 여러분도 듣고 싶죠?

정혜선 이 방법은 내가 오랫동안 연구해서 찾아낸 건데, 기냥 알리줘도 괜찮을라나? (관객석의 반응을 살펴보고는) 까짓거 인심 한 번 썼다. 그 방법이 뭐냐 하면, (조은정에게) 따라 해봐라. '결-사-항-전' (조은정 따라한다) '발-본-색-원' (조은정 따라한다).

조은정 결사항전, 발본색원? 이거 무슨 말인데요? 너무 어렵다.

정혜선 잘 들어 봐라. 주먹을 휘두르는 남자의 버릇을 알게 되는 순간에 말이다, "결사적으로 대어 들어 싸워서는, 남자가 주먹을 다시 쓸 수 없게 무력화(無力化)시키고는, 주먹질 하는 버릇의 싹수를 아예 짤라버린다"는 말이다. 이해되나?

조은정 (이해가 되지 않는 표정) ….

정혜선 다시 설명해줄게예. 만약 남자한테 한 방 맞았다. 맞는 순간에 그곳이 어디든 상관 말고, 무조건 소리를 질러야 돼요.

조은정 (비명을 지른다) 으악-. 아이고, 창피해.

정혜선 그렇제. 여자들은 맞으면서도 창피한 것을 먼저 생각하기 때문에 남자를 진정시키려 하거나, 피해버리려고 하는데, 그게 남자한테 "패는 게 장땡이구나"하는 생각을 하게 해서 빽하면 주먹을 쓰게 만들 수 있심더. 그라이 마구 소리를 지르면서 덤비고예, 아무래도 남자보다는 힘이 약하니까, 남들의 이목을 끌어서 남자가 더 이상 패지 못하도록 해야 됩니더. 이게 결사항전이고, 그 다음에는 발본색원.

조은정 발! 본! 색! 원!

정혜선 남자들의 손이 억세니까 말입니더, 뺨을 한 방만 맞아도 금방 부풀어 올라예. 그때 빨리 병원에 가서 진단서를 끊어야 됩니더. 아까도 말했지만 맞은 것을 창피해하지 말고, 의사에게 잘 이야기해서 소견서와 진단서, 가능하면 사진도 찍어두어야 됩니더. 그리고 고소장을 꾸미고, 그 사실을 남자에게 알려서 주먹을 쓰는 대가가 어떤 건지 톡톡히 알게 하는 거지예. 이쯤 되면 남자들도 기가 한풀 꺾이게 되는데, 이때 마음을 독하게 먹고 끝까지 밀어붙여서 주먹을 쓰고 싶은 마음이 다시 생기지 않게 해야 됩니데이. 어떻십니꺼? 힘들겠지만예, 결사항전, 발본색원하지 않고는 지 같은 꼴이 되기 십상입니더. 매 맞고 사는 여자들의 대부분이 애초에 그 버릇을 못 고쳤기 때문에, 평생 고생하는 거라예.

조은정 그럴 듯하네요.

정혜선 뭐, 그럴 듯해? (흥분한다) 맞아 본 경험이 없는 사람들은 때리고 맞는 것이 별 거 아인 거처럼 이야기하는데, 그기 아인기라. 사람한테 폭력을 휘두르는 거만큼 비민주적인 게 어딨겠노? 이름만 대면 다 아는 사람 중에도 집에서는 주먹 휘두르는 사람들 만타 카더라. 그카이 우리 사회가 이 모양 이 꼴인기라!

조은정 아줌마, 또 흥분하시네. 아줌마 말씀 명심 하겠으니깐요, 다음 이야기 계속해주세요.

정혜선 아차, 이놈의 정신 봐라. (관객에게) 음-, 어디까지 이야기 했지예? (관객으로부터 이야기를 듣고) 아, 예. 알겠심더. 작은 소란이 있기는 했지만 결혼식을 올렸습니다. 작은 아파트에 전세를 얻어 시작한 살림은 그런 대로 재미가 있었심더. 그런데 남편의 주먹질이 버릇이라는 사실을 알기까지는 그리 오랜 시간이 걸리지 않았심더. 결혼하고 서너 달쯤 되었을까? 술을 마시고 늦게 들어오는 날 짜증을 낸다고 다짜고짜 쥐어박았심더. 몇 달 뒤에는 친정 갔다가 하루 더 자고 왔다고 발로 차데예. 그러면서 주먹 휘두르는 날이 자꾸 늘어났심더. 마음에 들지 않으면 주먹부터 내지르고, 때려 놓고는 머리 조아리며 비는 버릇도 여전 했습니더. 애 낳으면 좀 나아질까 했는데 그게 아이데예. 친정에서도 어느 정도 눈치를 채고 남편을 불러서 타일러도 보았지만, 그 버릇은 고쳐지지 않았지예. 나도 부모님과 동생들 보기 뭐해서 친정에 연락도 잘 안 하고, 친구들 보기 창피해서 모임에도 안 가고, 아파트 안에 소문날까봐 문밖출입도 제대로 안 하고 … 그러다가 보이 꼼짝없이 혼자 당할 수밖에 없었고예, 집안의 모든 일을 남편 마음대로 하게 되었지예. 나는 그저 밥하고, 빨래하고, 애 키우는 기계 비슷하게 되어갔심더. 사는 재미가 없으니 모든 게 건성 건성이고예, 머리 손질 한 번 제대로 안하고 몇 달씩 보내다 보이 여자인 내가 봐도 정떨어지는 한심한 몰골이 되어갔심더. 어느 날부터인가 늦게 들어오면서 분위기가 심상찮더니, 남편이 사업을 해야겠다면서 느닷없이 사표를 덜컥 내버렸심더. 지한테 한 마디 상의도 없이 사표 낸 데 부애가 나서 한 마디 했다가 온 몸에 멍이 시퍼렇게 들 정도로 맞았심더. (잠시 숨을 고르고) 여기저기 빚도 내고, 대출도 받고, 집도 줄여서 마련한 돈으로 자동차 딜러로 나섰십더. 인심 쓰기 좋아하고, 친구들 만나기를 좋아하니 밖에서는 붙임성 좋은 사람이라고 소문이 난 모양이라서 성공할끼라고 주위에서 이야기 합디다. 하지만 밖에서는 무르고, 집안에서는 강한 남자가 하는 사업이 잘 될리 있겠십니꺼?

정혜선 (판소리의 아니리조로) 사업이 안 되는 만큼 집안에서 횡포는 더 심해졌는데, 말로 설명하기 어려운 그 많은 일들을, 못하는 소리지만 판소리에 한 번 담아보는데, 꼭 이런 식이었더라. (잦은 중몰이) 아내 때리는 남편 행세 볼작시면, 술 처먹고 주정 부리기, 저녁 안준다고 소리지르다, 내 온 밥상 둘러엎기, 허름하다 욕하다가, 옷 사입으면 바람핀다 쥐어박고, 말없다고 험담하기, 말 많다고 째려보기, 세금 내고 나온 나를, 집 주인과 무슨 일 있었냐며 개 패듯이 후려친다. 올려 보면, 올려 본다고 치고, 내려다 보면 내려다 본다고 치고, 앞으로 보면 앞으로 본다고 치고, 이래도 치고, 저래도 치고, 차고, 밟고, 던지고, 꺾고, 조르고, 이런 육시를 헐 놈의 손버릇이 이래 노니, 사람의 법도를 아느냐, 가장의 체통을 아느냐? 이런 난장을 맞을 놈이! (정중하게 인사를 한다)

조은정 (박수를 크게 치며) 아줌마, 최고예요. 최고! (정혜선에게) 지옥이 따로 없네예.

정혜선 그런데 이상한 건에 자꾸 맞다 보니 때리는 사람만큼 맞는 사람도 익숙해지는 겁니더. 맞지 않은 날은 오히려 더 불안해지고, 맞고 나면 이제는 끝났다는 안도감마저 드는, 이상한 날들이 계속되었십더. 나중에 알고 보니까 그게 정신병의 초기 증세라 카데예. (긴 한숨) 사업자금을 댄다고, 줄여 이사 간 집은 좁은 골목길을 끼고 들어선 집이었심더. (다음의 대사를 하면서 무대 뒤편의 어두운 구석으로 물러나 쪼그려 앉는다) 저녁이 지나 남편이 귀가할 때가 가까워 오면, 온 몸의 신경들이 곤두섭니더. 8시가 지나고, 9시가 지나면 아이를 재우고, 텔레비전을 끄고, 남편을 기다립니더. 11시, 12시. 몸은 피곤한데, 잠은 오지 않고 정신은 더욱 또렷해지면서 미칠 것 같은 기분이 되지예. 초조해지면서 손가락 하나 까딱하기 싫은 시간이 계속 지나갑니더. 그저 쪼그리고 누워 남편이 들어올 때만 기다는 겁니더. 1시가 지나고, 2시가 될 때쯤, 골목길을 접어 들어오는 술 취한 발자국 소리가 들립니더. (고개를 들며) "드디어 왔다." 온 몸이 공포로 굳어집니더. 쿵, 쿵, 대문 차는 소리가 들립니더. (벌떡 일어나 쫓아 나온다)

홍광표 야, 이 식충아, 빨리 문 안 열고 뭐하는 거야? 남편이 우습다 이거지. 그래 임마, 나는 장사도 제대로 못하는 바보 같은 놈이다. 그래 내가 잘 되도록 니가 도와준 게 뭐 있어? 엉. 그깐 애 하나 키우는 게 그래 힘드나. 니는 남편의 고생을 모르는 천치 같은 여자야, 알겠어. 다른 집 여편네들은 직장 다니면서 남편 수발도 잘 하드만, 집구석에 처박혀 있는 년이 뭐하길래 문도 빨리 못 열어! 니 거튼 거 데리고 사는 내가 불쌍하다, 불쌍해. 돈 버는 재주가 없으면 살살거리는 맛이라도 있어야 될 게 아니야! 너는 밥 묵고 똥만 싸는 식충이야, 개란 말이야, 개. (주먹을 휘두르고 발길질을 하면서) 야, 이년아! 짖어, 짖어. 개처럼 기란 말이야!

정혜선 저는 주먹이 무서워 그 사람 앞에 엎드려 기었심니더. 무

엇을 잘못했는지도 모르면서 무조건 잘못 했다고 빌었심더. 이라다가는 맞아 죽겠구나. 내가 죽으면 아이는 어떡하나. 시키는대로 방바닥을 기었심니데이. 입으로 멍멍 소리를 내면서, 그 사람이 시키는대로 이리저리 끌려 다녔심더. 저는 사람이 아니라, 개였심더. 아니, 개만도 못한 것이었심더. (울음을 터뜨린다. 서서히 암전) 이 집에서 쫓겨나면 어디로 가야하나, 우리 애기는 어떻게 될까, 돈도 못 버는 게 무슨 일로 살아가나 하면서, 목숨을 구걸하러 매달렸습니더. 나는 세상에서 가장 멍청한 바보 천치였심더. 바보, 천치, 식충이, 멍청한 년…. (흐느껴 운다)

암전.

정혜선의 울음소리가 서서히 잦아든다.

무대 전체가 갑자기 밝아지는데, 정혜선이 태연한 얼굴로 관객석을 바라보고 있다.

정혜선 에, 헤이. 저 아줌마는 울고 있네. 분위기가 와 이카노. (밝은 목소리로) 지금 이야기가 아이고 옛날에 그래 살았다 카는 이야기 아입니꺼. 지금 같으면 어림도 없지예. 아까 제가 말씀드린 거 기억나지에, '결사항전', '발본색원'. 바로 그겁니더. 싹을 잘라야 하는긴데, 그걸 몰랐다 아입니꺼. 강한 사람이 약한 사람을 때리는 거 있지예, 그거 정신병입니데이. 정신병 중에서도 아주 심각한 병이지예, 빨리 치료해야 됩니데이. 집에서 휘두르는 폭력에 익숙해 있다보이, 이 사회에 존재하는 모든 폭력에 대해서도 익숙해졌뿌는 거 아이겠십니꺼. 지가 철이 들면서 이 세상을 보이 다 그렇데예. 고문경찰이 왜 생깄겠십니꺼? '결사항전' '발본색원' 이 안 돼서가 아이겠십니꺼?

조은정 (북을 가볍게 치며, 그만하라는 표시를 한다)

정혜선 (눈치 채고는) 알았데이. 알았다. 우선 이야기를 마무리 해야되제. 그러던 어느 날, 그 전날 밤에도 한바탕 난리를 치르고, 남편은 출근을 했심더. 어지러운 집안을 대충 청소하고 나면 끝을 모르는 깊은 곳으로 몸이 떨어져 내리는 듯이 무기력해집니더. 잠이 드는 것도 아니고, 깨어있는 것도 아닌 이상한 상태가 되어 몽롱한 정신으로 한나절을 보내는 게 일상사였심더. 어느 날 낮에 깜빡 잠이 들었는데, 꿈속에서도 마구 뚜드려 맞다가, 놀라 눈을 떴는데, 딱정벌레 같이 긴 뿔을 머리에 달고 있는 큰 괴물이 제 얼굴 위로 기어오르고 있었심더, 놀라서 손으로 탈쳤는데, 그 괴물이 이상한 소리를 내면서 다시 기어 오르데예. 몸에 붙는 걸 뜯어내려니 그 괴물은 엄청나게 큰 소리를 지르면서 나를 삼키려고 덤벼들었심더. 온 힘을 다해서 괴물을 뜯어내어 땅바닥에 집어 던질려고 했지요. (어린아이의 울음소리) 그때 자지러지는 아이의 울음소리를 들었심더. 내 손아귀에 잡힌 아이는 놀라서 죽어라고 울어대고 있었심더. 잘못 했으면 아이를 죽이거나 병신 만들 뻔한 거지예. 잠자는 엄마에게 붙어서 칭얼대는 아이가 괴물로 보이다니 … "내가 미쳤구나"하는 생각이 들었심더. 아이를 안고 있는데, 갑자기 "이래 죽을 순 없다"는 생각이 번쩍 들데예. "살아야 돼" "아를 보더라도 살아야지" "살고 싶다" (계속 중얼거리면서 아이를 안고 도망을 나오는 시늉) 그 길로 친정으로 도망 와버렸십니더. 제 몰골을 보더니 부모님은 아무 말도 못하고 울기만 했심더. 이혼을 요구했지예. 남편은 몇 번 달래는 척하더니, 잘 됐다는 것처럼 도장을 쿡하고 찍어주었심더. (한숨) 혼자가 된 거지예. 결혼할 때 이혼 생각하는 사람이 어디 있겠십니꺼. 결혼 할 나이가 되도록 제 인생에 대해 뚜렷한 주관이 없었고, 어떻게 사는 인생이 참되고 값진 것인지를 몰랐던 탓 아이겠십니꺼. 지금 생각해보면예, 잘못되는 일은 모두 세상 탓으로 돌리면서 그저 집안에서 주먹을 휘두르며 폭력의 쾌감에서 놓여나지 못했던 애 아버지가 불쌍할 따름입니더. (밝은 목소리로) 정신 사나운 이야기가 많이 길었지예? 인제 이런 이야기는 그만하고예, 혼자 살 때의 이야기를 쪼끔 해볼랍니더. (장단에 맞추어 가벼운 춤동작)

3.
혼자 가는 길

정혜선 불행은 혼자 안 온다는 말이 정말이데예. 아버님이 덜컥 돌아가신 겁니더. 한 평생 순박한 공무원으로 살아오신 어른이 퇴근길에 약주 한 잔 하고 길을 건너시다가 뺑소니 차에 당하고 말았지예. 눈물이 앞을 가려 장례를 어떻게 치렀는지도 모르겠심더. 답답한 마음에 기댈 데라고는 아버님만큼 든든한 분이 없었는데 … 아버님이 돌아가시고 난 후의 친정 형편이란 게 빤하지 않심니꺼? 스물일곱 평짜리 아파트 하나 달랑 남아 있었어예. 막내 동생이 대학을 다니고 있어서 나갈 돈은 많은데 몇 푼 안 되는 저축을 까먹고 살아가는 형편이어서 나도 벌어야 했심더. 애한테 들어가는 돈도 만만하지 않았고예. 앞으로 둘이 살아가야 한다고 생각하이 눈앞이 캄캄해지데예. 취직자리를 알아보러 다녔심더. 내 힘으로 돈을 벌어보란 듯이 살고 싶었어예. "나도 대학을 나왔고, 작은 사무실이지만 경력도 있는데 직장이야 구하면 되겠지?"

정혜선은 장단에 맞추어, 취직자리를 알아보는 내용을 춤으로 표현한다.
서류를 내어보지만 여기저기서 거절을 당한다.
시간이 흐르면서 점차 지쳐간다.

정혜선 안 되데예. 나는 우예 살아야 되노? 아하고 같이 확 죽어뿔까. 막막할 뿐이었지예. 견딜 수 없을 만큼 가슴이 답답해서 점을 치러 갔심더. 크게 믿어서가 아니고 하도 답답하니까 뭔가 방법이 있을까 하고 지푸라기라도 잡고 싶은 마음에서 가 본 거지예.

점쟁이 (들어오는 사람을 아래위로 째려본다) 걱정이 많겠군! 액이 잔뜩 끼었어. 그래 남편이 말썽 피웠지? 그게 다 당신 사주가 나빠서 그런 거야. 당신 남편은 화(火), 다시 말하자면 불인데 말이야, 당신은 수(水), 즉 물이니 남편 일이 될 턱이 있겠어? 물을 퍼 붓는데 불이 어떻게 타냐 말이야. 어디 평생운을 한번 볼까? 초년 고생운에, 중년 패가망신수라, 말년엔 노상객사 하겠군. 길 위에서 죽는단 말이니 고생만 하다 가는 거지 뭐… 뭐라구? 그럼, 그럼, 비방을 잘 쓰면 액을 막을 수 있지. 그런데… 좀 비싸. 석 장은 있어야 되지… 에잉 삼십만 원? 여기가 어디 구멍가겐 줄 알어? 삼백! 없으면 관두구. 쯧-!

정혜선 돈이 아까워 그냥 돌아온 날 밤에 잠을 이룰 수가 없었심더. 노상객사, 노상객사, 노상객사… 밤새 머릿속이 윙윙거리는 것이었습니데이. 그래, 내가 돈 아낀다고 부자가 될 것도 아이고, 에라 속는 셈치고… 깎고 깎아서 부적을 샀심더. 꼬깃꼬깃 접은 부적을 속옷에 꾸매면서 빌고 또 빌었심더. 제발 나에게 붙은 액운들이 떨어져 나가기를. 더도 말고 덜도 말고 남만큼만 아이를 키울 수 있기를 빌었심더. 눈물이 뚝뚝 떨어지는 것도 잊어버릴 정도로 빌고 또 빌었지예. 그란데 (북소리) 지금 생각하이 돈 아까버 죽겠심더. 싹싹 빌면서 깎아서 백만 원 줏거든예. 아이고 아까버레이. 백만 원이면, 우리 남편이 그토록 갖고 싶어 하는 컴퓨터를 새 걸로 바꾸어줄 수 있는 돈 아인교. 그라면 못생긴 우리 남편의 입이 이만큼 쭉 찢어져갔고는, 뽀뽀하자카고 난리낀데… 아이고, 내가 무신 소리 하노. 망신시럽게. (조은정을 보고) 막내야. 니는 점 같은 거 절대 치러 가지마레이.

조은정 저는 신문에 나는 오늘의 운세도 안 보는 사람인데요.

정혜선 역시 우리 막내는 똑 뿌러지는 게 매력이라카이. 내가 니 반만큼만 똑똑했어도 큰일을 하고 있을 낀데. 니하고 결혼하는 남자는 복이 터진기라.

조은정 그런 소리를 이런 곳에서 하면 어째요.

정혜선 아이구, 귀여버래이. 저래 겸손하다카이.

조은정 혹시, 남동생하고 저하고 ….

정혜선 아이구, 무시버라. (웃는다) 대학 졸업장을 믿고 사무직 자리에 원서를 숱하게 내어 보았지만 안 됩니더. 취직이라는 게 생각보다 쉽지 않데예. 나이도 들고, 기술도 없고, 애까지 딸린 아줌마에게 자리를 선뜻 내줄 직장이 없었심더. 자신감도 자꾸 없어지고… 이혼 서류에 도장을 괜히 찍었나 하는 생각도 들고… 이러다가 꼼짝없이 굶어 죽는 것 아인가 겁도 나고… 내키지는 않았지만 보험회사 사원으로 등록도 했더랬심더. 하지만 며칠 연수받는데, 우황청심원을 먹어도 뛰는 가슴을 진정시키지 못해서 관두고 말았지예. 대인 기피증 카는 게 심했던 거지예. 그카던 중에 식당에서 아줌마 구한다는 이야기를 들었습니더. "우선 식당일이라도 나가자. 쪽 팔리기는 하지만, 일 하면서 사무직을 찾아보지 뭐." 홀에서 음식 나르

거나, 주문 들어오면 배달도 나가는 일이었는데예, 큰 고역이었심더. 낯선 사람들이지만 모두 내 사정을 빤히 아는 거 같고예, 배달 나갔을 때 남자들의 힐끔거리는 시선도 견디기 어려웠심더. 실제로 그러지야 않았겠지만 내 마음이 그랬던 겁니더. 식당일 한달 만에 큰 병이 나버렸심더. 바깥에서 보면 멀쩡하지만 워낙 많이 맞다보이 속골병까지 든 거지예. 이런 몸으로 식당일 계속하다가는 제 명에 못 죽겠다 싶어서, 다른 직장을 찾는 중에 아파트의 이웃 아저씨의 소개로 안경 만드는 공장에 들어가게 되었심더. 별 재주가 없으니까, 다 만들어진 안경 불량이 없는지 검사하고, 먼지 털어서 포장하고 … 뭐 그런 잡일을 맡아하게 되었심더.

정혜선이 공장에 들어와 일을 익혀 나가는 과정을 연기하는 동안, 배우2가 세 인물의 역할을 맡는다. 마치 TV방송 인터뷰에 참여한 사람들의 증언을 편집해서 보고 있는 느낌으로.

동료1(여) 제가 아줌마를 처음 만났을 때, 인상이 안 좋았습니다. 우리를 무시하고 있다는 생각이 들었습니다. "나는 이런 직장에 다닐 사람이 아니다. 더 좋은 자리가 날 때까지 잠깐 있다가 가겠다" 뭐 이런 느낌이었습니다. 밥도 혼자 먹으려 하고, 어쩌다 같이 먹더라도 아무 말도 없이 빨리빨리 먹어치우고는, 휙 가버리는 겁니다. 한 마디로 왕재수였습니다.

동료2(남) 정씨 아줌마가 우리 공장에 들어오고 석 달쯤 되었을 겁니다. 추석을 앞두고 뽀나스가 나오느니 마느니 시끌 시

끝 할 때였습다. 우리 같은 사람들이야 돈 한 푼에 벌벌 떨 수밖에 없는 것 아이겠십니꺼. 그런데 저 정씨 아지매는 이야기에 전혀 끼이지도 않고 일만 하데예. 그래서 내가 가서 슬쩍 물어 봤심더. "정씨 아지매는 돈이 싫은가배" 그란데 이야기의 반도 하지 못하고 돌아왔심더. 왜냐고예? 내가 다가가서 말을 걸자마자 나를 바라보는 눈에 겁이 잔뜩 들어 있는 거라예. 뭐라카면 되겠노. 마치 늑대를 만나 표정이랄까?

동료3(여) 내 겉이 나이가 든 사람은 알 수 있지러. 정씨가 무엇 때문에 정신 나간 사람처럼 사는지를… 하지만, 도와줄 수 있는 방법이 없데예. 도대체 말을 안 해요. 이 공장도 사람 사는 덴데, 서로 고민도 털어놓고, 의논도 하고, 농담도 하고 지내자 캐도 고개만 설레설레 흔들고는 자기 할 일만 하는 거라예. 꽉 닫힌 마음을 열기까지는 시간이 많이 걸렸심더.

정혜선 그랬실낍니더. 세상 사는 재미가 하나도 없이 살다 보이, 이 얼굴에 웃음 들 날이 없고, 세상의 남자들이 다 도둑놈처럼 보이는데 농담을 받아들일 처지가 되겠십니꺼? 그저 매일 매일 주어지는 일이나 하고 집에 가서 애 보는 일을 낙으로 살았심더. (갑자기 생각난 것이 있다는 표정) 말이 나온 김에 망신시러운 이야기 하나 더 하께예. 이카다가 시내에 얼굴 들고 못 다니지 싶다. (목소리를 가다듬고) 어느 날 퇴근 길이었심더. 얼굴이 우거지상이었던 모양입니다. 지하철 탈라꼬 기다리고 있는데 어떤 아줌마가 와서 말을 걸데예. 얼굴이 안 돼 보인다카면서 걱정이 있느냐고 묻고는 이런저런 이야기를 옆에서 합디다. 처음에는 안 들을라 캤는데, 옆에서 자꾸 이야기를 붙이니 저절로 듣게 되데예. (다른 목소리) "나도 마음 고생을 많이 했는데, 이제는 마음이 편해져서 세상살이에 힘이 하나도 안 든다" 귀가 번쩍 뜨이데예. (다른 목소리) "우리 교당에 나와 영주님을 만나보면 만사가 형통할끼라" 그러면서 케이비씨라는 교당을 아느냐고 묻데요. (빠르게 목소리를 바꾸면서) "모른다" "한 번 와봐라" "싫다" "우리는 사이비 종교 같은 거 아이다" "누가 사이비라 캤나" "그라면 와" "그냥" "아가씨가 안 대 보여서 좋은 길로 안내할라 캤디 안되겠네" "그냥 구경만 해도 되나" "니만 특별히 봐 줄께" 이래 돼서, 케이비씨라는 교당에 나가게 되었지예. 첫날 갔더니 많은 사람들이 형제교우님, 자매교우님하면서 손을 잡고 반겨주는데, 마음이 확 풀어지데요. 내같은 사람도 이렇게 따뜻하게 대해주는 데가 있구나 싶은 게 살맛이 느껴지데예. 교당에서는 예배 같은 건 안 보고, 학습만 했심더. 좋은 이야기가 많데예. 성수금, 교회에 내는 헌금 같은 거라예, 성수금도 정성껏 내라카고, 더 나은 직장도 알아 봐준다 카고 … 한 달쯤 지나니까 나의 영적 에너지가 충만해졌다며 본당으로 가서 예배 보면서, 영주님을 만날 기회를 준다카데예. 가슴이 벅차올랐심더.

영주의 등장을 알리는 장엄한 북소리.

신도1 (배우2가 일어선다) 형제 · 자매교우님들 반갑습니다. 곧 영주님께서 나오셔서 은혜로운 말씀을 해주실 것입니다.

영주님께서 나오실 때 두 손을 높이 들어 찬양해주시기 바랍니다. 형제 · 자매 교우님들에게 무한한 은혜가 베풀어지길 기대하겠습니다.

영주님 (영주 거만한 몸짓으로 등장) 사랑하는 나의 형제교우, 자매교우들이여. 그동안 잘 지냈는가? 페가수스 별에 갔던 이 영주님은 어제 UFO를 타고 다시 돌아 왔도다. (주문) 페가수스의 지도자님은 대단히 슬퍼하고 계셨다. 이 땅의 미천한 인간들에게 무수하게 경고의 말씀을 전했음에도 불구하고, 전혀 깨닫지 못하고 경거망동하는 모습에 한없는 절망감을 느끼고 계셨다. 인도네시아의 밀림에 불벼락을 내렸고, 일본에, 터키에, 대만에 지진을 일으켜 페가수스님의 뜻을 전하려 했건만, 무지몽매한 인간들은 그 뜻을 헤아리지 못하고 있으니, 어찌 통탄할 일이 아니랴. (주문) 페가수스님은 드디어 지구를 없애버리기로, 멸망시키기로, 우주에서 지워버리기로 마음의 결정을 내리셨다. (주문) 두려워 마라. 나의 형제교우, 자매교우들이여. 지구의 멸망은 곧 우리의 구원이니 두려워하지 마라. 드디어 우리들의 고향 페가수스 별로 돌아갈 때가 된 것이다. (주문) 그런데! (객석을 천천히 훑어본다) 페가수스 별로 가기 위해서는 몸이 가벼워야 해. 영생의 삶을 살기 위해서는 온몸에 무엇 하나도 가질 필요가 없어. 생사의 고통이 없으며, 굶주림도 없고, 병이 없으며, 매일 매일을 춤추고 노래하며 살게 될 터인데 속세의 재산이 왜 필요하겠는가? 아낌없이 내어 놓으라. 내 눈에는 보이느니라. 손에 끼고 있는 금반지가 아까워서 손을 내리는 자매, 아, 보인다. 보여. 전세금을 두고 머리 굴리는 형제,

아, 보인다. 보여. 이웃집에 빌려 준 돈은 괜찮겠지 하면서 웃음을 흘리는 형제, 아 보인다, 보여. (주문) 그러면 돈이 없는 사람은 어떻게 하느냐. 대출을 받아요. 대출을. 교당의 사무장에게 가면 대출서류를 만들어 줄 거야. 아낌없이, 팍팍 대출을 받아 교당에 내어 주도록. 얼마 후에 지구가 뽀사져서 없어질 테니, 갚을 걱정일랑 하지 말고, 천국 가는 차비를 팍팍 대출 받도록 해. (주문)

정혜선 (영주의 옷을 벗으며) 이상하지요? 하지만 이 세상에는 외롭고, 쓸쓸한 사람들이 디기 많은가 봅니다. 교당의 분위기는 안 가본 사람들을 느낄 수 없는 열기로 가득 차 있었심더. 미친 듯이 울부짖으며 모든 걸 다 바치겠다고 맹세하는 모습들이 여기저기서 튀어 나왔거든예. 지금 생각해보면 미친 짓이 분명하지예. 아마 나처럼 외로운 사람들이었던 것 같심더. 그런 곳 아니면 의지할 곳이 없는 사람들이라서 정신이 홀랑 나갔던 거 아이겠심니꺼. 지도 그 날은 정신이 멍한 게, 아무 생각도 안 나데예. 헌금 약속까지 했다 아입니꺼. 그 날 저녁 집에 와서 곰곰이 생각해보이, 그라는 게 아이다 싶데예. 그래서 안 나갔심더. (관객의 질문을 받은 듯) 어찌 되었냐고예? 사실 지금의 신랑을 만나고 나서야 해결이 되었지예. 우리 공장 사람들하고 친하게 지내면서 교당에 나가지 않자, 협박 공갈이 계속 되었심니더. 그 사람들 막무가내 데예. 대출에 보증 선 거 책임지라카고 말로 설명하기 어려운 일이 많았심더. 그런데 지금 남편이 턱하니 나서서 "우리 공장 사람들 몽땅 달려가서 교당을 뿌샀뿌리기 전에 못 꺼지나"하고 호통을 치니 줄행랑을 놓아버리데예. 해결 될 때까지 마음고생이 많았심더. 오죽했으면, 케이, 에프 뭐라 카는 통닭집 간판만 봐도 속이 메스껍겠십니꺼.

조은정 (북소리) 아줌마, 이야기가 또 이상한 데로 빠져버렸네요. 누가 보면 이 자리가 사이비 종교 규탄 대회로 착각하겠어요.

정혜선 안다, 알아. 오늘은 내가 딴 날보다 더 흥분하기는 했다마는, 영 엉뚱한 이야기는 아인기라. 와 그러는가 하면 말이다. 점쟁이 집이나 찾아가고, 이상한 종교단체에 다니던 때야 아직 세상을 우째 살아야 하는지 모를 때 였거든. 그런데 세상살이에 대해 눈을 뜨게 되니까 그게 아인게 눈에 보이더라 이 말을 하고 싶었다 아이가.

조은정 아줌마 그 이야기로 빨리 넘어가요.

정혜선 오냐. 오냐. 우리 공장에 윤실장이라고 있었심더. 나이는 서른도 안 되었는데, 사장의 손아래 처남이라서 공장에서는 상당히 힘 있는 행세를 하는, 좀 덜 떨어진 인간이었심더. 윤실장에 대한 좋지 못한 소문이 널리 퍼져 있었지예. 주로 여자에 대한 소문인데, 공장에 다니던 여자 여러 명하고 그렇고 그런 관계에 있었던 모양입디더. 입성 깨끗하고, 돈 잘 쓰니까 꿈 많은 시절의 여자들이야 반할만 하지예. 언젠가는 인도 근처 어느 나라에서 온 여자한테도 그런 식의 일을 저질러 사장 아니었으면 콩밥 먹었을기란 소문도 있데예. 어느 날 일은 벌어졌심더.

배우2가 윤실장 역을 맡아 연기하는 동안, 정혜선은 무대 뒤쪽에서 공장에서 일하는 동작을 연기한다. 윤실장의 이야기가 진행되면서 조금씩 귀를 기울이고, 김양을 구타하는 단계에 가서는 감정이 폭발한다. 상황에 따른 감정변화가 잘 처리되어야 한다.

윤실장 (관객석에서) 수고 많으십다. 여러분. 아, 예. 안녕하십니까? 일하시느라 고생 많심다. 애로사항 같은 기 있으모, 이 사람한테 이야기해주이소. 제가 사장님께 직빵으로 말씀드리서 해결 해놓겠심더. 우리 회사에서 이 사람, 윤실장 없으면 돌아가는 게 하나도 없다는 거 잘 알지예. (자기한테 굽신거리는 사람에게 인사하면서 지나다가 미스 최를 발견하고는) 오, 미스 최, 안녕? (관객의 엉덩이를 슬쩍 만진다) 역시 미스 최의 엉덩이는 백만 불짜리란 말이야, 어때 오늘 저녁에 시간 있나?… 흥, 없으면 말구… 여! 미스 백, (관객을 만지면서) 그날 잘 들어갔지? 뭐, 어때서, 새침 떨기는? 이번 월급날에 다시 한 번 더 가자구. 그날 아주 좋았어. (김양이 문을 열고 들어오는 것을 보고 피하려 했으나, 들켰다) 아니, 미스 김 아니야. 근무 시간 중에 여기는 어쩐 일이야?… 왜, 날 찾아?… 우리 나가서 이야기할까?… 그런 이야기를 이 사람들이 들어서 좋을 게 뭐 있어… 나가자. (끌어당기지만, 김양이 나가지 않는다. 자기가 빠져 나가려 하다가 김양에게 멱살을 잡힌다) 이거, 뭐야. 못 놓아!… 막나가기로 작정했군. 더러운 년!… (김양이 마구 따져든다) 에이, 씨팔, 재수가 없을려니… 야, 니가 좋다고 따라다닐 때는 언제고, 내한테 이래도 되는 거야. (주위의 시선을 의식하고는) 모두 뭘 봐요? 재미난 일 있어요? 일이나 하세요!… (나가려는데, 김양이 가로 막는다) 어휴, 이걸 그냥… 안 비켜? 비키란 말이야!… 지난 번처럼 한 번 더 맞

아야 정신 차리겠어? 좋은 말할 때 비켜… 에라이! (주먹으로 갈긴다)

동시에.

정혜선 그만 해! (소리 지른다) 패지 마란 말이야! 때리지 마! 니가 뭔데 여자를 때리는 거야! 니가 잘 났으면 얼마나 잘 났다고 사람을 패는 거야!

윤실장 (의외의 상황에 너무 놀랐다) … 뭐야, 이거. 오늘은 떼거리로 덤비네.

정혜선 사람이 사람을 왜 때리는교. 말로 하지 왜 때리는교.

윤실장 당신이 김양의 엄마라도 돼? 괜히 나서지 말아요. 이카이, 여자와 명태는 사흘두리로 패야 된다 카는 기라.

정혜선 (주변 노동자(관객)들에게) 김양이 맞는 걸 왜 못 본 척해요.

아무리 나쁜 짓을 해도 사람이 사람을 팰 수는 없는 거 아이라예. 김양이 개돼집니꺼. 패가 말 듣게예. 왜, 아무 말도 못합니꺼.

윤실장 (관객에게) 뭘 봐요? 일이나 해요! (분위기가 심상찮음을 알고 슬쩍 나가려 한다)

정혜선 (가로 막는다) 못 갑니더. 김양한테 잘못했다 카고 가소.

윤실장 내 참, 이 아줌마가 제대로 알지도 못하면서 와 이래요. 잘 잘못을 따져 볼란교.

정혜선 누가 잘못 했던 간에, 때린 건 잘못 핸기라. 때린 거 사과하기 전에는 못 나간다.

윤실장 (밀고 나가려 한다)

정혜선 (악착같이 버티고 선다)

윤실장 (밀어 버린다)

정혜선 (버티면서, 주변 노동자(관객)들에게) 뭐 하닌교. 윤실장을 도망 못가게 잡으소. 저 인간 버릇을 고쳐줍시더. 못 간다꼬 말 좀 해보소. 와 보고도 안 말도 못 하는교.

윤실장 (도망가려는데 노동자 한 명이 가로 막는다. 조금씩 가세한다. 윤실장은 당황한다)

정혜선 고맙심더, 여러분. 윤실장, 때린 거 사과하소.

윤실장 (기가 죽었다) 아줌만 보고도 몰라요. 김양이 맞을 짓을 했다 아인교.

정혜선 내 암만 생각해봐도, 이 세상에 맞을 짓이란 없십디더. (관객석에 대고) 안그런교. 말 좀 해보소.

윤실장 (세가 불리함을 느끼고) 미안 … 하다. 김양아. (쏜살같이 도망치면서) 씨 … 팔, 좆 같이 ….

정혜선 그때 어디서 그런 용기가 났는지, 내가 어째 그런 말을 할 수 있었는지 지금도 모르겠심니더. 남편이 때리면 맞고, 죽으라면 죽는 시늉을 하며 살아오던 내가, 남자만 보면 가슴이 두근거려 눈길도 마주치기 어렵던 내가 어데서 그런 용기가 났는지 … 맞고 있는 김양을 보는 순간 가슴이 터질 것 같고, 눈앞이 캄캄해지데예. 김양보고 그래 살면 안 된다고 소리 지르고 싶고 … 윤실장이 김양을 패는 걸 보고 나도 모르게 나서기는 했는데, 우째야 될지 모르겠데예. 그때 주위의 동료들을 보니 말은 안 해도, "니 잘하고 있다. 용기를 내라"고 눈으로 말하고 있습디더. 다른 사람들은 내보고 용기가 있다 카는데예, 사실은 우리 모두의 힘인기라예. 주먹질하는 기 나쁘다 카는 걸 아는 사람들이 다 나섰기 때문에 해결 된거 아이겠심니꺼?

동료4(남) (무대로 확 뛰어 나와) 정말 놀랬뿌릿심다. 그 날 정씨 아줌마를 새로 봤뿌릿심다. 그 뒤로 우리 공장의 스타가 됐다 아인교. 그날 이후로 우리 공장에서는 "맞아볼래"란 말이 사라졌뿠다 아입니꺼. "잘못하면 윤실장 꼴 난다" 이게 우리 공장의 유행어가 됐뿌릿심다. 윤실장의 행세가 드러분 줄은 알아도, 남자가 여자를 때릴 수 있지라고 생각했는데예, 그게 아이데예. "사람이 사람을 때려도 되나"카는 정씨 아줌마의 말이 참말로 옳심더. 나도 가끔, 우짜다가 한 번쯤 … 사실은 몇 번 마누라를 팬 적이 있는데, 인자 다시는 안 그랄낍니더. 약속. (관객에게 다가가 손가락을 걸고 약속한다) 그때쯤 공장 사우회에서 직원 야유회를 준비하고 있었는데예, 사실 정씨 아줌마는 빼라캤거든예, 그런데 그 일이 있고 난 후에는 모두가 데불고 가자는 쪽으로 획 바꼈부데예.

동료4는 강렬하게 나오는 뽕짝 메들리에 맞추어 춤추며 퇴장.

정혜선 (야유회에 따라와서도 어색하게 서 있다) 끌려가다시피 해서 야유회에 따라 갔는데. 마음은 안내켰심더. 쉬는 날이면 애하고 시간을 보내야 하는데 그라지 못하는 것도 걸렸고예. 그보다는 아줌마, 아저씨들하고 어울려서 노는 게 싫었심더. 여러분도 잘 알지예? 야유회라고 가봤자 할 게 뭐 있심니꺼. 대낮부터 술 한 잔씩 하고 불콰하게 돼서는 고스톱이나 치고, 한 쪽에서는 노래방 기계 갖다놓고 노래 부르면서 되지도 않은 춤이나 추고, 돌아오는 길에는 관광버스 안에서 길길이 날뛰고 … 뭐 그런 거 아이겠심니꺼. 지도 그런 사람들하고 똑 같이 되는 게 싫데예. (〈진짜 노동자〉 음악으로 바뀐다. 잔잔하게) 그날 우리 공장 야유회는 조금 다르데예. 술도 별로 안 마시고, 고스톱을 안 치고예, 주로 여러 명이 어불려서 하는 게임을 많이 하데예. 서로 몸을 부대끼면서 뛰다보니까 낯선 남자들과 자리를 함께 하는 어색함도 사라지고, 신도 나데예. 젊으나 늙으나 상관없이 여기저기 뛰어다니느라고 얼굴이 붉게 상기된 표정들이 보기 좋았심더. 돌아오기 전에 모두 모여 노래 부르며 춤을 추기 시작하데예. 음악에 맞추어 여기저기서 겅중 겅중 뛰고, 손을 마음대로 흔들고, 손 붙들고 빙빙 돌면서 춤추는 걸 보니 저도 신명이 납디더. 환하게 웃으면서 신명나게 춤추는 모습을 보면서, "사람이 사는 게 이런 거구나"라는 걸 느꼈심더. 사는 데 어찌 좋은 일만 있겠십니꺼? 저 사람들이라고 내보다 더 나을 건 어디 있겠십니꺼? 저렇게 함께 어울려 살면서 고민도 이야기하고, 도움도 주고받고, 싸우기도 하고, 화해도 하면서 신명을 내는 게 바로 사는 거구나라는 걸 느낀 거지예. 그라고 보이, 이혼했다고 해서 세상 다 잃은 듯이 움추려 살던 내 모습이 초라해 보였십더. 대학물 먹었다고 저 사람들하고 다른 사람처럼 행동했던 게 후회되었어예. 그래서 땀 흘리며 춤추고 있는 동료들에게 달려들었습니다. (환한 표정의 정혜선) 이렇게 손을 치켜들고, 춤을 추면서…. (음악 소리 커진다. 동료들과 어울리는 춤)

서서히 암전.

4.
더불어 함께

조명 밝아진다.

정혜선 아이고, 시간이 벌써 이래 흘렀네예. 지가 빨리 끝내야, 재미있는 시간으로 넘어 갈긴데. 주책시럽게도 듣기 싫은 얘기를 너무 오래 떠들었십더. 아침에 나올 때에는, "오늘은 좀 적게 떠들어야지"라고 맹세를 하는데, 막상 이런 자리 나와서 떠들다 보면 새까맣게 잊아뿌린다 아임니꺼. 미안합니데이. (머리 숙인 상태에서 관객을 훑어본다) 아따, 다른 자리에 가서 이래 얘기하면 "아이다. 니 이야기가 재미있네"라는 뜻으로 박수를 막 쳐주던데, 오늘은 와 이래 조용한교? (박수가 나오면) 고맙심더. 계속 떠들으라는 뜻으로 알고 할라카던 이야기 마자 하겠심더. 이름하야 정혜선의 사랑타령!

조은정 (무성영화의 변사풍으로) 정혜선씨와 조태오씨의 불타는 사랑 이야기. 정혜선과 조태오는 언제, 어디서, 어떻게 만났는가? 그리고 단풍이 붉게 물든 가을 저녁, 희미한 가로등만 빛나고 있었던 골목길에서 나누었던 달콤한 첫 키쓰의 추억. 기대하시라 개봉박두!

정혜선 까불지 말그래이. 그렇게 말했뿌면 내 이야기가 너무 재미없어지잖아. (밝은 목소리로) 지가 조태오씨, 지금 남편의 이름이라예. 마, 주위에서 부르는대로 조씨 아저씨라 카께예. 조씨 아저씨를 처음 만난 건 공단 문화패의 장구 강습장에섭니더. 야유회에 갔다 오고 난 뒤에 공장 동료들과 친해지기 시작했고, 몇 달이 지나서는 흉허물 없이 지내는 동료들도 생길 정도가 되었심더. 직장 동료들의 따뜻한 정을 느끼면서 마음의 병이 조금씩 치료 되어갔심더. 마음을 열고 보니까예, 세상 사람들 참 열심히 살고 있습디더. 우리 공장 아줌마들도 집안 형편은 그래 좋지 않아도예, 사람 사는 이치는 제대로 알고 있었어예. "세상의 주인은 나다. 그러나 더불어 살아가는 기쁨을 모르면 참주인이 못되는기라." 제하고 제일 친한 김씨 아줌마가 늘 하던 소립니더. 우리 어무이도 저보고예 사람이 완전히 달라졌다꼬 칭찬하고예, 정말 오랜만에 만난 친구들도 얼굴 좋아졌다고 난리데예. 그게 다 지 주위에 있는 아름다운 사람들 때문 아이겠십니꺼. 근데 아까 이야기 한 그 김씨 아줌마가예 장구를 아주 멋드러지게 쳐요. 눈을 살포시 내려 감고 장단을 매기는 데 홀딱 반하겠데예. 가슴 답답할 때 저런 거 한 번씩 때리면 속 시원해지고 좋겠다고 한 마디 했더니, 그 다음 날로 바로 나를 끌어 가데예.

장구 강습장으로 끌려간다.

조태오 (정혜선과 인사한다) 정혜선씨라고요? 저는 조태옵니다… 어허, '조' 짜를 강하게 발음하지 마이소. 듣는 사람 망칙시럽심더… 아지매, 좃-태요가 아니고요 조오-태요입니다. 사람이 좋다는 뜻이지요. 하하하… 안 웃으십니꺼? 제 혼자 웃을라카이 민망시러운데 같이 웃읍시더. 하하하. (정혜선의 반응이 좋지 않다) … 아지매, 농담한 거 가주고 화를 내면 우야는교….

정혜선 처음 본 조씨의 인상은 한 마디로 아니오 였십더. 키는 짤달막 한데다가, 사람이 배싹 말라서 볼품이 없었어예. 거기다가 입심이 얼마나 거신지 있던 정도 달아날 지경이었십더. 처음 본 사람이 무례하다 싶어서 화를 내었더니, 내 참, 자기가 화를 더 내는 겁니다.

정혜선이 장구를 가져온다.

정혜선 (목소리를 빠르게 바꾸어가며 진행) "아지매, 오늘부텀 장구

장단을 배와 보입시데이" "언지예" "언제는 언제라요. 지금이지. 잔말 말고 퍼떡 이리로 오이소" "하마예. 되겠심니꺼?" "어허, 하마는 동물원에 가야 있지. 여기서 와 찾는교. 이리 빨리 오라카이요" "(빠른 속도로 설명한다) 장구는예 양쪽에 가죽을 대 났는데 이쪽이 북편이고 요쪽이 채편입니더. 알겠심니꺼" "그라마 장단을 알아보입시다. 먼저, 굿거리 (입장단) 알겠닌교? 자, 해보이소" 이라고는 휭하니 나가버리데요. "남자라고는 오이씨같이 생긴 게 성질은 있어가주고 … 여자한테 성질부리는 거 보이 마누라도 고생 많겠다" 하고 김씨 아줌마한테 이야기 하는데요, 뒤에서 조씨가 소리 지르데요. "아직 총각이구마"

정혜선은 혼자서 입장단을 열심히 해본다. 장구를 가지고 연습한다.

정혜선 이럴게 아이고, 우리 다 같이 한 번 배와 보입시다. 이게 참 재미 있어예.

관객에게 장구의 손장단을 가르친다. 정혜선이 장구를 치며 〈둥당에 타령〉을 같이 불러 본다. 노래 끝에 멋진 장구 장단을 선보이면서 마무리.

정혜선 두어 달 배우니 웬만큼 장구를 치겠데요. 우리는 한 달에 한 번씩 악기를 가지고 야외로 나갔습니데이. 숲이나, 강가에 모여서는 풍물놀이에 시간 가는 줄 몰랐습니더. 징, 꽹가리, 장구, 북. 서로 다른 소리를 가진 것들이 함께 모

여 멋진 가락을 만들어 내는 데 홀딱 반하고 말았심더. 진을 짜서 돌기도 하고, 앉은 사물을 연습하기도 하면서 내 마음 속에 드는 생각은 사람들도 이렇게 서로 어울리면서, 존중하면서 살아야 하는 게 아닌가라는 깨달음이었습니더. 사물은 절대로 자기 소리를 잃어버리는 적이 없지만예, 그렇다고 해서 상대 소리를 넘보는 법도 없어예. 징의 소리는 화려하지 않지만예, 악의 빠르기를 조정해주는 중요한 역할을 하는 게 꼭 집안의 어른, 할아버지 같아예. 쇠 있지예, 꽹과리 카는 거 말입니데이. 쇠는 악 전체를 이끌어 가는 역할을 하지예, 그라이 집안의 아버지 같잖심니꺼. 쇠소리만 있으면 듣기 싫겠지예, 카랑카랑한 쇠소리를 잠재워 주는 게 북소리 아인교. 철없는 남자의 소리를 조용히 잠재우는 소리, 바로 집안의 어머니 아이겠심니꺼. 잔 장단도 많고, 소리도 다양한 장구는 아

버지, 엄마를 닮은 자식이라고 보면 되겠지예. 이들이 서로 어울리면서 악을 만들어 낸다 아입니꺼. 우리 집도 사물장단처럼 살면 좋겠다고 생각했십니더. 하기사 가정만 그런 건 아이지예. 이 사회도 마찬가지 아이겠십니꺼. 남을 딛고 일어서야 성공하는 것으로 생각하는 좁은 마음을 버리고예, 서로 돕고 사는 마음이 있다카면 천국이 따로 있겠십니꺼? 나도 언젠가는 풍물 같은 가정을 꾸려보리라 생각했십더. 그런데, (김씨 아줌마 등장)

김씨아줌마 혜선아. 같이 가.

정혜선 어, 아직 안 갔구나. 먼저 간 줄 알았는데.

김씨아줌마 오늘 연습 어땠어?

정혜선 유달리 잘 되데. 쇠하고 북과 장구가 딱딱 맞아 드가는데, 흥이 저절로 나더라.

김씨아줌마 조씨 아저씨하고 장단이 잘 맞던데.

정혜선 또 와그라노. 안 그래도 신경 쓰여 죽겠는데.

김씨아줌마 (웃으며) 신경은 왜 쓰는데.

정혜선 총각하고 과부하고 장단 맞춘는다고 쑤근거리는 거 나도 알어.

김씨아줌마 그라면 관두지 와! 이상하데이….

정혜선 (약간 토라져) 명아씨는 내가 그만두기를 바래? 인자 한창 재미나는데.

김씨아줌마 (여전히 농담조로) 혜선씨, 버스 타는 데 있는 호프집 알제? 거기 가봐라. 니 쇠가 거기서 기다린다. (퇴장)

정혜선 갑자기 가슴이 쿵쾅거렸십더. 남자라면 지긋지긋해서 돌아보기도 싫을 줄 알았는데, 이상한기 여자 마음인지, 어지럼증까지 생기데예. 사실 조씨도 온전한 총각은 아니었심더. 결혼식은 안 올렸지만, 동거했던 여자가 있었다 카데요. 노조활동하면서 마음잡기 전까진 노름에 미쳐 지냈던 모양이지예, 그 때문에 여자가 보따리 싸들고 가 버렸답디더. 요즘은 마음을 다 잡아서 주위 사람 모두가 칭찬을 하는 사람이지만, 언제 어떻게 변할 줄 누가 알겠심니꺼? (관객에게 질문 받은 듯) 아입니더. 고등학교밖에 못나왔다는 거는 상관 없었심더. 공장에서 생활하면서 느낀 건데요. 지맹키로 대학 나왔답시고 헛물든 거보다야, 자기 생활 열심히 하는 사람들이 훨씬 낫십디더. 그보다는 "고통은 한 번으로 족하다." 그 생각때문이었지예, 그래서 집으로 가버렸심더. 그 뒷날부터 조씨가 내 주위를 살살 맴도는데 여간 신경 쓰이는 게 아니었심더. 한 번은 김씨 아줌마가 만나자 캐서 나갔더니 조씨가 턱 앉아 있는기라요.

정혜선 (어색한 모습으로 앉으면서) 김씨 아줌마는 어데 가고 아저씨가 앉아 있는교 … 아이구, 총각 소리 그만하소. 나이가 그만하면 아저씨라 캐야지 오빠라 카까요 … 그런데, 와예? … 새로 태어났다는 이야기를 자꾸 해샀는데, 우짜는 게 새로 태어나는 건데요? … 결혼해도 내한테도 주먹 안 쓴다는 보장이 어디 있는교? … 잘 해준다꼬예? 잘 해주는 게 먼데요? … 밥도, 빨래도, 청소도 조씨가 다하는 게 잘 해주는 건교? 그런 거 가주고 아내한테 잘 해준다 카는 거 보이 조씨는 혼자 사는 게 딱 맞겠심더. 남자들은 여자들이 원하는 행복이 좋은 옷이나 입고, 철따라 놀러나 가고, 집안일에서 손 놓는 거라고 착각하는데예. 여자들이 바라는 행복은 그런 기 아입니더… 답답한 소리 자꾸 하지 마이소… 나는예 풍물 같은 가정을 꾸미고 싶어예… 뭔, 소리야고요? 그것도 모리면서 풍물한다 소리하는교? 그거 알거든 찾아오소. (벌떡 일어서서 나간다)

정혜선 남자들 이야기 들다 보면예, 마치 저거들은 이 세상 돌아가는 일을 고민하고, 여자들은 먹고 입을 거만 챙길 줄 아는 것처럼 보는 게 느껴져서 기분이 나쁠 때가 많아예. 조씨가 좋은 사람인거야 알겠지만, 결혼이라는 말이 나오고 나니까 영 어색하데예. 풍물패에 가기도 쑥스럽고, 하여튼 곤란한 일이 한두 번 아니었습니더. 마음이 조금씩 흔들리기는 했지만, 결혼에는 마음이 없었심더. (잠시 호흡을 가다듬고) 두어 달 흐른 뒤 겨울이었는데예, 퇴근하고 집으로 가는 데 골목에서 누가 부르데예. 조씨였습니더.

조태오 (흥분된 목소리) 혜선씨, 혜선씨. 풍물처럼 살고 싶다는 거 이제 알았심다. 그걸 이야기할라꼬 회사도 조퇴하고 여기서 기다리고 있었심다. 얼어 죽는 줄 알았심다. 지금부터 말해 보께예. (목소리를 가다듬고) 저는 정씨 아줌, 아니 정혜선씨를 사랑합니다. 저 하늘에, 저 바다에, 저 나무에, 저 전봇대에 맹세코 아줌마를 내 몸처럼, 다이야몬드처럼, 아끼고 존중 할 깁니다 … 오늘 마지막으로 호소할라꼬 나왔심더. (부끄러워하며) 제가 말을 잘 못해서예, 노조 소식지에 있는 시 하나 오리 왔심더. 누가 썼는지는 모르겠는데, 내 마음을 이야기하는 거 같아서 몰래 째가지고 나왔심더.

수첩에서 꼬깃꼬깃 접은 것을 꺼내 펼쳐 읽는다. 목소리를 가다듬고.

조태오 장모님 병간호를 위해
아내가 집 비운지 일주일
퇴근한 나는 컵라면에 물 부어 놓고
김치 찾기도 귀찮아 벌렁 누웠다

개수대에 가득 쌓인 냄비며 그릇들
슬그머니 돌아누우며 눈 감아보는데
퀴퀴한 냄새가 얼굴을 감싸온다

치밀어 오르는 짜증에 벌떡 일어난 내 눈에
들어온 벽에 걸린 아내의 원피스 한 벌
떨이 장에서 건진 메이커라며 입이 찢어지게 웃던 아내
(그 다음 부분이 안 보여서 잠시 당황하지만, 곧바로 시적분위기의 말투를 유지하면서) 김치찌개 국물에 쩔어 안 보이는 부분은 그냥 넘어가고

(좀 더 격정적으로) 그래, 난 민주주의를 잊어먹은 거야
수많은 회의와 토론장에서 떠들어대면서도
난 평등과 사랑을 잊어먹은 거야
어느새 이 방에 스며든
남편과 아내라는 불평등한 관계
남자와 여자라는 불평등한 관계

그래, 이제라도 늦지 않았어
참다운 민주세상을 위해
이 방의 썩은 냄새부터 몰아내어야한다

지친 몸으로 돌아올 아내를 위해
나는 힘차게 창문을 열어젖혔다

(큰 몸짓으로 마무리 한 후, 으쓱거리며) 바로 이거 아입니꺼? 좋지예? 그래서 나도 딱 결심했다아입니꺼. (웅변조) 나도 이래 살자. 사나이 조-태-오 멋있게 한 번 살아보자. 평등하게 사랑하는 친구로서 민주적 가정을 이루어 보자 결심하고 이 자리에 섰심더. 사랑합니더, 혜선씨. 이게 풍물 같은 사랑 맞지예? 으하하하하. (웃으며) 법적으로, 서류적으로야 지가 쪼매 손해지만, 아지매가 김치찌개만 맛있게 끓이준다면 … 손해 보지요 뭐 … (당황) 아입니다. 지금 한 말은 농담이고예 … 지가 김치찌개 낑가가지고 가겠심니다.

정혜선 오이씨 맹키로 볼품 없던 사람이 갑자기 달덩이 같이 보이데예. "그래, 이 사람도 나처럼 아픔을 겪고 세상 사는 걸 배웠구나. 이 사람하고는 밀고 댕기는 쇠와 북처럼 소리를 맞추면서 살 수가 있겠구나"라고 생각하니 갑자기 눈물이 퍽하고 쏟아지데예. 그때 조씨가 나를 팍 안았뿌데예, 그러더니 갑자기 … 아이고, 뒷이야기 안 할랍니더. 여기 보니까 아직 나 어린 아그들도 있고 해서. (옷 매무새를 가다듬으며) 그래서 요새 이래 살고 있심다. 아주 썩 잘 치는 풍물 같은 집은 못 돼도, 남보다 조금 더 듣기 좋은 소리 나는 풍물 집안은 됩니더. (관객의 질문을 들은 듯) 맞은 적이 없냐고예. 없심더. 큰일 날라꼬예? 우리는 애도 절대 안 팹니더. (다른 관객의 소리를 들은 듯) 아, 싸움하느냐고예? 그라먼예, 자주 싸우지예. 둘 다 고집도 씨다 아입니꺼. 오늘 점심 묵고도 싸웠심더. 점심값 서로 낼라꼬예.

5.
판 닫음

정혜선 제 인생살이 이야기는 끝났심더. 마지막 하고 싶은 이야기가 뭔가 하면예. 이 자리가 여성만의 큰 잔치 아입니꺼. 사실 우리나라에서 여자로 산다는 거보다 더 서러운 기 어디 있겠닌교? 하지만예, 우리는 다 같은 사람이라는 생각을 해야 되예. 능력이야 넘고 처지는 차이가 있겠지만, 서로 돕고 생각해주면서 살아가믄예, 여자라서 서럽고 남자라서 어떻다는 게 어디 있겠는교. 우리도 이 세상의 한 부분 아인교. 봄이 가면, 여름 오고, 여름 가면 가을 오고, 가을 가면 겨울 오잖아예. 하늘에서 비가 내립니더. 대지는 그 비를 받아 가슴에 채우고예, 하늘에서 빛을 내립니더. 대지는 그 빛을 받아 곡식을 키웁니더. 하늘과 대지는 서로를 탐하지도, 원망하지도 않습니더. 그냥 그 자리에서 모두가 아름답습니더. 세상 모든 이치가 그렇듯이 이 세상의 남녀 모두도 그렇게 어울려 존중하며 살아가야겠지예.

배우2가 <둥당에 타령>을 신명나게 부르기 시작한다.

둥당덩 둥당덩 덩기둥당에 둥당덩
둥당에디아- 둥당에 디아-
덩기둥당에 둥당덩

솜버선 솜버선 외양목에 솜버선
시엄시 줄라고 해다가 놨더니
어느나 년이 다 둘러갔나
덩기둥당에 둥당덩

날씨가 좋아서 빨래를 갔더니만
모진놈 만나서 돌베개 베었네
덩기둥당에 둥당덩

솜버선 솜버선 외양목에 솜버선
신을줄 모르면 남이나 주지
신었다 벗었다 부싯집 맹근다
덩기둥당에 둥당덩

다 함께 노래를 부르면서 흥이 겨울 때, 끝.

신태평천하

초연 무대

기간 : 1994. 9.3 – 9.18

장소 : 예술마당 솔

연출 : 김재석

배우 : 김헌근(윤사장), 안문규(윤거부, 부하, 변사), 권수정(윤사장의 처, 윤거부의 처, 미스 박, 변사), 권순창(최대복, 운전기사, 강도, 변사), 이헌미(윤미영, 미스 리, 변사)

등장인물

변사
윤사장
윤사장의 처
윤거부 : 윤사장의 첫째 아들
윤거부의 처
윤미영 : 윤사장의 딸
최대복 : 고문 변호사 겸 비서
운전기사
강도
미스 리
미스 박
부하 : 젊은 시절 윤사장의 수족

무대

공연은 삼면 무대가 적절하며, 무대에 사실적 배경이나 장치를 갖출 필요가 없다. 극중 장소와 시간의 이동이 많으므로, 그 변화가 자연스럽게 이루어질 수 있도록 상징적 장치를 사용하기 바란다. 기본적으로는, 무대 배경에 윤사장의 탐욕을 상징하는 거대한 만 원권 지폐가 그려져 있으면 좋겠고, 슬라이드가 비쳐질 수 있는 막이 필요하다. 변사가 위치할 곳에는 적당한 크기의 탁자와 마이크, 그리고 물주전자를 준비해 둔다. 악사는 무대와 관객석의 중간에 자리하여 음악을 연주하거나, 무대 상황에 맞추어 각종 음향 효과를 담당한다.

공연을 위한 조언

1. 이 작품은 여섯 명의 배우만으로 공연이 가능하도록 구성되어 있으며, 변사의 역할은 윤사장을 제외한 등장인물들이 돌아가면서 맡는다.

2. 무성영화의 변사가 지닌 특유의 분위기는 가지되, 배우들마다 독특한 개성을 보여주는 것이 좋다.

3. 악사는 변사석의 옆, 관객이 잘 볼 수 있는 위치가 좋다. 악사는 대본에 지시된 것 외에도 필요한 경우 적극적으로 극에 개입하는 것이 바람직하다.

4. 〈신태평천하〉는 채만식의 장편소설 『태평천하』의 인물유형과 플롯을 차용하여 구성한 작품이다. 소포클레스(Sophocles)의 〈안티고네〉(Antigone)가 브레히트(B. Brecht)와 아누이(J. Anouilh)에 의해 재창작된 것처럼, 윤직원의 인물 형상과 풍자의 기법이 오늘날에도 여전히 유효하다는 관점에서 시도한 것이다.

공연시작을 알리는 징소리를 악사가 크게 한 번 울린다.
변사가 과장된 몸짓으로 등장한다.

변사 (목청을 가다듬고 변사 특유의 성조로 해설을 시작한다. 해설이 계속되는 동안 배경막(screen)에는 내용에 알맞은 사진이 슬라이드로 비쳐진다) 한여름의 뜨겁던 태양도 열기를 잃어 이제는 제법 선선한 바람이 불어오곤 하는 가을 저녁. 여기는 대구에서도 현금 많기로 소문난 부자 윤두껍 사장의 초호화 저택입니다. 윤두껍 사장은 금융업과 부동산 관계 일을 주업으로 하는 〈태평 기획〉의 대표입니다. 그러나 대부분의 사람들은 그를 가리켜 사채업자라거나, 부동산 투기꾼이라고 부릅니다. 물론 윤사장 뒤에서만 그러지요. 돈 버는 일이라면 자다가도 벌떡 일어나 천리 길을 마다 않고 달려가는 윤사장에겐 수많은 별명이 붙어 다니는데, 주로 자린고비, 노랭이, 짠돌이, 놀부, 소금가마, 돈벌레처럼 듣기에 좋지 않은 것만 스물세 가지나 됩니다요. 그가 제일 좋아하는 말은 "개같이 벌어 지 맘대로 쓰자"라는 것이며, 그가 제일 싫어하는 이야기는 연말연시마다 쓸데없이 톡톡 튀어나오는 "불우 이웃을 도웁시다" 입니다요. 놀부 윤사장은 돈자만 보면 그저 기분이 좋은 체질이라, 성냥도 돈표 성냥만 쓰고, 자식들에게도 돈가스만 먹였던 사람입니다. 그런 윤사장이 하루의 일과를 마치고 집으로 돌아오고 있습니다. 저기, 번쩍 번쩍하는 외제차를 타고 으쓱거리며 들어오는 인물이 바로 윤사장입니다.

악에 맞추어 기사와 윤사장이 춤을 추며 들어온다. 기사 정중하게 문을 열어준다. 윤사장이 거만한 몸짓으로 내려 집안으로 들어가려 할 때.

기사 저, 저, 사장님.

윤사장 음, 왜 그러는가?

기사 기름이 다 되었는뎁쇼.

윤사장 바가싸노브비치(ばか son of bitch). 아니 이틀 전에 만 원어치나 넣었는데 벌써 엥꼬라니 말이나 되는 소리야?

기사 (급하게 수첩을 꺼내들고) 저… 어저께 만 원어치를 넣고, 집으로 돌아왔고, 그 거리가 4키로에, 어제 아침 팔공산 골프장까지 16키로에, 시의원님을 모시고 거기서 싸우나까지 간 것이 25키로에… 또….

윤사장 그만 해. 별 도움도 안 된 시의원을 태워준 게 정말 아깝네, 아까워.

기사 (이번엔 내가 이겼다는 기분으로) 그것도 제가 몰기에 그 정돕지요.

윤사장 (기분 나쁘다) 이봐, 이런 소리 들어 봤나?

기사 무슨…?

윤사장 구-조-조-정. 정-리-해-고.

기사 ….

윤사장 자네 앞에 있었던 오군은 참 아까운 녀석이야. 월급만 올려달라지 않았어도 평생 데리고 있는 건데. 그건 그렇고. 자네 만 원 있겠지?

기사 … 사장님….

윤사장 아, 사람이 쫀쫀하기는. 지금 내겐 수표밖에 없어서 그러니 우선 자네 돈을 좀 쓰게.

기사 (주저주저한다)

변사가 이야기를 시작하면, 두 사람의 동작이 정지된다.

변사 이 기사 양반은 속에서 천불이 올라오지만 쫓겨날까 두려워 아무 말도 못하고 있는데, 그도 사람인 이상 어찌 하고 싶은 말이 없을 것인가! (기사에게) 어이 기사 양반 속 시원하게 말 한 번 해보더라고.

기사 그래도 될까?

변사 그럼. 이 양반 귀에는 안 들리게 해줄 테니 큰 소리 한번 쳐 보소.

북소리가 나면서, 극중극으로.

기사 좋아. (사장에게) 야, 너 이리와 봐.

윤사장 (놀라서) 뭐야?

기사 뭐야? 쫀쫀? 야, 임마, 누가 쫀쫀한데. 문디 콧구멍에 마늘을 빼먹을 놈아!

윤사장 (입이 딱 벌어져서)

기사 윤사장! 지난 번 기름 값도 입 싹 닦았지, 주차비도 떼먹었지, 고속도로 통행료도 잔돈 없다고 안 줬잖아. 기억 안 나? (주먹을 쳐들며) 기억나게 해줄까?

윤사장 죄송합니다. 제가 정신이 없어서 그만 깜빡 … 제가 대신 십만 원을 드리지요. 사과의 뜻으로 받아주세요. (수표를 꺼내 내민다)

기사 (거만하게 받아 넣으며) 니 대가리는 우째 돈 나가는 것만 골라서 이자뿌노.

윤사장 (굽실거리며) 앞으로는 절대로 그런 일이 없도록 하겠습니다.

기사 니를 우째 믿노?

윤사장 제발 화를 푸시고 ….

기사 앞으로 다시 그런 짓을 하면 (주먹을 내밀며) 반 디진데이, 빌어 쳐 묵을 놈아!

북소리가 나면서, 현실로 돌아온다.

윤사장 이 녀석이 무얼 중얼 중얼거려.

기사 아무 것도… 죄송하지만, 지금 저한테 삼천 원밖에 없어서 ….

윤사장 명색이 사내대장부가… 쯧쯧… 할 수 없지. (지갑을 꺼내어 몇 번 뒤적이다가 만 원을 꺼내주려다가, 다시 두어 번 튕겨보고 내준다)

기사 (허리를 구십 도로 굽히며) 내일 여덟 시에 모시러 오겠습니다요.

윤사장 차 조심해. 동네 애들이 긁지 않도록 조심하고.

그때 아들과 며느리가 달려 나오며 인사를 한다.

며느리 아버님 이제 오세요? 더우시죠?

윤거부 피곤하시겠습니다.

식구들 저마다 한 마디씩 하는데 윤사장은 째려만 보고 있다.

윤사장 네 이놈들. 평소 문단속을 잘하라고 내가 그렇게도 일렀거늘.

며느리 (기가 죽어) 차 소리가 났는데도 아버님이 안 들어 오시길래, 제가 모니터를 보고 확인….

윤사장 야야, 며늘아. 내가 귀에 못이 박히도록 일렀는데도, 아직도 정신을 못 차렸냐!

윤거부 (아내에게) 내가 뭐랬어. 건방지게….

윤사장 (주먹을 들며) 시끄러, 이 자식아. (모두 동작 정지)

변사 손님들 중에는 윤사장 저 영감이 왜 저러나 하고 궁금해할 분들도 많은 것 같으니, 자초지종을 말씀 드리자면 이런 사연이 있습지요. (과거. 윤사장, 윤거부, 며느리가 거실에서 이야기를 나누고 있다) 바로 한 달 전쯤의 일입니다. 지금처럼 어둑어둑해지려는 저녁 무렵에 어떤 이가 찾아와 벨을 눌렀습니다. 띵똥, 띵똥

며느리 (인터폰으로) 누구십니까?

소리 (아주 빠른 속도로) 대한 사회복지 장기발전 연구회 산하 새국민 여론조사 센터에서 윤사장님의 고견을 청취하고자 왔습니다.

윤사장 애야 저 뭐라는 소리냐? 혹시 기부금 같은 것 받으러 온 놈들 아냐?

윤거부 글쎄요? 말이 워낙 빨라서 잘 모르겠습니다.

소리 잠깐만 시간을 내어 주시면 사례금도 두둑하게 드립니다.

윤사장 돈? 얘야, 얼른 문 열어 줘.

강도 (윤거부가 문을 여는 순간 칼을 들고 뛰어 들면서) 손들어! 모두, 이리로! 이리로! 빨랑빨랑 못 움직여!

윤사장 일가 완전히 얼이 빠졌다.

강도 (아들에게) 몽땅 묶어.

윤거부 (주춤거리면서 묶는다)

윤사장 (살살 묶으라는 표정)

강도 (눈치를 채고) 꽉 묶어. (아들을 묶어 둔 후) 자식, 말은 잘 듣는군. 윤사장, 돈 될 만한 거 몽땅 내놔 봐.

윤거부 저, 텔레비전하고 냉장고….

강도 주둥이 닥쳐 이 자식아, 집안에 꼬불쳐 둔 돈 많잖아? (집안을 뒤져 보지만 별로 나오는 것이 없자) 어이, 이봐 영감탱이. 좋은 말할 때 내어 놓으시지.

윤사장 저 … 이- 봐- 요. 우리가 무슨 돈이 있나. 혹시 옆집으로 갈 것을 착각해서 오신 건 아닌지 … 냉동회사 사장 집에 현금이 많다고 들었는데….

강도 씨끄러 짜샤. 니놈이 대구에서 돈놀이로 악명 높은 윤가라는 걸 잘 알고 왔어. 허튼 수작 부리지 말고 내놔.

며느리 선생님. 정말입니다. 한번만 봐 주세요.

강도 내가 왜 니 선생이야? 이 새끼들 따끔한 맛을 봐야 되겠어, 엉!

윤사장 (갑자기 벌떡 일어나며 큰 소리로) 없다. 이 놈아. 니 마음대로 뒤져 봐라. 가져갈 것 있으면 다 가져가라. 내 같이 청렴결백하게 살아가는 사람이 또 어디 있다고 이 난리야.

강도　청렴? 웃기고 있네. 야 임마, 지나가던 똥개가 웃고 가겠다. 니 놈이 한 짓을 일일이 얘기해주랴?

윤사장　….

강도　돈 천 원 빌려주곤 만 원 받아 쳐묵는 새끼는 대명천지에 니 하나뿐일 게다. (흥분) 야, 이 새끼야. 너 며칠 전에도 카센타 하나 말아 먹었잖아.

윤사장　응? 니놈은 … 빠가싸노부비치.

강도　그래, 내가 누군지 알겠냐? (복면을 벗는다)

윤사장　이 나쁜 새끼야.

강도　돈 오백만 원 돌려주곤, 이자는 악착같이 받아가고, 원금을 갚으려고 가면 슬쩍 도망 가버리고. 그러다가, 만기 날짜가 지나면 차압 딱지 딱 붙여버리고 … 야! 이 도둑놈아. 야, 돈 내놔. 내 돈 내어놓으란 말이야.

윤사장　웃기고 있네. 도둑놈아, 니 줄 돈 있으면 거지 주겠다. 이 도둑놈아.

강도　야, 도둑놈아 니 죽을래.

윤사장　죽여라 이 도둑놈아.

강도　그래, 이 도둑놈아. (칼을 들다가 멈칫하며) 하긴 니놈은 목숨보다는 돈이 중요한 새끼니까. (갑자기 며느리의 목에 칼을 댄다) 야, 셋 셀 때까지 돈을 내어 놓지 않으면 확 찔러버린다!

며느리　(졸도할 것 같은 느낌)

윤거부　아이고, 도둑님, 그러시면….

윤사장　그래, 찔러라. 찔러! 니놈도 성할 줄 아냐?

강도　굶어 죽으나, 사형 당하나 마찬가지야. 하나!

윤거부　아버님….

윤사장 니 마음대로 해라. (끄떡도 않고 있다)

강도 두-울?

윤사장 돈이든 뭐든 모두 은행 금고 속에 깊숙하게 넣어두는 나야. 지금은 먹고 죽을라 캐도 돈이 없어.

강도 세-엣- (하면서 칼을 치켜든다)

윤거부 강, 강도님, 잠깐만

강도 어디야?

윤거부 저기, 병풍 뒤에.

윤사장 네, 이놈. (발광한다) 이 나쁜 놈아.

강도 (병풍 뒤로 가서 가방을 찾아 열어본다) 우와 - 이게 다 딸라야.

윤사장 야, 이 도둑놈아. 그것만은 안 된다. 그게 우짠건데. (발악한다)

강도 야, 이 도둑놈아. 딸라를 이렇게 많이 꼬불쳐놔도 되는 거야? 엉! 이 자식들 이런 식으로 돈 빼돌려 외국까지 나가 땅 투기하고 돌대가리 자식새끼들 유학 보내 나라 쪽 팔리게 만드는구만. 우와~ 속 터지네.

윤거부 강도님, 잘못했습니다. 제발 우릴 불쌍하게 여기시고 살려주세요.

강도 좋아. 니 정성이 갸륵해서 한 번 봐준다. 대신 나의 애국적 양심으로 이 돈을 그냥 둘 수 없으니 압수하기로 한다. 알겠냐?

며느리 감사합니다. 도둑님.

윤사장 야, 이 도둑놈아, 그건 안 된다. 그래, 그래, 니 카센터 돌려 줄게.

강도 도둑놈? 내가 도둑이면 니는 도둑 할애비다, 이 도둑놈

아. (가방을 챙겨 들고 나가면서) 잘 있거라. 정의의 사자는 가신다.

강도, 객석 사이로 나가면서 관객 한 명의 호주머니까지 털어 나간다.
망연자실한 윤사장.
모두 동작 정지.

변사 어허, 서로가 서로를 보고 도둑놈이라니 진짜 도둑이 누구인지 알 수가 있나? 한참 있다가 겨우 정신을 차린 윤사장 잃어버린 딸라 뭉치를 생각하곤 또 다시 기절해 버렸습니다. 그 뒤에 일주일 동안을 깨어나면 통곡하다가 기절하고, 깨어나면 통곡하다가 기절하기를 반복했고, 그 뒤 열흘 동안 식음을 전폐했다고 합니다요. 괜히 신고했다가는 딸라를 불법으로 과다하게 보유했다고 불이익만 당할 것 같아 벙어리 냉가슴 앓듯 지낼 수밖에 없었습니다요. 그 사건이 있은 후, 윤사장은 집안 단속에 온 신경을 썼고, 집 주위에 감시카메라를 설치하고, 경찰서와 직통 핫라인을 개설해 두고, 그것도 모자라 담장 주위에 고압선까지 설치했습니다요. 그러고도.

설명이 진행되는 사이, 무대는 윤사장이 귀가하던 상황으로 돌아옴.

윤사장 내 말 명심해. 이 세상 놈들은 우리만 빼놓고는 몽땅 도둑놈이야. 남의 돈을 날 것으로 먹으려는 놈들 뿐이다, 이 말이야. 누가 돈 좀 가지고 있다 싶으면 괜히 미워하

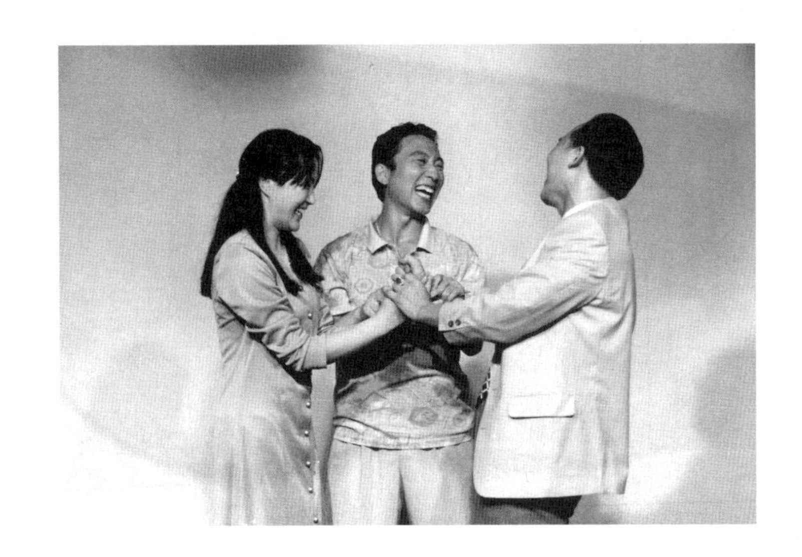

는 것이 이 세상 놈들의 심뽀다. 그러니까 우리의 안전은 우리가 끝까지 지켜야 한다. 알아 듣겠냐? 오늘 일은 내 용서 한다마는 다음부터는 절대로 이런 일이 없도록 하여라.

며느리 (공손하게) 예, 아버님.

윤사장 그래도 만일을 대비해서 다시 한 번 확인은 해보자. 자내가 부저를 눌렀다.

며느리 누구세요.

윤사장 나다.

며느리 나가 누구세요.

윤사장 어허, 나라니까.

며느리 우리 집에 나라는 사람은 없다. 통과하려면 암호를 대라.

윤사장 개나리.

며느리 무궁화.

윤사장 복숭아.

며느리 오렌지.

윤사장 선풍기.

윤거부 통과!

윤사장 잘했어, 잘했어. 앞으로도 그렇게 허여라. 아가야. 거듭 명심해라. (관객석을 가리키며) 이 세상 놈들 몽땅 다 도둑이야. 도둑!

장단에 맞추어 세 사람 어울려 '도둑이라네' 춤을 춘다.

변사 이렇게 한바탕 난리를 치르고 집으로 들어간 윤사장, 집에서 기다리던 고문 변호사 겸 비서인 대복이와 만나 사무적인 일 몇 가지를 처리해야 합니다. 최대복은 고생 끝에 사법고시에 합격하였지만, 별 볼일 없는 사무실을 운영하다가 윤사장을 만나 그의 일을 돌봐주고 있습니다. 지금 현재 최대복의 최대 관심은 어떡해서든지 윤사장의 고명딸과 결혼하여 이 집안의 막대한 재산에 기대어 볼까 하는 것입니다.

윤거부 아버님, 최비서가 한 시간 전부터 기다리고 있습니다.

윤사장 그래? 지금 어디 있지?

며느리 아가씨와 방에서 말씀을 나누시고 있는데요.

윤사장 어여 나오라고 그래,

며느리 예.

윤사장 (윤거부를 아래위로 훑어보며) 제비같이 쪽 빼입고 어디 가는 거야?

윤거부　김검사하고 술 한 잔 하기로 약속이 되어 있어서.

윤사장　오, 김검사? 요즘 힘깨나 쓴다는 그 사람 말이지.

윤거부　예, 맞습니다.

윤사장　오랜만에 듣는 좋은 소식이구나.

윤거부　그럼요. 그럼요. 제가 누굽니까. 대신 오늘 결제는 아버님 카드로 합니다.

윤사장　쯧쯧…. 알았어. 그 대신 한 장을 넘기지 마 알았지?

윤거부　예. 잘 알았습니다. 그럼 다녀오겠습니다. (인사하고 퇴장)

엇갈리면서 딸 미영과 변호사 최대복 등장.
딸은 명랑해 보이는데 비해 최대복은 풀이 죽은 표정.

윤미영　아빠, 오셨어요?

최대복　사장님. 이제 오셨습니까?

윤사장　음. 그런데 자넨 왜 그렇게 우거지상이야? 뭐 안 좋은 일이라도 있어?

최대복　(당황하며) 아닙니다.

윤사장　별일 아니라? (딸과 최대복을 번갈아 보다가) 아, 샤워 좀 할라카이, 잠깐만 기다리게.

윤사장 퇴장한다.

최대복　(잠시 주저하다가) 미영씨. 다시 한 번 생각해 주십시오.

윤미영　참 질기시네.

최대복　….

윤미영　제 나이 이제 스물다섯이예요. 한창 꽃필 나이에 시집가서 갇혀 살란 말이에요?

최대복 결혼해도 미영씨 하고 싶은 일은 모두 하실 수 있습니다. 제가 열심히 뒷받침을 하겠습니다. 사장님께서도 저를 좋아하시지 않습니까?

윤미영 착각하지 마세요. 아빠는 아빠구 전 저예요.

최대복 미영씬 도대체 내가 왜 싫은 겁니까.

윤미영 내가 좋아 할 만한 게 뭐 있나요? 인물이 잘 생겼나, 놀기를 잘 하나. 아니, 그보다는 나이 차이가 많아서 싫단 말예요.

최대복 노력하겠습니다.

윤미영 노력하긴 뭘 노력해요?

최대복 미영씨, 전 한다면 하는 놈입니다. 열심히 노력하겠습니다.

윤미영 그게 노력한다고 될 일이예요? 차라리 솔직히 말하세요. 나보다는 아빠가 가진 돈이 더 매력적이라고 말예요.

최대복 (당황한다)

윤미영 (은근한 목소리로) 대복씨.

최대복 예.

윤미영 제발 꿈 깨세요. 지금 시내에 나가면 말예요. 집안 좋고 돈 많고 잘생긴 젊은 애들이 나하고 놀자고 줄을 서 있어요. 내가 무엇 때문에 대복씨를 택하겠어요. 머리가 좋다구요? (웃는다) 요즘 세상에 머리로 할 수 있는 일이야 고리타분한 월급쟁이밖에 더 있나요? 의사? 판검사? 변호사? 교수? 우린 그런 거 우습게 생각해요. 부모 유산으로 편안하게 한평생 즐기며 살 수 있는데, 뭣 때문에 그런 재미없는 일을 해요?

최대복 ….

윤미영 (장난기가 발동했다) 대복씨 내가 문제 하나 낼게 맞춰 보실래요.

최대복 예?

윤미영 머리가 얼마나 좋은지 알아보자구요. 정답을 맞히면 결혼 문제를 생각해보죠.

최대복 (갑자기 생기가 돈다) 좋습니다. 문제를 내시죠.

윤미영 부자와 가난한 사람들의 차이를 세 가지로 나누어 설명해보세요. 주관식입니다.

최대복 예!? 아 ~ 예, 사회학적 관점에서 보면, 부자와 빈자(貧者)에 대한 개념 정의는 크게 두 갈래로 나누어 볼 수 있는데, 마르크스가 등장하기 이전에는….

윤미영 땡! 두 가지가 아니고 세 가지라니까요.

최대복 ….

윤미영 잘 들어보세요. 변호사 나으리. (장난스러운 목소리) 첫째, 부자들은 지갑에 '골프 회원권'을 넣고 다니고 가난한 사람들은 지갑에 '버스 회수권'을 넣고 다닌다. 둘째, 부자들은 주로 '맨숀'에서 살고 가난한 사람들은 '맨손'으로 산다. 셋째, 부자들의 친구들은 '실업가'들이고 가난한 사람들의 친구들은 '실업자'들이다.

최대복 ….

윤미영 어때요? 제 말이 맞죠.

최대복 (화가 난다) 미영씨. 그런 식으로 세상을 살아가니까 욕먹는 겁니다.

윤미영 (당황) 뭐라구요?

최대복 지금 바깥에선 이 집을 보고 욕을 얼마나 많이 하는지 아십니까?

윤미영 누가 우릴 욕해요. 거지같은 자식들.

최대복 미영씨나 오빠나 정신 차려야 합니다. 돈 들고 놀러 다니는 것 외에 하는 일이 뭐 있습니까? 오빠는 시내 건달들과 어울려 다닌다고 소문이 쫘 합니다. 정신 차리지 않으면 이 집안은 곧 개판이 될 겁니다.

조금 전부터 윤사장 나와서 이야기를 듣고 있었다.
화가 난 윤사장.

윤사장 빠가싸노브비치. 악담을 해도 심하게 하는구먼.

최대복 사- 장- 님.

윤사장 우리 애들이 할 일없이 놀러나 다니는 것으로 보이나 자네 눈에는.

최대복 저는 어디까지나 사장님과 이 집안을 사랑하는 마음에서….

윤사장 그러니까 자네 형편이 이 모양 이 꼴이지. 애들은 그냥 놀러 다니는 것이 아니라, 그 뭐시기냐….

윤미영 비지네스.

윤사장 아, 그래 … 비지니스, 비지니스를 하러 다니는 것이란 말이야. 알겠는가? 사업에 따라 비지니스도 달라지는 것일세. 최변. 지금 거부가 뭐하고 있는지 아는가? 실세 검사 나으리하고 한 잔 쎄게 빨고 있다, 이 말씸이야. 그게 비지니스야, 비지니스!

변사 비지니스라. 세상에 술 마시고 놀러 다니는 것이 비지니스라면 그보다 더 팔자 좋은 일이 어디 있겠습니까? 그렇죠? 이런 이야기가 왜 나오느냐. 윤사장의 위대한 깨달음과 관계가 있습니다요. 윤사장이 떼돈을 벌기 시작한 것은 세상 물정을 바라보는 재주가 남보다 뛰어났기 때문이었습니다. 그 재주가 보통 재주입니까만, 숨겨둔 비밀이 있지요. 우리 함께 보실까요? 자, 시간은 거꾸로 흘러가 장발이 유행하던 시대로 올라갑니다.

젊은 시절의 윤사장, 관객들 주위를 다니며 열심히 웃고 악수하고 무엇인가 받아오며 좋아한다.

변사 (유심히 바라보다가) 잠깐, 중지. 중지. 자네 왜 그러나. 원래 하던 대로 하란 말이지. 그래야 여기 구경 오신 어른들도 자네가 돈 번 내력을 소상히 아실 것 아닌가.

윤사장 이봐. 좀 봐 조. 나도 부끄러운 건 아는 놈이야. 그걸 어찌 다 보여준단 말인가 이 많은 사람 앞에서.

변사 자, 자. 그러지 말고. 몇 가지만 보여줘. 자네 특기잖아.

윤사장 이런 젠장. (무대 중앙으로 가서 선다)

변사 첫째, 뇌물주고 도시계획 빼돌리기.

다방. 음악 〈미워도 다시 한 번〉이 흘러나온다. 음악에 맞추어 거들먹거리던 윤사장이 관객에게 반갑게 다가간다.

윤사장 (관객에게) 어이, 김계장. 안녕하쇼? (상대방의 반응이 별로 안 좋은 듯) 왜 그래요, 김계장. 병든 닭처럼 쭈구리고 앉아서. (상대방으로부터 요즘 감사가 심해져서 죽을 맛이라는 내용의 이야기를 듣는 표정) 감사? 뭘, 그런 걸 가지고 걱정인가. 감사 한두 번 받아보는 것도 아인데, 이 사람아. 걔들 돈 몇 푼 집어주고, 룸싸롱에 데리고 가서 한 잔 쫙 빨고 나면 그만 아닌가? (잠시, 상대방의 이야기를 듣는 표정) 어허, 이 사람이. 이번 건은 큰 거야 이 사람아. 자네가 안 도와 주면 나는 어떡하나. (상대방이 마음에 들지 않는다) 만약 그러면 말이야 (잠시 뜸을 들인다) 당신한테 뇌물주고 정보를 사들였다고 쫙 불어 버릴 거야. (달랜다) 김계장 월급 가지고 언제 한 번 떵떵거리고 살아보겠어? 내가 도와줄 때 한 몫 잡으란 말이야. (강제로 돈을 쥐어주고는 서류를 빼앗아 나온다. 서류를 보며 웃음을 참지 못한다)

변사 윤사장.

윤사장 왜 불러. 바쁜데….

변사 그 정도 정보면, 어느 정돈가? 열 배?

윤사장 (피식 웃으며) 열 배? 그런 걸 내가 왜 해? (관객석을 흘끗 보고는) 시간도 없는데, 다음으로 넘어가지 그래.

변사 (불만스런 목소리) 바람 잡아 쓸모없는 땅 팔아먹기.

윤사장과 그의 부하, 지도를 가지고 등장.
관객을 상대로 설명을 시작.

윤사장 저를 믿고 찾아주신 복부인 여러분 아, 저기 복남자도 계시군요. 감사합니다. 이번에 제가 전해 올리는 정보는 엄청난 자금을 동원해서 겨우 빼내온 특급 중에서도 특급 비밀 사항입니다. (지도를 펼쳐들고) 여기를 보시면 알겠지만, 첩첩산중입니다. 그런데 제가 입수한 정보, (뜸을 들이며 관객을 둘러본 뒤) 특급 정보에 의하면 포항과 전남의 광양을 잇는 고속도로가 내년에 착공된다는 것입니다. 포항제철에서 만든 철이 식어서 굳어지기 전에 광양에 도착해야 하기 때문에 고속도로는 꼭 있어야 됩니다.

부하 (관심 없어 보이는 관객에게 다가가 위협조로) 돈 벌기 싫은 사람은 나가요. 나가. (여성 관객을 지목하여) 아줌마, 잘 들어요. 돈 벌게 해드린다니까요!

윤사장 죄송합니다. (위협조의 말투로) 이 친구가 워낙 거칠어서! 살인죄로 빵에 갔다 좀 전에 나왔거든요. (다시 나긋나긋한 말투로) 고속도로가 뚫려도 다른 곳은 재미가 없어요. 모두가 투기 예상지역으로 국가에서 묶어 버렸거든요. 그러나 제가 누굽니까? 제 눈엔 환히 보입니다. 바로 요 지역. 여기는 정부에서도 설마하고 버려둔 지역이지요. 거창을 넘어 지리산으로 가는 이곳은, 지금은 험한 산악지대이지만, 앞으로 고속도로만 뚫리게 되면 특급 레저타운으로 각광 받을 곳입니다. (은밀하게) 거창 옆에 가조 온천 알지요? 그 온천 맥이 이 땅 아래로 엄청난 양이 흐르고 있다는 사실도 확인이 되었습니다. 땅값이요? 완전 공짜지요. 평당 오천 원. 그러니까 십만 평을 사도 일 억밖에 되지 않지요. 사두기만 하면 내년엔 적어도 이십 배가 오르게 되어 있습니다. 그러면 일 곱하기 이십은 이십, 즉 이십 억은 문제가 없다는 얘깁니다. 에 또….

변사 자, 그쯤에서 자르고. 그 다음엔?

윤사장 아무짝에도 쓸모없는 땅만 팔고 토끼는 거지 뭐.

변사 땅 산 사람들이 아무 소리 안 해?

윤사장 복잡한 문제가 생기면 (부하를 가리키며) 저 친구가 알아서 해결하고, 난 잠시 외국에 나갔다 오면 돼.

변사 쯧쯧. (혀를 찬다) 자, 윤사장의 돈 버는 기술이야 일 년을 두고 이야기해도 끝없이 이어지겠지만, 더 들어보면 여러분이나 나나 열불 나서 복장 터질 것이니 그냥 넘어가기로 하겠습니다. 하여튼! 이런 식이었으니 부동산 투기꾼이자 사채업자라는 소문은 늘 따라 다녔고, 그 때문에 나라에 큰 일이 있을 때마다 한 번씩 곤욕을 치르곤 했습니다. 언젠가는 삼청교육대에 끌려가 치도곤을 당할 뻔했습니다. 윤사장은 거기도 대학인 줄 알고 좋아했다가 혼줄 난 겁니다. 그때 그는 위대한 결단을 내렸습니다.

변사의 설명이 계속되는 사이, 윤사장 앞에 윤거부와 딸이 꿇어 앉아 있다.

윤사장 (비장한 음성으로) 애들아, 시대가 달라지고 있다. 옛날에는 돈 몇 푼으로도 해결되던 일들이 이제는 더 큰 돈을 필요로 하고 있다. 이 애비가 곰곰이 생각해본 결과, 우리를 지켜줄 울타리가 있어야겠다는 결론에 도달했다. 그 울타리가 무엇이냐? 힘이다. 그러면 힘은 어디에 있느냐. 힘 있는 사람이 가지고 있다 이거야. 그러니 너희들은 반드시 힘 있는 사람이 되어야 한다. 너희가 가진 힘과 나의 돈이 합쳐졌을 때, 그때서야 우리는 태평천하에 살 수 있게 될 것이야.

윤거부,윤미영 옛!

윤사장 (잠시 둘을 바라보곤) 그런데 너희들의 머리로는 힘 있는 사람이 되기에는 하 세월이야. 다행스럽게도 막내인 장관이가 공부를 잘하니 그 애를 팍팍 밀어서 한 자리 하도록 만드는 거야. 그 대신 너희들은 힘 있는 사람들과 어울리란 말이야. 그러면 우리는 완벽한 팀이 될 수 있을 것이야. 우리 재산도 천년만년 계속될 것이고.

윤거부 아버님, 제가 할 수 있는 일이라고는 돈 쓰며 노는 일이 아니겠습니까. 앞으로 저는 정치권의 힘 있는 사람들과 친교를 맺어, 우리의 울타리로 삼도록 노력하겠습니다.

윤사장 좋은 생각이다. 팍팍 밀어주마.

윤미영 아버님, 저에겐 미모가 있습니다. 아버님의 돈을 배경으로 삼고, 저의 미모를 무기로 하여 반드시 힘이 센 남자를 신랑감으로 잡아 오도록 하겠습니다. 사위만큼 튼튼한 울타리가 어디 있겠습니까.

윤사장 그것도 좋은 생각이다. 팍팍 밀어주마.

변사 이렇게 하여 윤사장의 첫째 아들인 윤거부와 그의 딸 미영은 소위 비지네스에 열심이었고, 그 효과가 있었는지 요즘 들어 이 집안에 어려운 일이 생기더라도 술술 풀려나가서 하는 일마다 승승장구입니다요. 그러니 최대복의 이야기를 들은 윤사장이 노발대발 할 수밖에요.

변사의 설명이 계속되는 사이, 무대는 미영과 최대복이 이야기를 나누던 시간으로 돌아온다.

윤미영 대복씬 비지네스 대상으로도 실격이에요. (퇴장)

최대복 ….

윤사장 (최대복의 어깨를 토닥이며) 만일 최변이 내 딸과 결혼만 한다면 내가 화끈하게 밀어줌세. 그리고 최변은 내 사업을 열심히 돕고 말이야. 그것이 바로 상 … 조 … 상….

최대복 상부상조.

윤사장 나도 아네. 이 사람아. 한마디로 누이 좋고 매부 좋고, 도랑 치고 가재 잡고, 이 말 아닌가.

최대복 예.

윤사장 쯔쯔, 최변은 머리만 좋았지 세상이 어떤 힘으로 돌아가는지를 아직 몰라. 이 세상을 돌아가게 하는 힘은 돈에서 나온단 말이야 알겠는가. 이 세상에서 제일 중요한 게 돈이란 말이야. 돈이면 안 되는 게 없어. 전에 금융실명젠가 뭔가 시행한다고 했을 때, 최변이 내게 뭐라 했나?

최대복 세상이 뒤집어졌다고 했습죠.

윤사장 그런데 어떤가? 세상 뒤집어졌는가? 내 돈 한 푼이라도 손해 본 게 있는가 이 말씀이야.

최대복 그땐 분명히 큰일 난 것으로….

윤사장 그때 내가 뭐랬는가? 대한민국은 법치국가이니 법대로 하면 된다 하지 않았던가. 법이란 게 무엇인가. 자네, 한자로 법 법자를 어떻게 쓰는지 알지? 갈 거(去) 변(邊)에 물 수(水)를 쓴 게 아닌가?

최대복 바뀌었습니다요. 물 수 변에 갈 거.

윤사장 그래, 최변은 똑똑해서 좋겠네.

최대복 … 계속 말씀 하시죠.

윤사장 가설라무네. 물 흐르는 대로 가는 게 법이란 말이야. 물이란 게 어떠냐. 높은 곳에서 낮은 곳으로 흘러가면서 돌을 만나면 돌아가고, 웅덩이를 만나면 넘쳐흐를 때까지 고여서 기다리고 있다가 때가 오면 다시 흘러가는 게야. 우리 법도 바로 물과 같다고 보면 돼. 무엇 무엇을 금지하라 이런 법이 나오면 말이야, 조금만 참고 기다리면 이런 저런 방법으로 하면 걸리지 않는다는 방법이 째깍 나온단 말이야. 금융실명젠가 뭔가 할 때도, 자네는 가명계좌, 차명계좌 신고하자 그랬지만, 내가 기다리라 카지 않았나. 기다리니까 빠져나갈 방법이 생겨나질 않았나. (자랑스럽게) 바로 물이 흘러가는 이치와 똑같지 않나 이 사람아. 어때? 경제학 교수보다 낫지?

최대복 예, 이번에 토초세도 위헌 판결이 나지 않았습니까? 역시 버티는 게 최곱니다.

윤사장 그렇지, 그렇지. 자네도 이젠 뭔가 감을 잡는구만. 난 말이야. 이렇게 좋은 나라에 사는 게 정말 행복해! 애국심이 절로 생겨난다니까. 기다리면 돼! 으하하하하. (웃는다) 아 참, 오늘 다녀온 일은 어떻게 되었나?

최대복 잘 처리 되었습니다. (가방을 열어 서류를 꺼내어 윤사장에게 준다) 보시다시피 금강기계공업사의 재무구조는 건실한 편입니다. 은행과 신용금고에 담보로 잡혀있긴 하지만, 아직 40억 정도의 여유는 있다고 볼 수 있겠습니다. 그래도 은행에서는 더 이상 대출이 안 되고 있기 때문에 저희들의 요구를 수락하지 않을 수 없는 편입니다.

윤사장 조건이 뭐였더라?

최대복 두 달 간 20억을 쓰는 대신 선이자로 1억을 떼기로 한다.

윤사장 너무 후한 것 같지 않나? 내 돈 아니면 땡겨 쓸 데도 없을 건데. 이참에 좀 더 받아내는 게 좋지 않겠나!

최대복 사장님. 금강기계의 상황이 나쁘기는 해도 그렇게 심하진 않습니다. 그러므로 이번에 인심을 한 번 써 두시면 다음에 좀 더 좋은 조건으로 돈을 돌릴 수 있을 것입니다.

윤사장 그럴까? 그러면 내일 사무실에서 계약하도록 연락을 해. 그 다음엔 뭐였더라. 그렇지. 대명동 구이집 차압 건은 어떻게 되었나?

최대복 예, 그것도 잘 해결되었습니다. 경매 넘긴다고 서류를 보여주었더니, 주인 여자가 울며불며 쫓아나가 돈을 마련해 왔더군요.

윤사장 빠가싸노부비치. 그럼 고년이 돈을 가지고 있었단 소리 아니야? 하마터면 속을 뻔 했잖아.

최대복 그렇진 않은 것 같….

윤사장 그렇지 않긴 뭐가 아니야. 없는 것들일수록 똥배짱만 늘어 있거든. 그저 복날 개 패듯이 패놓아야 나긋나긋하게 말을 잘 듣는단 말이야.

최대복 ….

윤사장 그 다음엔? 아니 됐네, 나머진 중요한 게 아니니 내일 이야기 하세. 자네 저녁 묵었나?

최대복 아직….

윤사장 그럼 빨리 집에 가보게. (들어가려다가 돌아서서) 자네, 꼭 기억하게. 우리나라에서는 말이야. 돈이 최고야 알겠나? 자네도 돈만 아니면 왜 나한테 이렇게 굽실굽실하겠나. 따라해 봐.

최대복 예?

윤사장 이 하늘 아래에선 돈이 최고다. 돈이 신이다.

최대복 이 하늘 아래에선 돈이 최고 신이다.

윤사장 그럼 가봐. 집에 가서 밥 묵어야지.

최대복 (퇴장한다)

변사 어떻습니까. 여러분. 윤사장의 설명이 그럴듯하지 않습니까? 대한민국 땅에선 돈이 최고다. 돈 많이 뿌려서 다친 사람 있으면 나와 보라 그래. 저 당당한 주장에 반박할 사람이 여기에 몇이나 있겠습니까. Oh, No. 행여 있다고 하더라도 함부로 윤사장에게 대들지 마십시오. 말이 통하지 않는다 싶으면 주먹이 날아오는 것이 윤사장의 특기이니까요. 한 번 보실까요?

윤사장 야들아. 저녁 어떻게 되었냐? 배고파 죽겠다.

소리 예. 가져갑니다.

아내와 딸이 호화판 저녁상을 챙겨서 나온다.

윤사장 (아내에게) 당신은 어째서 내가 왔는데 코빼기도 안보였소.

아내 사흘 만에 들어오는 양반, 뭐 이쁘다고 달려 나온답디까?

윤사장 그놈의 심술하고는….

윤미영 아빠도 너무 하셨어요.

아내 됐다. 언제는 집에 제대로 들어오기를 했냐?

윤사장 그만해. (수저를 든다)

아내 며칠 전에 내 말 생각해봤수?

윤사장 아직 그 애기야? 이미 끝난 거라 했잖아.

아내 끝난 애기 아니유.

윤사장 (수저로 상을 내리치며) 빠가싸노브비치. 죽고 싶어 환장한 기가?

아내 (겁은 먹었지만 억지로 용기를 내어) 나도 할 말 좀 하고 삽시다. 그게 어디 내 혼자 좋자고 하는 일이라요?

윤미영 엄마, 왜 그래. 아빠. 무슨 일이예요.

윤사장 넌 알 것 없다. (아내에게) 이봐, 너 말이야. 근본도 모르는 땡땡이중의 말을 듣고 계속 그럴 거야?

아내 당신이야말로 쓸데없는 고집 좀 버리소.

윤사장 아이고, 혈압이야. 이러다가 내가 내 명에 못 죽지.

윤미영 아빠, 도대체 무슨 일이에요?

윤사장 니 엄마가 말이다. 내 알토란 같은 재산을 헐어 고아원에 집을 지어주잔다. 내 돈이 어떤 돈인데, 한 푼이라도 헛되게 쓴단 말이냐? 안 그러냐? 미영아.

윤미영 아~ 전에 우리 집에 다녀갔던 스님이 한다는… 음… 뭐라더라, 음, 그래. 자비원 이야기구나.

아내 미영아, 너 생각도 그렇지? 큰 절만 찾아다니며 기부하는 것 보다야 고아들을 도와주는 일이 더 큰 복을 받을 수 있다는 그 분 말씀이 맞제. 안글라?

윤미영 (양쪽의 눈치만 본다)

윤사장 큰 복? 지금 예약된 복만 해도 극락왕생 열 번은 하겠다. 서울에 있는 큰 절에다가 탑을 세워주었지, 대구의 큰 절에는 종을 만들어 주었지, 경주의 큰절에는 다리를 만들어 주었지.

아내 그런 거 모두 헛것이라 그러지 않습디까?

윤사장 그게 왜 헛것이야. 혹시라도 부처님이 잊어버릴까봐, 탑에도 종에도 윤두껍이란 내 이름 석 자를 큼직큼직하게 박아두었잖아. 아~ 그리고, 경주에 만들어준 돌다리 이름이 극락교야, 그 이름도 거룩한 극락교. 나는 그 다리를 사뿐히 밟고서 극락으로 들어간단 말이지.

윤미영 맞아요. 절마다 아빠를 위해 천일기도를 올렸잖아.

윤사장 그럼, 그럼. 그런데 뭐가 부족해서 고아원에 집을 지어주고 복을 빈단 말이야. 혹시라도 신문에 사진하고 이름이라도 큼직하게 나온다면 몰라도,

아내 당신이 도와주기만 하면 설마 모른 체 하겠는교.

윤사장 그놈 말하는 것 보면 싹수가 노래. 뭐? (스님 흉내) 왼손이 하는 일을 오른손이 모르도록 하는 것이 진정한 자선입니다. 웃기고 앉았네. 왼손이 하는 일은 오른손이 아니라 내 왼발, 오른발, 아니지-, 사천만 동포의 손발이 몽땅 알아야지.

아내 그래도, 다른 스님 말씀보다 백번 지당합디다.

윤사장 (완전 무시하고) 잠깐! 그러고 보니 그 말은 예배당에서 하는 말 아니야? 맞아 소싯적에 옥수수가루 얻어묵을라꼬 예배당에 갔을 때 들었던 소리야. 아하-, 억울하네. 내가 진작 그것을 알았더라면 그 자리에서 그 땡중의 면상을 후려 갈겨 주는데 말이야. 지가 모시는 두목이 한 이야기가 뭔지도 모르는 녀석이라면 분명 가짜야, 가짜.

아내 (기가 막힌다) 당신도 내일 모레면 칠십 아니유. 저 세상 갈 때 돈을 싸가지고 갈 것도 아인데. 제발 마음 좀 고쳐 묵으소.

윤사장 빠가. 내가 왜 죽어. 천년만년 살끼야. 내가 만들어준 탑이 무너질 때까지 살끼란 말이야. 그따위 재수 없는 소리 집어치워.

윤미영 그럼요, 아빠. 적어도 백 살까지는 문제없을 거예요. 두 분 그만하시고 어서 식사하세요.

아내 (혼잣말) 마음을 곱게 써야 복을 받지.

윤사장 뭐야? (밥상을 들었다 놓는다) 째진 입이라고 니 함부로 말하는데, 조심해. 니 혼자 고상한 척 하지 말란 말이야.

윤미영 (힐난하듯이) 엄마, 제발 그만하세요.

아내 돈이 뭐 중요하다고….

윤사장 시끄, 이년아. 닌 물만 묵고도 살 수 있는 모양이제?

아내 이제 돈이고 뭐고 다 귀찮으니까, 하루라도 마음 편하게 살다 갔으면….

윤사장 (버럭 화를 내며) 우리한테 돈이 없으면 우릴 거들떠보기나 할 것 같애? 넌 말이야, 가난이란 게 뭔지 몰라. 내 덕에 호의호식하며 사니까 세상살이가 만만한 모양인데… 웃기지마. 세상 사람들은 모두 도둑놈들이야.

아내 그만하소. 귀에 못이 박힐 지경이니까.

윤사장 어이, 이 봐! 내가 가난뱅일 때 누구 하나 안 도와주더라. 배가 고파 눈이 핑핑 돌아가는데도 밥 한술 챙겨주는 새끼 없더란 말이야. 세상인심이란 게 그런 거야. 뭐? 서로 돕고 살자? 날 도와준 놈 있으면 나와 보라 그래. 없는 것들이 공짜를 바라기는… 개수작 마라 이놈들아.

윤미영 제발 그만하세요. 엄마. 오늘따라 왜 그래요?

아내 이것아, 너도 정신 차려. 돈이 전부는 아인기라.

윤사장 밥맛 떨어지게 하지 말고 저리 비켜.

아내 못 비켜요, 당신 좋으라고 돈 좀 쓰자는데 그리 아깝수.

윤사장 (화가 났다) 뭐라고, 이 년이. 보자보자 하니까.

윤미영 엄마, 제발 그만하세요. 그러다가 또 맞겠어요.

아내 때려 봐요, 때려 봐. 당장 고소해 버릴 테니까.

윤사장 (주먹이 떨린다)

아내 내 나이도 육십 넘어도 맞고 살아야 되나? 니 애비한테 끌려와 이때껏 살아온 것만 해도 장한 일이데. 암 훈장 탈 일이제.

윤미영 엄마. 제발….

윤사장 고소? 그래 해봐라 이년아. 빨가벗기가 쫓가내고 말 테이까.

아내 웃기지 말아요. 갈라서면 재산 분할 청구를 할 수 있답니다.

윤사장 뭐, 뭐? 뭣이여? 우~웃….

아내 나도 들었심더. 법에서 당신 재산 절반은 내 꺼라 카데예.

윤사장 뭐? 법… 빠가… 이놈의 최변이… 지 기집도 못 챙기는 놈이 헛소리만 나불대고 다녀… 이 년놈들을 (밥상을 들고 패려한다)

윤미영 아빠, 참으세요. 왜 이래요.

윤사장 놔라. 내 저년을 패죽이고 나도 죽을란다. (밥상을 붙들고 씨름을 한다)

아내 ….

아버지와 딸이 밥상을 잡고 실랑이를 하다가, 딸이 밥상을 빼앗아 나간다.

윤사장 (화가 머리끝까지 났다. 그러나 때리지는 못한다) 그래 니가 내 돈 모으는데 도와준 게 뭐 있다고 재산을 내놓으란 말이야.

아내 당신이 그렇게 악질적으로 놀 때, 내 고통은 오죽했겠십니꺼. 당신 때문에 동네에서 인심 잃어 욕먹은 게 얼마고, 낯선 여자한테 멱살 잡히가 머리카락 뽑힌 게 몇 번이고, 남의 집 집문서 들고 튄 당신 땜에 실랑이 하다가 둘째 애 떨어진 거 생각 안 납니꺼. 그라고 당신이 바깥에서 건드린 여자가 얼마나 많아요. 그거 다 내가 수습 안했으만, 당신 콩밥을 먹어도 수십 번은 먹었을 겁니더. 당신이 이나마 사장 행세하는 건 다 내 덕인 줄 아소.

윤사장 미친년 널 뛰고 앉았네.

아내 뭐예요? 이이가 … 내 청춘을 보상해요. 보상.

윤사장 니 청춘? 유행가 같은 소리 하고 자빠졌네.

아내 빚 갚으러 찾아간 나를 강제로 겁탈하고 납치해서 살림 차린 게 누군데 그랍니꺼.

윤사장 그래서 내가 너를 굶겼냐? 아니면 옷을 안 입혔냐?

아내 (어이가 없다)

윤사장 (단호한 목소리) 하여튼, 우리 가문에 똥칠할 순 없어. 어떻게 우리 집안에 이혼이 있을 수 있단 말이요.

아내 가문? 좋아하시네.

윤사장 (주먹을 쥐며) 그만해!

아내 일제 때 밀정에다 노름꾼이었던 주제에. (말을 해 놓고 난 뒤 자신도 놀란다)

윤사장 (큰 충격을 받았다) 너 말이야. 당장 방구석으로 들어가서 손 씻고 발 씻고 잠이나 자. 지금 한 마디만 더 하믄 니 죽고 내 죽는 거야. 알겠어!

아내 …. (심상치 않은 분위기를 느끼고, 울면서 퇴장)

변사 왜놈앞잡이, 밀정이라는 말이 윤사장의 가장 큰 약점입니다. 일제 때 노름판이나 기웃거리며 개평이나 뜯어먹고 살아가던 그가 해방직후에 애국지사로 둔갑하게 된 사건이 하나 있었습니다. 노름판에서 일본 순사와 끗발을 겨루다가 몽땅 털린 윤사장. 아니 그때는 윤두껍이라 불렸지요. 하여튼, 노름판에서 눈이 홀랑 뒤집힌 윤두껍이 일본 순사의 손을 낫으로 찍어 버렸습니다요. 그 때문에 주재소에 잡혀가서 실컷 얻어터지고, 콩밥을 먹고 나온 그는 해방이 되자마자, 그것을 빌미로 하여 위대한 독립투사로 변신을 했고, 연줄 연줄을 달아서 미군에게 접근했습니다. 그 시절 그의 모습을 잠깐 보기로 할까요?

윤사장 (노래를 부르며 등장) 베삼에 베삼에 무쵸- , 아이 씨팔, 또 이자뿌린네. (다시 노래 반복해보나 잘 안 된다) 양놈세상이 됐으니 영어를 배우기는 배워야 될 낀데 (노래 다시 부르다 종이를 구겨서 주머니에 넣고) 아이, 씨팔. 우예 되겠지. (관객에게) 핼로우, 밋쎁다 톰. (악수) 나이스 투 미츄. 아이엠 파인, 앤드 유? 오케이, 오케이. 톰, 렛츠 고우. (대구의 여기저기를 안내한다) 히어 자갈 스포츠 센타. 히어 (종이를 꺼내어 적힌 걸 보아가며) 신라 킹 듀링크 와인 앤드 딴스 앤드 씽, 위드 땐써. 유 노? (미군이 지나가는 여자를 따라가는 듯) 톰, 톰, 토~옴~. 우와, 미치겠네. 이 새끼들은 가시나만 보면 우예 사죽을 못 쓰노. (관객에게 다가가서) 여자를 데리고 잔다가 영어로 뭐꼬? (들어보고 나서) 오우 땡큐. (무대로 돌아와서) 탐. 유 초이스. 아이 기부 유. 예스, 예스. 유 고우 앤드 슬리핑 앤드… (다시 그 관객에게) 야 거시기 하는 걸 영어로 뭐야? 뭐? 몰라? (다른 관객에게 가서) 여자하고 함 하는 거 영어로 뭐야? 뭐? 뭐? 이트? (정색을 하고) 톰, 이트 걸. 하하하하. (톰이 못 알아듣자) 이트 몰라? 이트? 몰라? 몰라? 야 임마 조 무라는 말이다 자슥아.

변사 그 덕인지 아닌지는 잘 모르겠으나, 미군이 관리하던 적산을 대거 불하받아 한 밑천 톡톡히 챙긴 윤두껍 씨는 그걸 밑천으로 돈놀이를 시작했던 겁니다. 그때 자신의 돈을 갚으러 온 지금 부인을 강제로 겁탈하고는 살림을 차려버렸습니다. 윤두껍 씨의 본처가 엄청나게 얻어맞고, 깡통 하나 들고 쫓겨났다는 소문이 그 당시 대구 시내에 파다했었습니다. 여자에게 주먹질 하는 윤두껍 씨의 버릇은 수십 년의 세월이 흘러도 여전합니다. 그리하여, 오늘 밤, 30년이 넘는 결혼 생활에 생전 처음 일으켰던 부인의 반란도 결국 주먹으로 강제 진압되고 말았던 것입니다.

윤사장 에이, 오랜만에 집에 들어와 쉴렸더니 별 게 다 재수 없게 까불어. (안에다 대고) 야 이년아. 니가 그런다고 내 눈 하나 깜빡 할 줄 아나. 내가 다시 집에 들어오면 내 손가락으로 된장 지진다. (나가려 한다)

아내 (소리) 어디 가요.

윤사장 넘이사. (변사의 해설이 계속되는 동안 옷을 차려입고 외출 준비

하며 기뻐하는 모습과 애인의 아파트로 찾아가는 동작을 연기한다)

변사 집사람과 뜻하지 않게 한바탕을 벌인 윤사장은 집을 나서자 다시 기분이 좋아집니다. 전화위복. 바로 이럴 때 쓰는 말이 아닌가 싶습니다. 일주일 전에 아파트 한 채 얻어 주저 앉혀둔 미스 리를 만나러 갈 수 있기 때문입니다. 한 사흘 동안 그 집에서 주구장창 놀고 먹다가 왔지만, 다시 나긋나긋한 이양의 허리를 안을 생각을 하니 갑자기 가슴이 뿌듯해져 옵니다. (경쾌한 음악에 맞춰 윤사장 무대 밖으로 퇴장) 그러나 그 아파트에서는 경천동지할 일이 벌어지고 있었으니, 바로 그의 아들 윤거부가 그곳에서 놀고 있었던 것입니다.

윤거부 미스 리의 허리를 안고 깔깔거리며 들어온다. 그 뒤를 이어 마실 것을 든 미스 박이 뒤따라 들어온다.

윤거부 거참 재미있는 이야기구나. 다른 이야기는 없어?
미스박 우리만 하면 재미없잖아요. 따링이 하나 해보세요.
윤거부 내가?
미스리 예, 빨리 해보세요. (박수를 친다)
윤거부 글쎄, 좋았어. 최신판으로 하나 하지. 맥주병을 보고 '마누라' 라고 부르는 정신병자가 병원에서 치료를 받고 있었단다. 의사는 그에게 맥주병을 보고 맥주병이라고 하면 퇴원할 수 있다고 말했지. 어느 날 의사가 맥주병을 들고 와서 그에게 물었어. "이게 무엇입니까?" "맥주병이요" 하고 그 정신병자가 대답했지. "이제 당신은 퇴원할 수 있습니다" 라고 의사가 말했어. 얼마 후 그 정신병자가 카운터에서 퇴원수속을 하고 있는데 마침 옆에 소주병 하나가 있었어. 그러자 정신병자가 하는 말, "아니! 처제가 여기 웬일이야?" (혼자 깔깔거린다) 우습지. 웃기지.

미스 리, 미스 박 웃지도 않고 쑥덕거리다 깜짝 놀라며.

미스리 아이 재밌다. 아이 재밌다.

미스박 아이 써늘해, 사장님도. 그 얘긴 10년 전 거예요.

윤거부 어, 그래? 그럼 미스 박이 하나 해봐.

미스박 어떤 신혼부부가 있었는데요. 드디어 신혼 첫날밤이 되었어요. 호텔 방에 들어서자마자, 남편이 침대 이불속에 들어가 부인을 불렀어요. "자기~ 일로 와바." "아이~ 부끄러." "그래도 와바~" "알았어." 부인은 못 이기는 척하며 이불속으로 들어갔어요. 이때 남편이 하는 말. "내 시계 야광이다."

일동 손뼉을 치며 웃는다.

미스리 잠시 후에 남편은 목욕탕에 들어가 물을 틀어 놓고 부인을 또 불렀대요. "자기~ 일로 와바." "아이~ 부끄러." "그래도 와바~" "알았어." 부인은 못이기는 척하며 목욕탕에 들어갔어요. 그때 남편이 물속에서 시계를 꺼내며 하는 말이 "내 시계 방수도 된다"

모두 배를 잡고 뒹군다.

잠시 후.

미스박 사장님, 또 있어요. 덩달이가요….

윤거부 시도뿌(stop)-. 미스 박. 됐네, 됐어. 그런 이야기만 하면서 이 밤을 보낼 거야?

미스박 야하고 재미있는 건데….

윤거부 (은근하게) 미스 박.

미스박 예, 사장님

윤거부 미스 박은 시간이 어쩜 그렇게 많을까?

미스박 (무슨 소린지 몰라서) … ?

윤거부 집에 가서 밀린 빨래도 하고 방청소도 해야지. 여기서 이렇게 시간을 보내고 있으면 어떡해.

미스리 (꼬집으며) 사장님두, 오늘따라 웬 심술이에요? 미스 박도 사장님을 얼마나 사랑하는지 아세요?

미스박 섭해요. 사장님

윤거부 (과장되게) 오! 미스 린가 미스 박인가 그것이 문제로다.

미스리 어마, 사장님. 그러시면 난 어떡해요?

윤거부 조크지. It's my joke.

미스리 그래도 그렇게 심한 농담을 하시면 소녀 가슴이…. (우는 시늉)

윤거부 왜 이러실까. 미스 리

블루스 곡이 흐른다. 윤거부 미스 리를 일으켜 세워 춤을 춘다.

미스리 따링, 내가 부탁할 게 하나 있는데 들어 줄려우.

윤거부 그래. 이야기해 봐. 내가 할 수 있는 거라면 무엇이든지 다 해주지.

미스리 따링이 준 돈을 가지고 이 아파트를 얻었잖아.

윤거부 그래서….

미스리 그런데, 사실은 시골집에서 급하게 돈이 필요하다고 해서 반을 뚝 떼어 보내주었거든.

윤거부 반을?

미스리 그럼 어떡해. 아버지는 아파 누웠고 어린 동생들은 학교에 다녀야 하고….

윤거부 (갑자기 춤을 멈추고, 미스 리를 밀쳐내며) 놀고 있네. 왜 이래. 누굴 바보로 알아, 애들이.

미스박 아니에요, 윤사장님. 얘네 아버지가….

윤거부 시끄러. 분위기 잡치게….

미스리 (윤거부에게 매달리며) 잘못했어요. 사장님! 제가 눈치도 없이….

윤거부 프로끼리 이러면 곤란하지. 돈이 필요하면 차라리 그냥 필요하다고 해. 나 말이야, 그렇게 쩨쩨한 놈 아니야. 밀어달라면 화끈하게 밀어줄 수도 있다 이 말씀이야.

미스리 따링이 역시 최고야.

미스박 역시 남자다우셔. 윤사장님은 돈이 얼마나 되세요? 백억? 천억?

윤거부 뭘, 밑에 있는 돈들이 제발 숨 좀 쉬게 해달라고 하소연할 정도 밖에 안 돼….

미스리 따링. 나 일억만 좀 꾸어줘요. 쪼끄만 까페 하나 열게.

미스박 사장님. 좀 도와줘요.

윤거부 그래? 일억? 우습지. 통 좀 크게 놀아 봐.

미스박 어머, 신난다. 사실은요, 저희 둘이 독립해서 조그마한 가게를 하나 할까 했는데 돈이 모자라서 고민이 많았거든요.

윤거부 그래, 술장사도 괜찮지. 그런데 더 좋은 건 돈 장사, 땅장사야. 어느 정도만 쥐고 있으면 가만히 앉아 있어도 돈들이 술술 굴러 들어온단 말이야. (웃는다) 난 사업합네 하면서, 돌아다니는 인간들 보면 바보 같애. 왜 그렇게 골치 아픈 일을 하는지 몰라. 나를 봐. 노조 걱정을 하나, 세금 걱정을 하나?

미스리 그걸 누가 모르나요. 밑천이 있어야지요.

윤거부 (갑자기 뭔가 생각났다) 내 정말 재미있는 이야길 하나 해주지. 고등학교 동창생 중에 공부를 잘하던 녀석이 하나 있었거던. 그놈이 법대도 의대도 안 가고 불문과에 가더라고. 까뮤하고 부조리라는 놈이 쓴 소설이 그렇게 좋대나? 그때 난 은근히 기가 죽었지. 나하고는 질이 다른 녀석이었으니까.

미스리 그 친구분 지금 무얼 하고 계세요?

윤거부 며칠 전에 길거리에서 우연히 마주쳤지. 나도 그렇게 물었어. 그랬더니 대학의 시간강사래.

미스리,미스박 시간 강사? 그 나이에?

윤거부 꼬라지도 보니 초라해. 웃기는 건 말이야. 프랑스에 가서 박사학위까지 땄다는 그녀석이, 대학에서 한 시간 떠들고 받는 돈이 만 원 조금 넘을까 말까 한다는 거지.

미스리 껌값도 안 되네.

미스박 다음에 그런 사람 만나면 팁 줘야지.

윤거부 웃기지? 언제 교수가 되느냐고 물어 보았지. 그랬더니 그 녀석이 우물쭈물하며 말을 제대로 안 해. 눈치를 보니까 거의 포기한 것 같더라구. 중학교 선생 하는 마누라 등골이나 빼먹고 계속 살 거냐고 했더니 아주 서글프게 웃더군. 웃는 게 꼭 우는 것 같더라니까.

미스리 너무 안 됐다.

윤거부 그 녀석을 끌고 룸싸롱으로 갔지. 마구 퍼먹였어. 촌닭같이 두리번거리는 녀석을 보면서 나는 통쾌했지. '그래, 이 땅에선 부모를 잘 만나야 해. 돈 많은 부모 아래에선 인생이 활짝 꽃피지만, 그렇지 않으면 용 빼는 재주가 있어도 인생은 쪼그라드는 거야. 너희들도 마찬가지 아냐?

미스리,미스박 ….

윤거부 요즘 내 모습을 봐. 누가 나를 공부 못해 빌빌거리던 윤거부라고 하겠어? 이래서 돈이 좋은 거야. 난 말이야, 내 자식들한테도 돈을 잔뜩 물려 줄 거야. 나처럼 행복한 인생을 살 수 있도록 말이야. 그럼 걔들 인생도 봄날이야, 봄날.

흥에 겨워 춤을 추기 시작한다. 미스 리와 미스 박도 흥을 맞추어 준다. 분위기가 한창 고조되고 있는데 막 도착한 윤사장이 벨을 누른다.

미스리 누굴까?

미스박 내가 나가 볼까?

미스리 아니야, 세탁물 가지고 왔나봐. (현관문을 열다가 윤사장을 보고 기겁하며 문을 밀어버린다. 들어오려다 문에 머리를 박은 윤사장은 뒤로 넘어진다)

윤사장 아이구, 아야. (고통을 참으며) 미스 리, 왜 이러는 거야.

미스리 아무 것도. 잠깐만. (횡설수설)

미스박 밖에 누구야?

윤거부 (문 쪽으로 나오며) 웬 놈이 남의 집에 들어와 행패냐?

소리를 들은 윤사장, 강제로 문을 밀고 들어온다.

윤사장 웬놈이 귀신 씨나락 까먹는 소리하고 있어?

두 사람 거실 한 가운데서 마주친다.

윤거부 아- 버- 지-.

미스리 뭐야?

미스박 맙소사.

윤사장 빠가싸노부비치, 이놈아. 검사들하고 술 하러 간다더니.

윤거부 그게….

윤사장 미스 리. 여기 저 애가 웬 일이야?

미스리 그게… 저,

윤사장 (분을 못 삭여서) 야, 이놈아. 여긴 내가 사준 아파트란 말이야.

윤거부 무슨 말씀이세요. 내가 돈을 대 주었는데요.

윤사장 이놈아, 니가 무슨 돈이 있어서. 내 돈 뜯어 묵고 사는 주제에.

미스리 어머, 재산이 수백 억이라더니….

윤거부 그게….

윤사장 이놈, 그동안 너무 돈을 많이 쓴다 싶더니, 이런 짓을….

윤거부 이런 짓이라니요. 아버지, 나이 70에 스무 살짜리와 이게 뭡니까?

미스리 어머, 육십도 안 되었다더니….

윤사장 동네 창핍니다. 지나가던 똥개도 웃겠습니다.

서로 째려본다.

미스박 어마, 두 사람 모두 너무 거짓말이 심하다.

윤사장과 윤거부 제 정신이 돌아온다.

윤사장 가만, 가만, 이년들이 위아래로 울가 묵었구나.

윤거부 내 이년들을!

윤사장 지금 당장 나가.

미스리 사장님 잘못했어요. 한번만 용서해주세요.

미스박 저두요.

윤사장 시끄러. 당장. 나가지 못해.

미스리 옷이라도 입고….

윤사장 까불지 말고 나가. 내 돈으로 산 것들에 손끝 하나 대지 말고 나가. (주먹을 휘두르며 쫓아내고 만다)

씩씩거리면서 마주 보고 서 있는 두 사람.

변사 오늘 저녁 윤사장의 일이 왜 이렇게 꼬이는지 모르겠습니다. 우리는 이런 집안을 보고 콩가루 집안이라고 하나요? 어쨌든, 두 사람은 서로 간에 협정을 맺었습니다. 자칭 '위대한 협약' 이라는 이름이 붙어 있는 조약을 살펴볼작시면.

윤거부 하나. 앞으로 여성 문제에 대해서는 서로 허심탄회하게 의논을 한다.

윤사장 하나. 서로 상대 지역을 존중해 준다.

윤거부 동성로를 중심으로 해서 반월당과 봉덕동은 나 윤거부의 지역으로 하고,

윤사장 그 외는 내 지역이다-!

변사 이렇게 해서 다사다난했던 윤사장 일가의 하루가 마무리 되었습니다요. 여기서 잠깐 숨도 돌릴 겸해서 윤사장 일가와 최대복의 일기장을 살짝 넘겨보기로 할까요?

무대 뒤 배경막(screen)에 윤사장 일가의 여러 모습을 찍은 동

영상이 비춰진다. 아래 내용이 그들의 목소리로 흘러나온다.

윤사장 오늘 하루 재수가 디기 없었다. 천하의 윤두껍이가 새파란 년한테 속아 넘어가다니. 허참. 뛰는 놈 위에 나는 놈 있다더니 … 아니야. 오히려 잘된 일이지 뭐야. 돈 한 푼 들이지 않고 고년을 내어 쫓았으니 성공한 장사 아인가? 으하하하하. 그럼, 내가 하는 일에 실패가 있을 수 있나. 나는 복이 많은 사람이야. 하늘이 윤두껍 편이라니까. (기도) 감사합니다, 부처님하느님. 앞으로 장관이가 높은 자리 하나 떡 하니 꿰어 찰 수 있도록 팍팍 밀어 주십시오. 그 은혜 잊지 않고 열심히 살겠나이다. 살기 좋은 세상이야. 암, 우리한텐 태평천하지. 태평천하. 으하하하하.

윤거부 놀라운 일이다. 미스 리가 일흔이나 된 노인과 놀아나다니. 그게 다 돈의 힘 빽 아니겠어? 이 돈을 잘 지켜야 할 텐데… 그래! 힘쓰는 단체에도 부지런히 가입하고 기부금도 내어, 얼굴을 많이 팔아 놓아야겠다. 다음 선거 때 줄을 잘 대어야 할 텐데… 기회를 잘 잡으면 국회의원도 문제가 아닌데. 아니지, 그것보다는 학교 장사가 더 재미있다던데… 재단 이사장 윤거부. 얼마나 듣기 좋은 이름이야. 으하하하하. 돈이면 안 되는 것이 없으니 좋은 세상이야. 좋은 세상.

윤미영 오늘 하루 일진이 좋았다. 최대복이의 코를 납작하게 눌러주었다. 빈손으로 들어와 나에게 엎혀 살려는 그 속셈을 누가 모를 줄 알고? 지 실력으로 어느 천 년에 돈을 벌어 떵떵거리고 산단 말이야. 길지도 않은 세상을 살면서 찌들어 살기는 싫어. 궁상맞게 세상 돌아가는 걱정 하며 살고 싶지도 않아. 이 좋은 세상을 왜 그렇게 살아야 해? 누구든지 자기가 살고 싶은 대로 살 권리가 있는 것이야. 사랑? 애정? 웃기지 마라. 사랑만 있으면 가난해도 행복하게 살 수 있다고? 김밥 옆구리 터지는 소리하고 앉았네. 가정의 화목은 든든한 금고에서 나온단 말씀이야 알겠어?

마누라 세상에 나처럼 불쌍한 여편네가 또 이실까. (한숨) 저놈의 영감탱이는 죽는 것도 겁 안 나는지, 칠십 나이에도 저래 기세등등하니 우째야 좋을지 모르겠네. 하기사 옛날에 비하면 영감탱이 성질도 많이 죽었제. 옛날 같앴시모 뼈도 못 추렸실낀데, 오늘이야 밥상만 엎었지 뚜디리 맞지는 안 했으이 재수 좋은 날 아이가. 그래, 마 참자. 세상 얼매나 오래 더 살끼라고 따진단 말이고. 이자뿌고 살자. 내일은 백화점에 나가서 오랜만에 기분 좀 풀어야 되겠다. 다 이자뿌고 자자.

최대복 윤사장네 식구들 중 어느 누구도 만만한 사람이 없다. 처음엔 호락호락하게 보이던 사람들이 시간이 흐를수록 나를 압도하고 있다. 아득바득 살아온 나에 비해 여유를 가지고 살아온 윤거부와 윤미영이 부럽다. 돈의 위력이 새삼스럽게 느껴진다. 나의 힘으로 도저히 넘을 수 없는 높은 벽이 그들을 둘러싸고 있는 것이다. 어떻게 해야 할까? 답답하기만 하다. 그러나 천국으로 올라가는 엘리베이터를 놓칠 수 없다. 평생을 걸고 밀어붙여야 한다. 돈과 여자를 한꺼번에 쥘 수 있다면 무엇을 하지 못할 것인가. 나에겐 불가능이란 없다. 최대복 힘내자. 힘내자.

변사　이렇게 모두는 내일의 행복한 날을 기대하며 잠자리에 들었습니다. 다음 날, 아침 다섯 시 정각에 윤사장은 새로운 하루를 시작했습니다.

윤사장 자리에서 일어난 표정으로 걸어 나온다.

윤사장　(돌아서서 대야에 오줌을 눈다. 정성스럽게 대야를 들고 와서 바닥에 놓고는 오줌을 찍어 눈을 씻기 시작한다)

윤거부　아버님, 기침하셨습니까?

윤사장　(씻던 것을 마치고는) 오냐. 잘 잤느냐?

윤거부　(웃는다) 미스 리가 깜빡 속아 넘어가는 걸 보니 아직 청춘입니다. 청춘.

윤사장　그게 다 내가 개발한 장수 요법 때문이니라. 내 눈을 봐라. 안경을 쓰지 않고도 웬만한 글자는 다 보이지 않니. (관객을 가리키며) 여자지? 저긴 남자지? 이게 다 오줌으로 아침마다 눈을 씻어온 덕택인 게야.

윤거부　정말 그렇군요. 이걸 연구해서 「오줌에 의한 시신경의 노쇠방지와 그 원리에 관하여」라고 쓰면 의학 박사 하나는 받아 논 밥상일 겝니다. (웃는다)

윤미영　(들어오면서) 아빠, 일어 나셨어요? 약을 올릴까요?

윤사장　그래라. 체조하고 나서 마시자꾸나.

윤미영　알았어요, 아빠.

윤사장 우스꽝스러운 동작으로 열심히 맨손 체조를 한다.

변사　여러분 잘 보셨지요. 우리의 윤영감이 70나이에도 불구

하고 왜 저렇게 피둥피둥한지 아시겠지요. 어떻게든지 몸을 충실히 하여 오래오래 살고 싶은 게 윤사장의 크고 큰 소원입니다. 지금의 부를 그대로 누리면서, 아니 자꾸 자꾸 더 늘려가면서 오래오래 백 살 이백 살, 아니 천만 살까지 영원히 살고 싶습니다. 이 재산을 남겨두고, 이 좋은 세상을 백 살도 못 살고서 죽어버리다니, 그건 도저히 원통하고 섭섭해 못할 노릇입니다. 절대로 영생불사 … 진시황과 같이 간절하게 영생불사를 하고 싶습니다.

그 사이 운동을 마친 윤사장은 딸이 가져 온 보약을 마시고, 윤거부와 함께 하루 일정을 점검한다.

윤거부 오전에 사무실에서 계약을 하시고 점심은 김치국 의원의 비서관과 약속이 되어있습니다. 오후 3시에는 청도에 찍어둔 산 15만 평에 대한 현장 확인이 있는데 저하고 같이 가시면 됩니다. 에 또, 6시엔 우주일보 이사장님이 서울 가시는데 공항에 나가 인사해 두는 것이 좋겠습니다. 요즘 서울과 관계가 돈독하답니다.

윤사장 오늘 하루도 바쁘겠구먼. 그래도 이래 바빠야 살맛이 난단 말이야.

그때 윤사장의 아내 전화기를 들고 들어온다.

아내 여보, 영감. 서울에 있는 경찰서라는데요.

윤사장 (별 관심 없이) 경찰서에서 와?

아내 나에겐 이야기하지 않고 당신만 찾아요. 받아보이소.

윤사장 돈 이야기 아이가…. (전화기를 받는다)

아내 당신, 혹시 다른 여자한테 고소당했다면, 인자 끝장입니데이!

윤사장 미친 소리하고 자빠졌네.

거만스럽게 전화를 받는다.

윤사장 여보시요. 예-- 윤두껍입니다. 예-- 장관이라고 있지요. 서울서 대학교 다니는 내 막내 아들이오마는 뭔 일로 … (갑자기 튈 듯이) 뭐요. 데모를 하다가 잡혔다고… 뭐요? … 고용승계 보장하라? 대책 없는 구조조정 반대? … 여보세요. 혹시 다른 집 아가… 우리 장관이가 맞다구요.

변사 윤사장은 마치 묵직한 망치로 뒤통수를 얻어맞은 양 정신이 멍해서 입을 벌리고 눈만 휘둥그랬지, 한동안 말을 못하고 꼼짝도 못합니다. 세상에 고목에도 꽃필 날이 있다더니, 이렇게 썩어 빠진 집에도 희망이 있는가 봅니다요.

온 가족들 모두 놀라 어쩔 줄 모른다.

아내 여보, 장관이가 잡혀갔다 캅니꺼? 많이 다치진 않았데요?

윤사장 ….

아내 아이구, 장관아. 이 에미는 어쩌라고 니가….

윤사장 시끄러 이 여편네야. 뭐 잘했다고 난리야 난리가.

아내 아이고, 장관아.

윤사장 여편네가 아 단속도 안 하고!

윤거부 서울에 가봐야 되지 않겠습니까. 빨리 가서 손을 써서 빼내는 것이 상책입니다. 그 녀석이 전번에 내려왔을 때 수상하더라니. 나보고 정신 차려라 어쩌라 하는 게 꼭 불순분자 같더라니. 아버님. 빨리….

윤사장 갑자기 아들 뺨을 때린다.

윤사장 이놈아, 그때 왜 얘기 안했어. 이놈아. 너는 니 동생이 그렇게 나쁜 길로 빠져 들어가는 걸 보고 있었단 말이야, 이 나쁜 새끼야. 동생 하나 제대로 간수 못해서 그렇게 나쁜 놈으로 만들어! 아이구. 집안이 망할라카이 별 게 다 생기네.

윤미영 아빠, 정신 차리세요.

한 대 치려다가 딸인 것을 보고 주먹을 내린다.

윤사장 그놈이 장관 한 자리 하라니까, 데모하다가 경찰서에 잽혀? 육시를 헐 놈이, 그놈이 그게 어디서 데모를 해? 부자 놈의 자식이 무엇이 부족해서 빨갱이패에 끼여 들어….

윤거부 아버님 고정하시죠.

사이.

윤사장 돈이 없냐? 집이 없냐? 여자가 없냐? 밥이 없냐? 돈 있으마 이 세상의 모든 게 다 내 건데 뭐가 부족하단 말이야. 돈 있으마 편안하게 살 세상, 이걸 태평천하라구 허는 것이야 태평천하! … 그란데 이런 태평천하에 태어난 내 자식이, 더군다나 서울까지 가서 공부하는 놈이 떵떵거리고 편안하게 살 궁리나 할 게지. 넘이사 해고 되든말든… 어째서 지가 세상 망쳐 놀 빨갱이패에 가담을 한단 말이야, 으응?

낙담. 식구들 모두 할 말이 없다.

윤사장 (결기에 찬 목소리로) 좋아, 그놈에게 백년 징역을 살리라구, 백년 징역을 살리라구 할 거야. … 오냐, 그놈에게 내 재산의 반을 줄라구 했더니, 오냐, 내 재산 반을 톡톡 털어서, 경찰서에다가, 데모하는 놈 잡아 가두는 경찰서에다가 주어버릴 테다! 이 나쁜 놈의 자식아… 이 태평천하에! 이 태평천하에… 부잣집의 자식이, 세상 망쳐 놀 불한당패에 끼어들어서… 이 죽일 놈의 자식, 죽일 놈….

모두 행동 정지.

변사 윤사장의 부르짖음이 마치 자신의 죽음을 예견한 위대한 영웅의 울부짖음처럼 보이는 것은 무슨 까닭일까요. 돈이면 이 세상에서 안 될 일이 없다고 큰소리치며 살아가던 윤사장이지만 그가 바라는 대로 되지만은 않는가 봅니다. 자기들 방식대로 평화롭게 태평성대를 구가하던 윤사장 일가의 내일이 어떻게 될지 우리는 아무도 모릅니다. 다만 그가 바라는 태평천하는 서서히 막을 내리고 있다는 사실만은 분명하게 알 수 있습니다요.

징소리 크게 한 번 울리면, 끝.

천일야화
김재석 마당극 대본집 1

초 판 1쇄 인쇄일 2014년 10월 25일
초 판 1쇄 발행일 2014년 10월 30일

지은이 김재석
펴낸이 이정옥
펴낸곳 평민사
서울특별시 서대문구 남가좌2동 370-40
전화 (02)375-8571(代)
팩스 (02)375-8573

평민사(이메일) 모든 자료를 한눈에 –
http://blog.naver.com/pyung1976

등록번호 제10-328호

값 15,000원

ISBN 978-89-7115-609-4 03800